I0831464

Julius von Voß

Ini

Outlook

Julius von Voß

Ini

1. Auflage | ISBN: 978-3-73262-525-3

Erscheinungsort: Frankfurt am Main, Deutschland

Erscheinungsjahr: 2018

Outlook Verlag GmbH, Frankfurt.

Julius von Voß

Ini

Outlook

I n i

Ein Roman

aus dem

ein und zwanzigsten Jahrhundert

von

J u l i u s v. Vo ß .

Berlin, 1810.
Bei Karl Friedrich Amelang.

Vorrede.

Jean Paul sagt: „Friede mit der Zeit! sollte man öfter in sich hineinrufen. Wie uns ein quälender Tag nicht in den Hoffnungen unsers Lebens irret, so sollte uns ein leidendes Jahrhundert nicht die entziehen, womit wir uns die weite Zukunft malen.“ Wenn nun aber die Zeit gar unfriedlich ist, sollte da nicht ein Blick in die Zukunft das bedrängte, oft zagende Herz trösten, beleben, erheitern? Und eine bessere Zukunft naht so gewiß, als die Vergangenheit von der Gegenwart übertroffen wird. Wenigstens gilt die Behauptung, insofern wir, von der immer mehr entwickelten Kultur, das Heil der Sterblichen erwarten. Was wir aber noch nicht sehen können, träumen, ist ja wohl poetisch und religiös. Und

Sind's gleich nur Welten aus Ideen,

So baut man sie so herrlich als man will.

Der Verfasser.

Erklärung der Kupfer.

Das Titelkupfer stellt eine von Wallfischen gezogene Reiseinsel dar, wovon Seite 294 die nähere Beschreibung.

Bei der Vignette, eine Luftpost abbildend, wäre ein Ball von größerem Umfang zu wünschen. Jedoch tragen die Adler, übrigens etwas zu groß, ein wenig mit.

Der Verfasser merkt an, daß, ob er schon die Adler wählte, ihm deshalb Zambeccaris Theorie nicht unbekannt war. — Auch noch, wie ihm diejenige philosophische Kompensazion, nach welcher die Möglichkeit höherer Wohlfahrt der Erdensöhne, billig in Zweifel gezogen wird, so wenig fremd ist, daß er sich vielmehr ihr zugethan erklärt.

Erstes Büchlein.

Die Trennung.

Ich Unglücklicher soll dich meiden, rief Guido wehmüthig.

Wozu die Klage, entgegnete Ini. Mögen dich rüstige Adler zum Pol tragen, magst du dich in die Tiefen des Ozeans senken, mein Bild bleibt dir nahe. Frei durchfliegt der Gedanke des Liebenden die Ferne, und die Region der Phantasie ist eine wirkliche. Auch wäre daheim dein Ziel nicht zu umarmen. Das Anschaun der Welt, die Uebung der Kraft in Thaten, müssen jene Bildung der Schönheit vollenden, deren Lohn meine Gegenliebe sein wird. Darum scheide männlich!

Guido war ein Jüngling von etwa zwanzig Jahren. Seine Herkunft blieb ihm noch immer geheim. Die Sage machte ihn zum Fündling, und als solchen, wollten die Gesetze, daß die Landespflege ihn erziehen ließ. Früh hatte man ihn in das große Knabenhaus gebracht, das am Meerstrande unweit Palermo angelegt war, und wo die sinnigen Vorsteher, bis zum zwölften Jahre, für die Entwicklung des Körpers durch Laufen, Ringen, Schwimmen und für die Stärkung des Denkvermögens durch Gimnastik des Kalküls Sorge trugen. In vergangenen Jahrhunderten würde auch der tiefsinnigste Geometer nicht geahnt haben, was im Felde der Rechnung junge Knaben hier schon vermogten. Allein es war überhaupt so weit damit gekommen, (zudem die mechanischen und optischen Handwerke so leicht durch Maschinen, so einfach durch neue Entdeckungen, so allgemein bekannt durch Schulen), daß Hirten, welche die Sternkunde gleich ihren Altvätern wieder trieben, sich bei Tage Teleskope fertigten, zur Nacht den Himmel beobachteten, und die Finsternisse der vielen neugewahrten Planeten und ihrer Trabanten ausmittelten.

Von da ward Guido dem treuen Gelino übergeben, dessen Villa nicht weit von dem großen Lustgarten, der den Aetna einschließt, lag. Dieser Mann hatte, ehe er sich nach dem Wohnplatz der Ruhe zurückgezogen, am Hofe zu Rom ein Amt bekleidet und umfaßte die Kunst zarte Jünglinge auf die Bahnen der Tugend zu leiten, mit Liebe.

Der Kaiser, gewohnt, wenn ihn nicht wichtigere Dinge abhielten, den lieblichen Februar auf Sizilien zu verleben, hatte den jungen Guido gesehn— wie es schien — Behagen an dem Knaben gefunden und ihm Fürsorge zugesagt. Ehrender Antrieb für ihn.

Doch möchte es vielleicht nicht gelungen sein, die mit Guidos flammender

Lebenskraft verbundenen wilden Neigungen zeitig zu entwaffnen, wenn nicht folgender Umstand hinzugetreten wäre.

Neben Gelino wohnte seit einiger Zeit die edle Athania, Wittwe des afrikanischen Helden Medon. Sie hatte nach des Gatten Tode ihren Sitz auf dem lieblichen Eilande genommen und eine Pflegetochter mitgebracht, über deren Geburt auch viele Dunkelheit lag.

Guido sah das Mädchen in seinem siebzehnten Jahre. Ini zählte kaum vierzehn, doch prangte ihre Schönheit in üppiger Fülle, ihr Verstand entzückte.

Im ein und zwanzigsten Jahrhundert hatte man die Erziehungskunde einer Arithmetik unterworfen, die schon lange genaue Anzeigen ergab und sich immer mehr erweitete. Streben und Erfahrung hatten die Linie gefunden, bis an welche die Natur Freiheit zu reinen Ausbildungen der Formen bedingt, und wieder das Maas von Gegenwirkungen entdeckt, mit welchem ihr am glücklichsten zu begegnen ist. Da nun zugleich die Chemie der höheren Arzneikunst, diejenigen Krankheiten nach und nach in ihren Stoffen vertilgt hatte, welche sonst das Geschlecht entstellten, da die edlere Verfassung, jene Eigensucht, mit ihren leidenschaftlichen Ausgeburten, Neid, Haß, niedrige Sinnlichkeit, meistens entfernte, so konnte sie auch nicht mehr, wie Ehedem Antlitz und Haltung verunbilden. So mußte von Geschlecht zu Geschlecht die menschliche Schönheit sich lieblicher entfalten, und jene harmonischen Gestalten, welche einst Bildner in Athen *aussannen*, erblickte die Wirklichkeit da lange schon lebend, wo die Kultur waltete. Ja, jene Statuen wurden bereits auf eine nie zuvor geahnte Weise übertroffen, denn eine ganz neue Ideenmasse hatten die Menschen in sich aufgenommen, welche der Schönheit einen neuen irdisch-göttlichen Ausdruck zulegte. Wie würden die Phidias und Raphael gestaunt haben, wäre ihnen vergönnt gewesen, aus dem Todtenlande wiederzukehren, und die Formen dieses Zeitalters zu betrachten.

Die Schädelkunde, am Ende des achtzehnten Jahrhunderts entdeckt, sparsam im neunzehnten vervollkommnet, doch im zwanzigsten und ein und zwanzigsten zur tiefen Wissenschaft erhoben, leistete auch zur allgemeinen Veredlung bedeutende Hülfe, wie wir in der Folge zeigen wollen.

Guido sah die junge Ini kaum, als er ahnte, von den Strahlen dieser Schönheit werde ein neuer Frühling in seinem Gemüthe aufblühen. Süße Betäubung, schmachtende Unruhe, stellten sich als Vorboten der Liebe ein, holde Träume umgaben ihn wachend.

Guido war im siebzehnten Jahre so stark und gewandt, daß er manches Raubthier mit unbewaffneten Händen würde überwunden haben. Er sprang in die See, wenn ein Orkan ihre Wogen erhob, und kämpfte dann lächelnd mit der empörten Flut. Er konnte im Laufen das fliehende Reh ereilen und den Gemsen des Hochgebirgs nachklimmen. Dabei war er ein fleißiger Mathematiker, hatte eine Karte von dem Meergrunde zwischen Sizilien und Kalabrien gefertigt, die Beifall fand. Kriegerische Künste beschäftigten seine Einbildungskraft, und mit Chemie vertraut, gab er die Konstrukzion einer dichten Gewitterwolke an, die ein künstlicher Wind über ein feindliches Heer treiben, wo sie in so viel Blitzen niederwärts sich entladen sollte, als das Heer Köpfe zähle. Anmaaßend, wie es unerfahrner Jugend wohl eigen ist, hatte er, ohne seines Lehrers Darumwissen, den Entwurf nach Rom gesandt und dem Strategion zur Prüfung übergeben. Die Männer aber, welche diesen Rath bildeten, lachten allgemein, indem sie einwandten, die Gegner dürften sich ja nur sämtlich mit Ableitern versehn und der Wolke spotten. Doch setzten sie hinzu: der Jüngling möge nicht ohne gute Anlage sein, und ihm gebühre einige Aufmunterung.

Manches andere Wissen dagegen war unserm Guido noch fremd. Besonders konnte er sich immer nicht an die Geschichte ketten, weil ihm gar zu winzig und unbedeutend schien, was die vergangenen Jahrhunderte vollbracht hatten.

Nachdem er lange in sich verschlossen gewesen war, eilte er an einem schönen Sommerabend zu Ini. Sie hatte den kleinen Marmorsaal in ihrem Hause zum Aufenthalt während der Tageshitze bestimmt. Hier strömte ein Springbrunnen geläutert Quellwasser, der andere gepreßten Orangensaft, der dritte Zuckeressenz aus mancherlei Wurzeln des Gartens gezogen. Einen niedlichen Goldbecher mit Sorbeth, aus den Flüssigkeiten gemengt, in der Hand, stieg nun Ini auf das platte Marmordach, wo aus Vasen Blumen dufteten und ihr Webestuhl sich befand. Sie malte fertig und bei der kunstvollen Einrichtung des Stuhles ahmte sie ihre Malereien in Seidenarbeit nach. Wo blieben die Gobelintapeten, lange zuvor berühmt, neben diesen Geweben!

Guido kam ihr nach auf die Zinne. Mädchen, rief er, seit ich dich sah, bin ich erkrankt und genesen, die Lüge wird mir Wahrheit, die Wahrheit Lüge, immer drängt es mich, dich zu sehn wie das Sehenswerteste, und ich fliehe dich wie das Furchtbarste. Ich bin in des Aetna Tiefe gestiegen, doch die Flammen deines Auges trag ich nicht. Deute mir das, hohe Schönheit!

Das Mädchen zog dunkle Falten der Stirne, die aber ihr frohes Auge Lügen strafte. Mit verstelltem Unwillen entgegnete sie: ich glaube, du willst mir gar mit Liebe nahn!

Guido rief: ich bin mir keinen Willen bewußt. Dem Zuge deiner Schönheit folge ich unterwürfig.

Ini sann einen Augenblick mit hochgeröthеter Wange nach. Dann sagte sie lächelnd: den Worten soll ich Liebe glauben? Beweise sie durch die That und ich will mich fragen, ob ich sie hören darf.

Entzückt von dem holden Strahl einer aus weiten Fernen schimmernden Hoffnung, flehte Guido mit Ungestüm, ihm die That zu nennen, wodurch er seine Liebe zu bewähren hätte?

Tritt näher, sagte Ini, nimm Platz, dort auf den Sessel von Elfenbein, daß ich dein Haupt von der Seite erblicke.

Guido gehorsamte still.

Ini zog ein ander Seidenzeug auf ihren kunstreichen Webestuhl, und in wenigen Minuten hatte sie Guidos Abbild darin gewirkt. Hier, rief sie, des sichtbaren Guido Umriß, wie er zeugt von dem unsichtbaren, die Urkunde seines geheimen Lebens, der Tag seiner innen waltenden Nacht.

Guido blickte hin. Die höchste Wahrheit hatte die Bildnerin getroffen. O webe mir dein Bild, flehte er wehmüthig, mit Entzücken will ich es von hinnen tragen.

Das steht weit hinaus, erwiederte sie. Doch will ich nun ein zweites Gewebe fertigen.

Sie ging wieder an die Arbeit, während der Jüngling sich mit trunknen Blicken an der hohen Gestalt weidete, und bisweilen ärgerlich auf sein Konterfei sah. Denn es wollte ihm nicht gefallen, ob er schon nicht wußte, warum.

Nach einer Viertelstunde hatte Ini geendet. Sie zeigte ihm ein neues Seitenbild, das Guido in den Zustand der höchsten Verwunderung brachte. Er sah seine Grundzüge wieder, aber in einer bezaubernd schönen Idealität. Höher strebte des Schädels Mitte empor, regelmäßig wölbte sich das Hinterhaupt, weit drang die reine Wellenlinie der Stirn hervor, eine unbeschreibliche Veredlung wohnte in dem ganzen Profil, liebliche Anmuth um den Mund, in dem klarer, tiefer, strahlender gewordenen Auge, redete der volle, Ehrfurcht gebietende Ausdruck *jugendlicher Weisheit*, der in früheren Zeiten nicht lebend anzutreffen war, den auch die Künstler, welche einst den Apollon vom Belvedere oder den Antinous fertigten, noch nicht dargestellt hatten. Indessen konnte ihn die Entwicklung der Menschheit erst spät hervorbringen.

Guido blickte bald verlegen auf das Kunstwerk, bald auf die hochsinnige Meisterin. Ich sehe mich hier in ein Gedicht verklärt, hub er an, was willst du mir deuten?

Kein Gedicht, entgegnete das Mädchen, erreichbare Wahrheit. Du hast mir süßen Schmerz der Liebe geklagt. Gestalte dich nach diesem Bilde um, ich gebe dir zwei bis drei Jahre Zeit, hast du dann diese Schönheit dir anerzogen, soll meine Gegenliebe dein Lohn sein.

Wie soll ich das anfangen! rief der Befremdete. Bin ich Herr über meine Gestalt?

Du bist es.

Bin ich ein Schöpfer?

Wenn dein Lieben wahr ist! Ich sage dir nichts mehr. Dem Geist deiner Liebe hast du das Geheimniß zu entwinden. Doch nicht allein sollst du umwandeln. Ich werde mir auch ein Ideal meiner Gestalt entwerfen.

Eitles Mühn! wie könnte deine Phantasie einen schöneren Traum erschaffen als die Wirklichkeit!

Schmeichelei, oder, wenn es dir so scheint, Unvollkommenheit in deinem Urtheil. Es wird sich stärken, dein Tadel erwachen, und das Streben, mich vor dem Tadel zu retten, mir wohlthun. Der Augenblick wo einem Mädchen zum Erstenmale Liebe bekannt wird, giebt neue Aussichten in die Welt höherer Anmuth. Nach einem Jahre sollst du mein Ideal sehen. Ehe nicht. Bis dahin begnüge dich auch, an mich zu denken.

Wie, ich soll dich in dem langen Zeitraume nicht erblicken?

„Die erste Prüfung! Auch eine nothwendig ungestörte Frist!"

Unbegreifliche! — Und dennoch erwacht mir die Hoffnung, ich werde den hohen Sinn deiner Worte faßen lernen.

„Frage den Geist der Liebe, sein Orakel tönt in deiner Brust. Und nun nichts weiter. Lebe wohl!"

Ehrerbietig entfernte sich Guido, irrte umher in den lieblichen Thalen, bis Nachtviolen die Orangenblüthe überdufteten und der Vollmondschein durch die Oelbäume und Mandelsträuche des blumigen Hügels winkte.

Wie auch der Sturm heiliger Empfindungen in ihm wogte, immer ward die Frage laut.

Und der Liebe Geist antwortete ihm leise: So du der *Seele* Schönheit pflegst, wird sie sich in der *Gestalt* verkünden.

Guido kniete nieder vor der Gottheit in seiner eigenen Brust und flehte innig um Lehre.

Wer so innig fleht, wird erhört. Aus dunkeln Nachtgewölken enthüllte sich mit jedem Tage die Misterie reiner, bis die Pfade ihm von tausend Morgensternen erhellt schienen.

Er machte sich mit den Schriften neuer gerühmter Weisen bekannt. Im ein und zwanzigsten Jahrhundert gab es Wenige, die es zu dem Namen bringen konnten, denn die Weisheit galt keine Seltenheit mehr. Auch sahe man nur wenige Bücher, in der allgemeinen Sprache von Europa, vor hundert Jahren eingeführt, als man hier endlich die Thorheit beseitigte, ein und dasselbe Ding auf so verschiedene Arten zu nennen, und dem, der bedeutendes Wissen umfangen will, das halbe Leben im Studium der Mundarten abzufordern. Es gab dagegen unermeßliche Büchersammlungen in den alten Sprachen, aber sie galten meistens Denkmäler vorzeitlicher Irrthümer. Die wenigen, welche in den Tagen höher gediehener Bildung noch den Namen Weisen errangen, waren Männer, die mit rüstiger Kraft, aus den Schätzen der Vergangenheit, das Beste, das Allgemeingültige sonderten, was sich denn auf wenige Blätter bringen ließ, nun aber auch die Mitwelt desto leichter in Stand setzte, die Höhe des vorhandenen Wissens schnell zu erfliegen und mit starken Schritten weiter zu dringen.

Auch die Geschichte des Menschengeschlechts hatten tiefe Forscher so bearbeitet, daß die Erscheinungen sich immer deutlicher in ihrem Ursprung erklärten und daß daraus, sowohl die Kräfte als der Zweck des Lebens deutlicher wurden.

Guido erbeutete nach und nach reiche Summen von Wissen, eine schon durch die Mathemathik gestärkte Denkkraft, eine durch die Liebe entzündete Phantasie, nehmen leicht auf, bewahren dauernd und fühlen mit jedem Tage mehr, wie des Genius Fittig sich regt.

Bei diesem Geschäft, das er mit heiligem Eifer trieb, kamen Empfindungen über ihn, deren Hoheit und Würde er nie geträumt hatte. Stark fühlte er alles Große, edle That sprach ihn an, daß er lebhaft sich in den Zustand dessen denken mußte, der sie verrichtet hatte, mit tief liebender Ehrfurcht füllte ihn die Religion, er schwärmte für alle Schönheit der Natur, um so mehr, als er Inis Verwandtschaft darin zu erkennen wähnte.

So floh denn das Jahr eilig dahin, und hatte sich Guido schon bei seinem Anfang durch die Wunder der Liebe verändert gefunden, so schien er sich jetzt gar nicht mehr das Wesen von Ehedem zu sein. Trat er seit einem halben Jahre an den Spiegel, meinte er auch schon, hie und da hätten sich seine Formen umgewandelt. Doch war er mit sich selbst nicht einig, ob er hier an Wahrheit oder Täuschung glauben sollte.

Das Jahr war endlich um, und er eilte mit hochklopfendem Busen zu Ini. Wie gespannt ist das junge Herz, wenn es nach einer so langen Abwesenheit dem Gegenstand heiliger Liebe wieder nahen darf.

Ini saß eben im Garten und rührte die Zephirharmonika. Es war dies ein Instrument, mit vielen langen Harfensaiten bespannt, die hoch in die Luft reichten. Zu jedem Ton gehörten hundert gleich gestimmte Saiten, hintereinander an wiederhallende Laden gefügt und vorne mit einer Blende versehn. Unten befand sich ein Tastenwerk, wodurch jedesmal, nachdem man schwache oder starke Töne hervorrufen wollte, die Blende, weniger oder mehr entfernt ward. Nun berührten die aufgefangenen Luftströme die Saiten und man vernahm jene reizende ätherische Schwingungen, welche früherhin schon an den sogenannten Aeolsharfen bezauberten, nur daß damals noch Niemand Herr der Melodien zu werden verstand.

Guido trat in das Gartenthor, leicht aus Porphir gearbeitet, und nahm seinen Weg durch einen, von hohen blühenden Rosensträuchen beschatteten, Gang, an dessen Ende die Zephirharmonika auf einem frei emporragenden, nur mit niedrigen Lilien und Anemonen bepflanzten Hügel stand. Die Töne wehten ihm her durch die balsamhauchende Abendluft, ehe er noch das Instrument sah. Er wähnte, sie stiegen von glücklicheren Sternen nieder. Endlich erblickte er Ini. Das Piedestal des Instruments, etwa zwanzig Schuh hoch, war aus hell durchsichtigen Glassäulen erbaut. Ein Maschinenwerk hob auf den Sitz. Dieser, wie auch die Laden und Blenden waren mit goldfarbigem dünnem Zeuge bedeckt und wolkenartig gestaltet. Ueber sie weg in gefälliger Rundung wölbten sich diese Zeuge. Die Saiten gewahrte das Auge in einiger Entfernung nicht, und so schien es, Ini schwebe ob dem Hügel auf einem Wolkenthron.

Eine Umgebung der Art müßte jede Schönheit erhöhen, um wie mehr wenn erquickende Blumendüfte, und zaubervolle Harmonien bestachen, um wie mehr wenn die wirklich hohe Schönheit mit dem Blick der Liebe angestaunt ward.

Guido erschrack freudig, da er um die letzte Krümmung des Rosenganges trat, und nun Ini ersah. Nieder mußte er anbetend sinken. Ihre Gestalt lag in so hoher Vollkommenheit in seiner Einbildung verwahrt, aber das erste Anschaun jetzt belehrte ihn von neuer Trefflichkeit.

Sie wandte bald das Auge nach ihm hin. Nicht konnte man diese Bewegung eben zufällig nennen, wohl hatte sie Tag und Stunde gemerkt, da das Jahr umgelaufen wäre, sie hoffte jetzt den Jüngling erscheinen zu sehn, und wenn sie ihn gerade so empfing, sind wir berechtigt, den Grund in ihrer Weiblichkeit aufzusuchen.

Sie erröthete — da hätten Abendsonne und Rosen sich beschämt abwenden mögen, sie endete ihr Spiel, da konnte der Nachtigallenchor sich freuen, weil er nun gehört zu werden hoffte.

Sie stieg herab, winkte freundlich dem Jüngling aufzustehen. Lächelnd und gesammelter nahm sie seine Hand und führte ihn nach dem Zimmer im Wohnhause, das mit ihren malerischen Geweben umhängt war. Hier befand sich jenes Ideal von Guidos künftiger Schönheit, das sie gleich herbeilangte.

Du wecktest schöne Kräfte in dir, hob sie an, ihr Walten spricht in deinem Auge, ein reiner Sinn erzog dir diese Reinheit im Antlitz, edle Gefühle, hohe Einbildung, angenehme Affekten trugen den Ausdruck dieser Harmonie aus Linien, Farben, Zügen zusammen. Eile emsig weiter auf der hold betretenen Bahn, und das schöne Ziel wird dir nicht entfliehn.

Guido empfand selige Wonne. Als sich seine Gefühle erst in Worte zu kleiden vermogten, sagte er Ini, wie auch ihre Schönheit, ob er sie schon auf den Gipfeln der Vollendung geträumt hätte, unendlich erhöht sei.

Sie ward verlegen, lächelte und holte eine zweite Malerei, welche auch ihre Gestalt in einem Ideale bildete. Guido wollte die neue Versündigung gegen ihre dermaligen Reize schelten, doch Staunen und Bewunderung schlossen seinen Mund. —

Von der Zeit an sahen sich die Liebenden öfter. Viel inniger noch wurden ihre gegenseitigen Beziehungen und dennoch mehr Verständigkeit hineingelegt. Die Rückwirkung war für jeden Theil segnend.

Gelino, der sorgsame Lehrfreund, hatte schon im Laufe jenes Jahres manche Veränderungen bemerkt, welche Guido in seinem Charakter zeigte. Der Uebergang war zu plötzlich gewesen. Die Fortschritte im Guten hatten zu schnell geeilt, als daß der lebenserfahrne Greis nicht richtig auf den Grund davon hätte schließen sollen. Gleichwohl konnte er nichts weiter erspähn, da Guido in diesem Zeitraume fast seine Wohnung nicht mied.

Auch Athania, die edle Erzieherin, war zu scharfsichtig, um nicht Ini bald aus ihren Umgestaltungen zu errathen, wenn ihr gleich der Jüngling ihrer Liebe noch ein Geheimniß blieb.

Doch da die Liebenden sich nachher öfter zusammenstahlen, konnten sie der forschenden Beobachtung nicht entgehen. Beide Alten waren schnell mit ihrem Glauben aufs Reine und bei einer Zusammenkunft entstand folgendes Gespräch.

Gelino. Werthe Athania, mein Zögling scheint Ini zu lieben.

Athania. Eben wollte ich dir meine Bemerkungen über diesen Gegenstand vortragen.

Gelino. Ich gerathe in keine kleine Verlegenheit. Wohl hat diese Liebe, ohne Zweifel die erste, und eben so gewiß auf eine würdige Art erwiedert, Veredlung im Gefolge, dennoch muß ich darauf sinnen, wie sie am bequemsten zu hindern sei.

Athania. Harte Strenge gegen die jungen Seelen.

Gelino. Aber nothwendig. Der Kaiser nimmt sich meines Guido, den er hier kennen lernte, an, hat mir bei seiner letzten Gegenwart vertraut, wie er ihn zu hohen Staatsämtern berufen wolle.

Athania. Und Ini ward mir von einer Afrikanerin übergeben, die ich nur verschleiert sah, die aber auf einen hohen Stand schließen ließ, und bis dahin die Tochter in einem Fündlinghause hatte erziehen lassen. Daß sie sich Inis Ehe zu bestimmen vorbehalten bat, läßt sich um so eher erwarten, als ich bald mit dem Mädchen nach Afrika beschieden bin. Gleichwohl dürften wir mit all' unserer Sorge nicht so viel an den Pflegbefohlnen erziehen wie die Liebe.

Gelino. Darin stimme ich vollkommen ein.

Athania. Gestatten wir den jungen Leuten sich zu lieben, den Frühling ihrer Jahre entzückt zu genießen. Doch werde ihnen auch gleich verkündet, wie Besitz nimmer das Ziel dieser Liebe sein könne, wie sie sich an den Freuden des Augenblicks und an wechselseitiger Erziehung zu genügen hat.

Gelino wandte noch manches ein, gab aber endlich nach, wobei denn noch beschlossen ward, die jungen Personen sollten sich immer in einiger Entfernung bewacht finden.

Athania sprach mit Ini, welche erröthete.

Bald sammelte sich aber das Mädchen und entgegnete, wie sie sich eine solche Ankündigung gar wohl gefallen lassen könne, da zwischen Guido und ihr eigentlich ja nur das bildnerische Problem gelöset werden sollte, die höchst mögliche Schönheit zu erringen.

Athania war nicht wenig befremdet, als ihr dies näher erklärt wurde, hoffte, daß dem feinen Sinn der so etwas zu erfinden vermöge, auch die Selbstherrschaft nicht abgehen werde, wenn die Trennung geboten sei.

Gelino fand höhere Bestürzung an dem Jüngling, da sich dieser so unerwartet entdeckt sah. Doch faßte er sich auch und erklärte: könne er Ini nimmer besitzen, solle doch das Geschäft, sich ihrer würdig zu machen, sein Glück heißen. Dies lobte sein Führer mit Wärme.

Die Liebenden eilten einander mitzutheilen, was Jedes von ihnen eben gehört hatte. Guido war in trüben Kummer versenkt. Ini zeigte eben nicht ihren gewohnten heitern Muth, doch sagte sie mit Festigkeit: Ich verhieß dir, wenn du mein Ideal erreicht haben würdest, dir mit Gegenliebe zu lohnen. Bis dahin erwarte nichts, dann alles, was das Schicksal auch einreden mag.

Bald darauf kam ein Eilbote durch die Luft aus Afrika geflogen, und meldete, wie Inis Mutter ihre Tochter zu sehen begehre. Er brachte zugleich ein bequemes Fahrzeug mit, das die Reisenden nach jener Küste tragen sollte.

Es war dies ein Häuschen von dünnem Schilfrohr geflochten und mit Fenstern aus einem ganz durchsichtig gemachten leichten Horne versehn. Zwei Kabinette, eine Kammer für die Dienerschaft und eine Küche, mit dem nöthigen kleinen Magazin von Speisen und Getränken, waren im Innern abgetheilt. Kostbare Teppiche schmückten mit andern Geräthschaften die Kabinette. Das Dach war platt, mit einem Geländer und Sitzen umgeben, sich dort bei angenehmer Witterung aufzuhalten. An dies Dach waren die seidenen Stränge befestigt, welche von der oben schwebenden Azotkugel niederhingen. Man wußte jetzt das Azot viel leichter und einfacher zu bereiten als im Anfang der Luftschifferei. Auch hatte lange schon die Versuche, Adler zu zähmen und an die Fahrzeuge zu spannen, Erfolg gekrönt. Man hielt auch viele Institute zur Zucht und Einlehrung dieser Thiere. Postämter befanden sich in allen Richtungen von Grad zu Grad, und wenn Reisende im Abstand einer Meile, bei Tag mit einer lang flatternden Fahne, bei Nacht mit einem Raketenschein sich meldeten, trafen sie alles bereit.

Das Fahrzeug, worin die Schöne nach Afrika eilen sollte, war mit zwanzig rüstigen Thieren bespannt. Guido bat flehend um die Erlaubniß, sie einen Grad begleiten zu dürfen. Athania und Gelino willigten ein. Er miethete also eine kleine offene Gondel, wie sie zu Briefposten im Gebrauch war, die nur an einem kleinen Ball hing und von zwei Adlern fortgeschaft werden konnte. Diese ward an das größere Fahrzeug befestigt und die beiden Adler einstweilen vorne mitgebraucht.

Man stieg an einem herrlichen Morgen ein, und ließ das Fahrzeug sich hoch erheben. Welche herrliche erquickende Empfindung, im reineren Aether oben, welch' entzückendes Schauspiel, die Sonne, die dem Thale erst im Purpurhauche am Ost sich verkündet hatte, nun schnell am tiefen Erdrund zu gewahren, da der Flug ihr zuvor eilte. Die Reisenden sahen die klare Sonnenscheibe des unbewölkten Himmels, doch unter ihnen schwand noch alles in Dunkel, weil Siziliens hohe Fluren noch nicht erhellt wurden. Nur der Aetna, welcher eben Flammen auswarf, entdeckte sich ihnen in feurigen Verschlingungen. Bald aber trafen Föbos Strahlen die Höhen des Eilandes, und kurze Zeit darnach lag es in seiner ganzen Gestalt erkennbar unter ihnen, denn sie schwebten hoch genug, Sizilien vom silberfarbnen Meere umgürtet, zu übersehen. Palermo, Messina und Sirakus waren kaum als Punkte bemerklich, die Orangen- und Pinienhaine zogen sich in blauen Streifen an den Gebirgen hin, die Thäler waren in ein heitres Gelb verschmolzen. Der

Liebenden Busen wallte hoch auf in dem frohen Anschaun, und nur die nahe Trennung störte ihre erhabenen Gespräche über den erhabenen Gegenstand.

Fürchte nichts, sagte Ini, ich komme gewiß nach Sizilien zurück. Es wird meine erste Bitte an die Mutter sein, meine Erziehung hier zu vollenden. Ich schreibe dir, was sie beschließt, und du kömmst mir dann wieder entgegen.

Die Reise ging schnell, da die Thiere munter die Flügel regten und man sich in einer stillen Luftregion befand, wo sie keinem Widerstand entgegen zu kämpfen hatten. Nach einigen Stunden lag die Bläue des Meeres unter ihnen und eine grüne Linie an seinem mittäglichen Rande bezeichnete Afrika. Der Grad ist bereits überschritten, sagte Inis Erzieherin, es ist Zeit, daß du an die Rückkehr denkst, Guido. Diesem waren die Stunden wie Minuten entwichen, er flehte um eine Zugabe von Frist. Man muß den Vertrag halten, antwortete Jene, auch merkte der Knabe, den Guido von der Luftpost zu Palermo mitgenommen hatte, an, die Adler dürften ermüden.

Guido stieg in den kleinen Kahn, vor welchen der Knabe die zwei Adler gelegt hatte, die nun rückwärts gelenkt wurden. Tausend Lebewohl rief er Ini nach, die ihren thränenden Blick zu ihm wandte. Bald sah sie von der kleinen Kugel nur einen hellen Punkt, den sie so lange als möglich mit dem Sehrohre verfolgte.

Guido war sehr traurig als er wieder in seiner Wohnung anlangte. Nur die Hoffnung, bald einer Nachricht von Ini entgegen sehen zu dürfen, richtete sein Gemüth auf.

Man hatte um diese Zeit die Mittel, sich aus der Ferne zu unterhalten, bedeutend vervielfacht. Telegraphen standen durch ganz Europa, in allen Linien von namhaften Orten, aufgerichtet, und Jedermann konnte sich ihrer gegen eine mäßige Zahlung bedienen. Die vervollkommnete Akkustik diente hier aber mehr dem Gehör, als früherhin die wenig umfassenden Zeichen dem Auge. Es gab Sprachtrompeten, welche bei Tag und Nacht, und fast bei jeder Witterung, auf eine Meile deutlich hörbar tönten und durch welche man von Station zu Station melden ließ, was man wollte. Ueber Meere leisteten dagegen die allgemein gewordenen Taubensendungen Hülfe. Ini hatte deshalb von dem Manne, der die Taubenpost zu Palermo hielt, sechs dieser gefiederten Boten mit sich genommen, um sie mit kleinen Briefchen am Halse zurückfliegen zu lassen. In diesem Orte waren deren ebenfalls aus Neu- Karthago, der jetzigen Hauptstadt von Afrika vorhanden, deren sich Guido bedienen konnte.

Jeden Tag eilte er zu dem Manne und blickte aus seinem Thürmchen nach Süden. Manche Taube kam geflattert, eins oder mehrere Papiere am zarten Hals, doch lautete die Aufschrift an andere Personen. Endlich nach einer

Woche schwebte es weiß daher und die röthlichen Füßchen einer niedlichen Turteltaube setzten sich auf den Schlag nieder. Das zahme Thier ließ sich willig ergreifen. An Guido, stand auf dem Briefchen. Hurtig ward es abgenommen und geöffnet.

Ini schrieb, wie sie von ihrer Mutter mit froher Zärtlichkeit aufgenommen sei, und diese Mutter, die ganz still auf einem Landhause bei Neu-Karthago lebe, auch ihre Liebe im reichen Maaße verdiene. Sie setzte hinzu wie sie nicht begreife, daß diese Mutter, bei einem so warmen Herzen, ihre Erziehung der Fremden habe übertragen können, und wie hier ein Grund vorhanden sei, bedeutende Geheimnisse zu vermuthen, um deren Aufschluß sie vergebens gefleht habe. Noch folgten begeisterte Schilderungen der vorzüglichen Eigenschaften dieser edlen Frau.

Guido, wie unendlich ihn der Empfang des Schreibens erfreute, ward tief bestürzt, daß darin von keiner Wiederkunft die Rede war. Er fürchtete, Mutterliebe werde die Tochter nicht wieder scheiden lassen, und Inis Herz — von dem er doch täglich mehr für sich hoffte — von ihm wenden.

Nach einigen Tagen langte ein zweiter Brief an. Hier schrieb ihm Ini, sie käme nach Sizilien zurück. Schwerer, als sie es geglaubt hätte, würde die Bitte darum ihr geworden sein, weil sie die Mutter einen Mangel an Anhänglichkeit hätte argwohnen lassen können, doch sei diese ihren Wünschen mit der Erklärung entgegen gekommen, Athania werde mit ihr auf ungewisse Zeit den vorigen Aufenthalt nehmen. Ini klagte noch mit schmerzlichem Gefühl über die nahe Trennung von einer Mutter, die so gut und weise sei. Sie setzte hinzu, daß sie — sonderbar — der verschleierten Mutter Antlitz nimmer schauen dürfe.

Guido war hoch entzückt über den einen Punkt, wenn ihn schon der andere nicht ganz ohne Unruhe ließ, denn die Liebenden wollen nichts als sich geliebt wissen, sogar eine Mutter nicht.

Nach einigen Tagen meldete ein Täubchen die Rückkunft auf Morgen an. Wie flog Guido zur Adlerpost, die Kouriergondel zu dingen. Wie froh schwang er sich zur Höhe!

Man lenkte bei diesen Luftfahrten nach Karten und Kompaß, konnte also den Strich nicht verfehlen, um so mehr als beides in sehr verbesserter Art vorhanden war. Denn man bildete die Karten in erhabener Arbeit, so daß sie auf das Genaueste die Berge, Städte, Felder u. s. w. darstellten. Alle Verhältnisse der Länge, Breite, Höhe waren richtig, wenn schon in bequemer Verkleinerung, und so, daß sie dem gewöhnlichen Auge nicht erkennbar wurden. Dann bediente man sich aber der jetzt so treflichen Mikroskope, unter welchen alles deutlich ward. Der Kompaß war mit Uhren, Zeitmessern und andern Vorrichtungen dergestalt verbunden, daß man, zumal auch die Längenfindung entdeckt war, in jedem Augenblicke den Punkt angegeben hatte, in welchem man sich befand. Es konnte mithin unserm Guido nicht fehlen, seinem Mädchen in der Luftregion zu begegnen.

Auch das Sehrohr entdeckte sie ihm schon auf weiter als zwei Grad' und er ward zu seinem hohen Vergnügen bald inne, daß auch ihr schönes Auge an dem nemlichen Instrumente lag, nach ihn auszusehen. So lächelten und liebäugelten sie einander schon zu, wenn gleich mehr als zwanzig Meilen entfernt. Bis auf einige Meilen genaht, leisteten ihnen die akkustischen Werkzeuge Hülfe, sich zu begrüßen und sich süße Dinge zu sagen. Herrliche Erfindungen für Liebende.

Endlich war das ätherische Häuschen erreicht, in welchem die gefeierte Schönheit saß. Guido konnte die Zeit nicht erwarten, aus seiner Gondel auf das Dach zu springen. Er war zu eilig, versah es, und — fiel.

In einer Höhe von viertausend Schuh fiel Guido nieder. Allein sämtliche Luftpassagiere waren gewohnt, eine Hauptbedeckung von einem dünnen Zeuge, mit kleinen Stäben aufgesteift, zu tragen, die sich bei einem etwanigen Unfall, durch die natürliche Wirkung der Luft, breit entwickelte. So erfolgte dann nichts weiter, als ein jähes Niedersinken von etwa hundert Schuhen Tiefe, dann hing man gesichert am Fallschirm und schwebte langsam der Erde zu. Der Postknabe flog mit seinen Adlern schnell niederwärts, fischte den Jüngling auf, brachte ihn wieder an Inis Fahrzeug, wo er diesmal vorsichtiger einstieg, nur den Schaden hatte ausgelacht zu werden, und — was für den Liebenden freilich wichtig genug ist, eine Minute verloren zu haben.

Guido und Ini hatten einander unendlich viel zu sagen, wenn schon die Weisheit es unendlich wenig genannt haben dürfte. Noch eifriger betrachteten sie einander: Der ganze Prozeß der Beiden legte es, wie wir schon oft genug berührten, auf Verschönerung an. Verschönt nun Liebe an sich, ist sie die beste Lehrmeisterin in jeder Kunst, fachen zugleich Trennung, Sehnsucht und Entzücken beim Wiedersehn sie um so höher an, so konnte es nicht fehlen, daß diese wenigen Tage sie ihren Zielen um etwas näher geführt hatten.

Nicht lange darauf kam der Kaiser nach Palermo. Er ließ sich den Jüngling vorstellen und bezeugte seine Zufriedenheit mit dem vortheilhaften Bericht, welchen sein Erzieher über ihn abstattete. Dann gebot er diesem, sogleich eine Reise mit Guido anzutreten. Wenn diese vollendet wäre, sollten sie nach Rom kommen, und würde dann der Jüngling, bei einer neuen Prüfung, bestehen, verhieß Jener, sollte er zu einem wichtigen Staatsamte berufen werden.

So standen also die Sachen. Morgen sollte Guido scheiden. Ini empfahl ihm nichts wärmer, als das Ideal nimmer zu vergessen, welches sie ihm nun auch einhändigte. Sind die drei Jahre um, sprach sie, und wir haben Beide erreicht, was wir wollten, dann liegt es schon in der ganzen Natur dieser Schönheit, daß wir uns besitzen müssen. Und nun scheide mit einem männlichen Lebewohl.

Daß es nicht sehr männlich war, und die ermannende Rathgeberin selbst im Geheim der Fassung entrathete, ist zu vermuthen. Bei dem Allen ließ die hohe Wehmuth des Abschiedes auf lange Dauer wieder einen neuen Zug von Schönheit zurück.

Guido sollte nicht immer durch die Höhen reisen, weil ihm die Tiefe dann nicht kund geworden wäre. Ein segelfertig Schiff im Hafen ward bestiegen, das den Lehrer und Zögling nach der jetzigen Ostmark des Staates von Europa tragen sollte.

Die Kunst zu schiffen hatte bedeutend gewonnen. Unendlich geringer war die Gefahr dabei. Strand, Klippen, Meergrund hatte die viel erweitete Geographie treflich bezeichnet, der gute Pilot wußte den Strich, kannte die Tiefen seines Fahrwassers genau. Nächtliches Dunkel bereitete kein Hinderniß, weil man die Fahrzeuge mit Reverberen umhing, die im Umkreis einer Viertelmeile fast Tageshelle verbreiteten. Der Kampf mit Stürmen brachte Niemand mehr in Verlegenheit. Denn es gab Ankertaue aus feinen Metalldräthen, welche große Haltbarkeit mit geringem Umfang verbanden, und befestigte dadurch das Schiff, mogte die See noch so empört wogen. Bei Windstillen, die früherhin den Seefahrer in zeitraubende Unthätigkeit versetzten, halfen neuerfundene Ruderwerke, durch einen einfach kunstvollen Mechanismus in Bewegung gebracht. Man baute auch weit größere Schiffe, was um so eher anging, als die Häfen überall zu ihrer Aufnahme geeignet waren, und benutzte den Raum darin geschickt. Es war endlich ein Lack erfunden worden, der allen Eindrang von Wasser hemmte, daher die Waaren in den Kellern ganz trocken lagen und zugleich in sehr großer Menge, denn rohe Erzeugnisse zu verfahren, schämte sich der meisten Nationen Kunstfleiß, und die verarbeiteten nahmen weniger Platz ein. Der obere Theil der Schiffe war gemeinhin sehr vortheilhaft abgetheilt. Die Seeleute hatten Verfeinerung genug angenommen, um sich nicht auf einseitige Beschränkungen zu verstehn, und der Lebensgenuß war Jedermann zu wichtig, als daß er irgendwo verbannt gewesen wäre. Deshalb fand man hier einen Konzertsaal, der auch zum Theater umgeschaffen werden konnte, ein Lesezimmer, dessen Wandschränke mit Büchern, Karten und Instrumenten zum Behuf der Seefahrt und Naturkunde gefüllt waren. Eine breite Gallerie umlief das Schiff, besetzt mit Fruchtbäumen und Blumen in Töpfen. Hier lustwandelte man, ohne durch das Arbeitgetöse auf dem Verdeck gestört zu werden.

Zweites Büchlein.

Die Reise.

Gelino bemühte sich während dieser Meerfahrt den Zögling in mancherlei ihm noch unbekannten Dingen zu unterrichten. Das Vergnügen der Bequemlichkeiten mancher Art, die Zerstreuungen durch Musik und Bühne, wurden ihm sparsam zugemessen; er mußte dagegen häufig im Kristallthurm weilen, und die Natur unter der Wogenfläche beobachten.

Mit diesem Thurme hatte es folgende Bewandniß.

Er war nur so groß, daß etwa drei oder vier Personen, ein scheidekünstlerischer Apparat und mancherlei Beobachtungsinstrumente darin Raum fanden. Von starken Bohlen viereckig gebaut, mit Seitenfenstern von sehr dickem aber vollkommen durchsichtigem Kristall. Der Boden überaus fest, um bei einem Stoße an Klippen nicht in Trümmern zu fallen. Die Decke an einen dicken, hohlen Metalltau gebunden, der ins Innre lief. Zudem vollkommen gegen den Eindrang der Fluthen gesichert.

Dieser Thurm ward nun ins Meer gelassen, indem er in der Gegend des Steuerruders befestigt blieb. Durch seine Schwere ging er unter. Die Höhlung des Taues setzte die unten befindlichen Personen in den Stand, mittelst eines Sprachrohrs verlangen zu können, ob sie tiefer hinab gesenkt, oder höher hinauf gezogen sein wollten. Die Chemie hatte lange schon die Mittel entdeckt, eine verschlossene Luft durch Reinigen und Erzeugen von Sauerstoff athembar zu erhalten. War das Meer nun nicht in zu lebhafter Bewegung, so konnte man durch die Fenster alles weit um sich entdecken, ja man bediente sich einer Art Lampen vor Hohlspiegeln, um die Tiefe nöthigenfalls noch mehr zu erhellen.

Welche Entdeckungen hatte die Naturkunde seit dieser Erfindung gemacht! Die Welt im Ozean, von der Ehedem so wenig bekannt war, lag nun dem Auge des Forschers offen da.

Furchtbar schien es dem Neuling, im tiefen Gebiet der Nereiden und Tritonen zu hausen, auch nahten manche schlimme Gefahren. Die Meerungeheuer, ergrimmt über den seltsamen Besuch, wütheten bisweilen gegen des Thurmes Fenster und suchten sie zu zerstören. Allein es mangelte auch nicht an Vorkehrungen. Stacheln an den Ecken empfingen sie unfreundlich, so daß sie sich bald auf die Flucht begaben. Auch gab es Fallen mit einem künstlichen Mechanismus, die hie und da einen Seelöwen, einen Haifisch, einen Delphin und andere erst seit dieser Erfindung bekannt gewordene Thiere umklammerten, die denn als eine Beute für die Schiffsküche oder für eine Sammlung von Seltenheiten mit empor gebracht wurden. Bisweilen fanden sich aber zu große Thiere ein, und wenn der Thurm nicht eilig genug zur Höhe gewunden ward, ging er mit seinen Bewohnern verloren.

Neue Steinarten auf dem Meergrunde, Fossilien, andere Gattungen von Perlen und Korallen waren eben sowohl in großer Menge entdeckt worden, als man die Ichtiologie bereichert hatte.

Hier blieb Guido halbe Tage lang, übte den kaltblütigen Sinn in Lebensgefahr und ärntete merkwürdige Kenntnisse. Von dem was er sah und lernte, hielt er ein Tagebuch, brachte das Vorzüglichere davon in einen Auszug und sandte ihn durch mitgenommene Tauben an Ini.

Man gelangte in den Archipelagus. Die meisten Eilande wurden besucht. Sie waren jetzt zum Theil von Hirten bewohnt, die ein dem alten arkadischen ähnliches Leben führten, denn Unschuld und fromme Sitte hatte man einheimisch gemacht; zum Theil aber sahe der Reisende vortreffliche Anstalten zur Bildung von Seeleuten und zum Schiffbau, wozu die Lage einlud.

Guido gesellte sich bisweilen zu den Jünglingen und Mädchen unter den Hirten. Jene trugen gemeinhin an einem Bande ein Sehrohr auf dem Rücken weil sie in klaren Nächten die Beschäftigung ihrer Urväter trieben und die Sternkunde bereicherten. Daneben fertigten sie eine liebliche Art Flöten und begleiteten den Gesang froher Mädchen, deren Hand zugleich ungemein wohltönende Citharen rührte. Wie weit auch diese Musik der Zephirharmonika nachstand, mit welcher Ini ihn bezaubert hatte, fühlte Guido dennoch die Rührung einfacher und tief empfundener Melodien. Natur und harmlose Lebenssitte hatten auch diese Menschen so poetisch gemacht, daß auf Verlangen oder aus eignem Drang, Hirten und Hirtinnen Lied und Harmonien auf der Stelle erfanden und vortrugen, was die Hörer in die Zeiten der Amphion und Homer versetzte. Guido entwarf davon eine anziehende Schilderung und sandte sie Ini.

Das Verlangen Athen bald zu sehen, regte sich nun lebhafter, denn zu viel hatte ihm Gelino davon gesagt. Es wurde auch in kurzem gestillt, man erblickte das alte Vorland Sunium, die Berggipfel Parnes und Brilessus, und lag bald darauf im Hafen Piräus vor Anker.

Gelino unterrichtete ihn im Voraus über die Erscheinungen, welche ihn auf diesem merkwürdigen Erdfleck belehren sollten.

Im achtzehnten Jahrhundert, hub er an, ereignete sich in der Provinz Frankreich jene bekannte Staatsveränderung, welche das Schicksal bestimmt hatte, nach und nach allen Reichen am Erdboden eine neue Gestalt zu geben. Nach langen blutigen Kriegen, die bis tief ins neunzehnte Jahrhundert geführt wurden, kam der größte Theil von Europa unter eine Obergewalt, welche aber die Unterregierung mehrerer Könige feststellte. Man nannte dies Reich, das erneute römisch-abendländische und Rom wurde, wie es jetzt noch ist, der Wohnsitz des Kaisers. Der schwerste Kampf war gegen die Albionen, damals in Schiffahrt und Seekrieg berühmt, welche ungeheure, wenn gleich meistens eingebildete, Reichthümer gehäuft und den gigantischen Entwurf gemacht hatten, die Handlung des ganzen Erdballs an sich zu bringen. Doch nach einer gelungenen Landung flohen die Vornehmen mit ihren klingenden Schätzen nach dem Indien am Ganges, und Calcutta ward die Hauptstadt ihres neuen Reichs. Das Volk blieb verarmt zurück und mußte unter fremder Regierung seinem Kunstfleiß eine andere Richtung geben.

Doch bildete sich neben dem abendländischen Kaiserthume auch ein neues morgenländisches. Einen Cäsar an der Spitze, der sich den griechischen nannte, drangen die Völker des Nordens hervor, mit eisernen Armen, in alt scithischer wilder Kraft und dennoch mit den Künsten der vorhandenen Kultur vertraut. Den Boden des ehemaligen Griechenlands hatten damals die Ottomannen inne, ein kräftig Volk, voll Religion und warmer Phantasie, doch weit zurückgeblieben in den Wissenschaften. Sie mußten bald aus Europa weichen, wo ihr Sultan, durch mehrere Jahrhunderte, auf Constantins Thron gesessen hatte. Allein ihr reizend Gebiet in Europa ward der Zankapfel zwischen den beiden Großmonarchien. Neu-Griechen und Neu-Römer machten ihre Ansprüche darauf mit dem Schwerdte gültig. Eine verheerende Fehde folgte der andern, die Menschheit blutete. Man sah in den lachenden Gegenden nur Ruinen, entvölkerte Wohnplätze, verwüstete Auen. Umsonst mahnte Philosophie der blutenden Menschheit zu schonen. Zu gewaltig fühlten sich die Streitkräfte, zu entflammt waren die ehrgeizigen Gemüther, stolzer gemacht durch bedeutende Erfolge und immer weiter strebend in ungemessenen Entwürfen.

Zuletzt veranstalteten beide Kaiser eine Unterredung zu Constantinopel. Mein muß Europa gehören, sagte der Occidentale, die Natur seiner Gränzen weist mich darauf an, ich ende den Kampf darum nicht und sollte das lebende Geschlecht darin untergehn. Doch nimm dir vom alten Morgenland Roms, das herrliche Klein-Asien, Sirien, dringe zum Euphrat vor, ja bemächtige dich aller Lande, denen einst Cirus gebot. Ich will dir in deinen Eroberungen treulich beistehn. Schon ist dein Asien dem Umfange nach, größer als mein Gebiet, wie viel reichere fruchtbarere Provinzen kannst du ihm noch zugesellen.

Die Kühnheit des Plans gefiel dem Monarchen aus dem Hause Romanow.

Da kamen von den Strömen Obi, Lena, Jenisei, von den Seen Aral, Telegul, Baikal, von den Altanischen und Sajanischen Gebirgen streitbare Krieger. Turalinzen, Kirgisen, Teleuten, Abinzen, Tschulimische und Werchotomekische Tatarn strömten über den Kaukasus, Hülfsvölker aus den stolzen Spaniern, den ehrgeizigen Franken, den markigten Germanen, den feurigen Polen, den schlauen Italiern und andern Nationen zusammen gebracht, drangen über die Meerenge von Constantinopel vor oder landeten an den Küsten von Sirien.

Tapfer vertheidigten sich die Anhänger der Religion Muhameds. Doch Uneinigkeit theilte ihre Kraft, sie waren der überlegenen Kunst nicht gewachsen. Zwar kostete es Jahre, mühevoller Anstrengung und das Leben von Hunderttausenden, endlich aber wurden bis zu Mesopotamien hin alle alttürkischen Besitzungen überschwemmt. Der Schach von Persien kam den Glaubensverwandten zu Hülfe, ward so in die Kriege verflochten und erlag am Ende des neunzehnten Jahrhunderts auch.

Nun ward Ispahan des neuen ungeheuren Staates Mittelpunkt. Man bemühte sich mit Weisheit die Völker zu gewinnen, indem ihnen nach und nach die Wohlthaten der Kultur einleuchtend gemacht, und die verschiedenen Religionen in einen, von Wahn gereinigten, und durch allgemeine Moral veredelten, Kultus vereint wurden.

Bald aber sahe man sich genöthigt neue Kriege im Ost zu beginnen. Die Albionen in Indien waren mächtig geworden. Sie trieben nicht nur in allen Gewässern zwischen Madagaskar und Japan ihr altes Spiel, sondern hatten auch zu Lande ihre Herrschaft bis über Tibet hinaus verbreitet, befehdeten den Khan von Sina, und gaben den Neu-Persern (so nannten sich jetzt die vormaligen Moskowier) zu vielen Klagen Anlaß. Die Waffen mußten entscheiden, ein hartnäckiger Kampf durch mehrere Jahrzehende folgte. Doch ein Monarch, Cirus Alexander genannt, drang zuletzt an den Ganges vor, nahm Calcutta ein und die Albionen sahen sich abermal gezwungen ihr Reich übers Meer zu verlegen. Sie wählten Neu-Holland, da Cirus Alexander ihnen auch die Inselgruppe von Borneo wegnahm. Doch jenes große Eiland, das nunmehr den Namen Süd-Brittania empfing, sammt vielen andern und manchen neu entdeckten am Pol, bildet jetzt ihr stattlich Reich und die kunstfleißige und üppige Hauptstadt Botani-Bai ist zu der Bevölkerung einer Million herangewachsen. Zu Calcutta, das sie eilig räumen mußten, fand man eine Abtei voll Grabmähler und Denkbilder großer Seehelden und Gelehrten. Denn dies Volk war von uralten Zeiten her ungemein dankbar gegen Verdienste um das Vaterland, und darum ist es ihm auch wohl gelungen mit anfänglich geringen Hülfsmitteln bewundernswerthe Dinge zuvollziehn.

Nachdem das Neu-Persische Reich gestiftet und befestigt war, genoß das abendländische Kaiserthum einer langen glückseligen Ruhe. Der Kaiser Marcus Aurelius II. berief zu Anfang des zwanzigsten Jahrhunderts die Fürsten und Weisen aus allen Landen, um eine Verfassung zu gründen, wie das Bedürfniß der vorgerückten Zeiten sie verlangte.

Hier wurde nun vorerst angetragen, den Namen abendländisches Kaiserthum aufzugeben. Was dürfen wir Rom nachahmen? fragte man. Unser Reich ist an Umfang, Reichthum und Gewalt, bei weitem größer als das Reich der Quiriten in seiner üppigsten Blüthe. Haben wir allenfalls in Asien mächtigere Feinde zu fürchten als sie, so fehlt es uns nicht an Bundgenossen, mit denen vereint wir ihnen kräftigen Widerstand leisten können. Da auch die reinste Gemeinsache der Zweck dieses großen Landtags ist, so heiße das Reich künftig die Republik Europa.

Aurelius, weit entfernt, seine Rechte gekränkt zu finden, sahe hier nur seine Wünsche ausgesprochen.

Nur Gleichheit, sagte der weise Gekrönte, ist Verfassung des Rechts. Wenn Spaltung des Willens Ehedem die Republiken erschütterte, und sie zuletzt in Herrschaft der Willkühr untergehen ließ, so kam das daher, weil die Volksvernunft noch nicht hinlänglich gereift war, das Gute klar einzusehn. Man nannte die Tugend Stütze der Gemeinsache, Ehre die des Alleinregiments. Thörigter Irrwahn beide Begriffe zu scheiden. Heil der Zeit, welche endlich einsah, Ehre könne allein der Tugend Preis werden und Tugend sei durchaus nichts anderes als Huldigung der Vernunft.

Dann bedingt aber die Verfassung, durch sich selbst, Volkswillen und Alleinherrschaft so verbunden, daß der Mann auf der Spitze, jenen nachdrücklich ausspricht, und, wie er ihn von unten herauf vernahm, ihn von oben hinunter in Erfüllung gehen läßt.

Es gab Zeiten wo die Fürsten sich freuten, blindgehorsamen, vernunftarmen Sklaven zu gebieten. Jetzt, dem Himmel sei Dank, finden wir nur Ehre darin, freien, edlen, verständigen Bürgern vorzustehn. — So sprach dieser Monarch.

Du wirst auf deiner weitern Reise Gelegenheit finden, die Einrichtungen zu sehn, welche nun in der monarchischen Republik gegründet wurden, indem man unabläßig strebte, Tugend und Ehre zu gatten, und zugleich die Volksintelligenz und die Fürstenintelligenz erzog. Viel Hohes, Großes, Kräftiges, Entzückendes ist daraus hervorgegangen, wenn gleich freilich immer noch ein Grundsatz für die Tugend der Bürger mangelt, der ihre Tugend gewiß, ächt und als solche erkennbar macht. Ihn zu suchen ist das hohe Geschäft der Zeit, wiewohl man noch nicht glücklich darin war.

Vor der Hand merke aber so viel von jenen Anordnungen:

Alle Völker von Europa sollten zur Sitteneinheit erzogen werden.

Man führte darum Ueberall dasselbe Maaß in Schwere und Umfang, dasselbe Tauschmittel, dieselben Satzungen des Rechtes, ein.

Die allgemeine Sprache durch ganz Europa folgte.

Die Völker hatten ihre besonderen Fürsten, da Eine Obergewalt unmöglich das weite Ganze im Einzelnen überblicken konnte. Diesen Fürsten blieb die Würdeerblichkeit zugestanden, um den Uebeln der Ehrsucht, List, Bestechung auszuweichen, doch haftete sie nicht an dem erstgeborenen, sondern an dem edelsten Sohn. Hierüber mußte das große Rechtstribunal schlichten, welchem der Kaiser vorsaß und wo auch alle Streitigkeiten der Fürsten gehoben wurden, wodurch, wie das Staatswohl auch von selbst verlangte, ein immerwährender Friede in Europa bestand, ein wichtiger Triumph der Zeit, wogegen die Vorwelt, in den Reichen, die jetzt nur, trotz ihren erblichen Gebietern, als Provinzen betrachtet werden, traurige innere Kriege sah. So hatte unter andern einst Deutschland einen Föderalismus gestiftet, wo aber demungeachtet sich ein Fürst gegen den andern der Waffen bediente. Doch, damit die Erben von Thronen, sich ihres erhabenen Berufs würdig machten, mußten die Väter, des Gemeinwohls halber, das frohe häusliche Verhältniß aufgeben, sie um sich zu sehn. Zeitig wurden die Söhne fernen Erziehungsanstalten übergeben, wo sie, unerkannt und unter andern Pfleglingen, nach den Grundsätzen gebildet wurden, die die Weisheit für die besseren erkannte, und welche sie immerfort veredelten. Dann bekleideten sie Aemter mannichfacher Art und wurden in Lagen gebracht, wo ihre schon entwickelten Talente sich noch mehr kräftigten. Endlich, männlich gereift, an Leib und Geist prangend ausgestattet, erfuhren sie ihre hohe Bestimmung und traten sie, von Schmeichelei und Lüsten unverdorben, an. Dieser Gebrauch ging in der Folge sogar auf die Fürstentöchter über, und keineswegs dürfen die Kinder der Kaiser davon ausgenommen sein.

Was für die Religion, den Landbau, die Wissenschaften, Künste, Handwerke, die Ausrottung der Armuth, von Oben geschah, daß sie Unten desto freier gedeihen konnten, wird sich dir an seinem Orte verkünden.

Ungeachtet der beschloßenen und nach und nach durchgeführten Identität der Europäer, glaubte man dennoch, dieser oder jene Landstrich könne durch seine Natur, und allenfalls durch gewisse Uebertragungen vom Alterthum, sollte es auch nur das begeisternde Andenken sein, sich für gewisse Beschäftigungen vorzüglich eignen. So wurde den bildenden Künsten, deren schönen, sittlichen Einfluß man nicht verkannte, das alte Griechenland zum Wirkungskreis angewiesen, und dabei, auf allgemeine Kosten, der lieblich phantastische Plan ausgeführt, Athen wieder aufzubauen. Du wirst diese Stadt nun sehen und zwar möglichst genau nachgeahmt, so weit nur die

Alterthumskunde dazu Hülfsmittel anbot. Du wirst dich in die Zeiten des Perikles zurück wähnen, in seine Mauern tretend. Keiner von den Tempeln, keins der ehmaligen öffentlichen Gebäude mangelt. Bildhauer und Maler treiben vorzüglich ihre Kunst, und wenn der Hauptanreiz vor Zeiten in dem großen vortheilhaften Absatz der Statuen und Gemälde bestand, welche der alte Politheismus aus der halben bekannten Welt in Attika kaufte, hat auch der neuere Kultus diesen Anreiz wiederholt, indem es ein Gegenstand des Stolzes geworden ist, simbolische Darstellungen aus Athen zu besitzen, deren wohl viele schon in Palermo oder Messina dir zu Gesicht kamen. Ohne diesen begünstigenden Umstand würden Athens neuere Bildner schwerlich die Phidias und Apelles zurück gelassen haben, wie es wirklich geschehen ist. Mitbewerbung ist jedoch, wie sich von selbst versteht, hiedurch nicht aufgehoben, bei der allgemeinen Freiheit in Europa mag die Künste üben wer da will, und wo er will, auch wetteifern die Maler in Italien sehr glücklich mit denen am Ilissus, doch die Fertigkeit in Stein zu gestalten, drang hier am weitesten, wie überhaupt auch die Vorkunde (Theorie) des Schönen, in Athen am meisten einheimisch ist.

Bei den Worten *Vorkunde des Schönen* erglühte der Zögling und dachte an Ini, die sinnige Malerin. Es soll mich wundern, sagte er zu sich, ob die Bildner zu Athen meine holde Geliebte an Zartheit und Imaginazion übertreffen werden.

Man zog nun in die Stadt ein. Guidos Herz wallte hoch auf, bei den rührenden Erinnerungen an das edle Alterthum, so lebendig durch die Nachahmung versinnlicht. Vor allen Häusern standen Hermen, deren Vollkommenheit Staunen erregte, das einfache und doch mit großem Eindruck erfüllende Ebenmaaß der heiter-majestätischen Tempel, legte entzückende Bewundrung auf.

Gelino besuchte mit seinem jungen Freund die Werkstatt des gerühmtesten Meisters unter den Bildhauern. Der Mann faßte den Jüngling fest ins Auge, und schien befremdet. Dann zeigte er willig seine reichen Vorräthe, zu welchen die meisten Künstler von Belang ihre Arbeiten geliefert hatten, die nun in den weitläuftigen Säälen dieser Werkstatt und unter vortheilhafter Beleuchtung, dem Auge der Fremden ausgestellt sein sollten.

Was als Kunstvorwurf gelten konnte, wurde in Athen auch künstlerisch behandelt und man band sich durch keine Vorliebe. Aus der alten Griechenmithologie sah man nicht nur trefflich gelungene Nachbildungen jenes Apollon, jener Venus, jener Niobe und anderer Statuen, die sich einst glücklich durch die Jahrhunderte der Barbarei retteten und in späteren das Morgenroth des Schönen wieder aufgehen ließen, sondern man hatte auch die nämlichen Ideen auf andere Weise bearbeitet und der Vorsprung des Genius ward daran sichtbar. Föbos hatte weit mehr Göttlichkeit, die Göttin von Paphos mehr weibliche Anmuth, wenn frühere Zeiten dies schon unbegreiflich fanden.

Auch aus der alten nordischen Götterlehre wählten die Künstler Stoffe. Odin, Wodan, die Valkiren, waren in trefflichen sinnlichen Verherrlichungen aufgestellt, eben so Brama, Osir und was sonst dazu sich eignete.

Für Sääle und Gärten der Großen in Europa fand sich immer Nachfrage, auch hatte jede namhafte Stadt einen Park, zur Ergehung der Bewohner, angelegt, den der Kunstsinn gern schmückte, überzeugt, dies wirke lebendig auf den Flug der Gemüther ein, und die so vervollkommnete Leichtigkeit der Fortschaffung mäßigte die Kosten.

Der regsamste Kunsteifer ward aber durch die Landesreligion unterhalten. Ein Sinod von Weisen hatte früherhin fünfzigjährige Sitzungen gehalten über diesen höchst wichtigen Gegenstand, etwas Allgemeingültiges, Dauerndes festzustellen. Tausend Vorschläge hatte man geprüft und verworfen, bis eine ansehnliche Mehrheit sich für die folgenden entschied.

Die christliche Moral, sagte der Sinod, ist die erhabenste, noch nicht übertroffene Legislatur der Rechtsgefühle, doch die christliche Glaubenslehre kann nur einem finstern Zeitalter anpassen. Wenn jene, ihrem Geiste nach, und auf die ehrwürdige Urreinheit zurückgeführt, nach Jahrtausenden segnend auftreten kann, so ist diese, nach den ungemessenern Begriffen vom Weltgebäude, welche ein aufgehelltes Geschlecht errang, nicht länger brauchbar, wenn die Vernunft nicht mit sich selbst im Widerspruche leben will.

Was ist hier aber zu thun? Ein Abstrakt bindet, uralten Erfahrungen zufolge, die Herzen zu wenig, was durch die Phantasie zur Vernunft dringt, nimmt nicht nur die Schwäche, auch der kräftige Sinn freundlicher auf, vorzüglich wenn es in das Leben der Handlung übergehn soll.

Verbannen wir daher vom *Denken* alles Bildliche, doch zum *thätigen Wirken* mögen immer Dichtung und Künste uns lieblich begeistern.

Der mosaisch-christliche Theismus sei und bleibe die Grundlage unserer neuen, und dennoch aus dem tiefen Alterthume empfangenen Religion. Wir glauben an eine Gottheit, unbegreiflich den Formen, in welchen uns dermalen unsere Natur zu erkennen gestattet. Außer dem Raume, außer der Zeit, unendlich, ewig, allmächtig bezeichnen wir diese Gottheit, nichts Höheres wissen wir zu nennen, wenn wir uns auch in tiefer Anbetung bescheiden, was wir nennen nicht zu verstehn, und ein eitles Streben, das unsere Kräfte übersteigt, sein Wesen näher zu fassen, aufgeben.

Keine Ehrengebäude dieser erhabenen Vermuthung! Unwürdig stellt sie die Materie dar. Könnten höhere Wesen ihm Tempel weihn aus Erdsternen, Altäre darin aus Feuersternen, es priese ihren Urheber nicht. Nur Einigemal im Jahre mag sich die dankbare Andacht unter dem himmlischen Gewölbe versammeln, und sich selbst heiligen, in heiliger Empfindung. Wenn der Ball sich wieder zu den Sonnenflammen dreht, ihren befruchtenden Segen zu trinken, wenn wir ärnteten, was die innere Götterkraft der Auen nährend gestaltete, dann wimmle die Menge in Eintracht hinaus und huldige.

Doch da die ewige Gottheit, nicht wohnend im Raum, nicht schwimmend im Strome der Zeiten, unserm jetzt auf diesen Erdstern angewiesenen Geiste, nur im Simbol sich offenbart, so ist es hehr und würdig, zu ehren, was wir irrdisch-göttlich nennen, und sich, so weit der Staub vermag, bildete nach dem Ideal des Allgöttlichen, wie es im Busen der edleren Menschheit geahnet wird.

Laßt uns preisen, was schon das tiefe Alterthum pries, schon so viele Millionen der Gestorbenen zur Tugend erwärmte, uns im Abbild erkennbare Muster des Hohen giebt, es einen mit den Satzungen unsers Bürgervertrags. Laßt uns Stätten des innigen Andenkens erbauen, die uns rührender mahnen und zur Nacheiferung weihen.

Moses, der hohe Urpriester der einigen Gotteslehre, der weise Erfinder heiliger Gesetze, der kräftige Held, ist werth unserer Ehre. Sei er uns Heros des Rechtes, des Kampfes, wo uns geboten wird, gegen innere feindliche Leidenschaft, oder äußere Krieger die Waffen der Vernunft oder des Armes zu erheben. In seinen Tempeln werde das Recht gelehrt, gesprochen, in seinen Tempeln entflamme sich der Muth, wenn des Vaterlandes Vertheidigung uns zum Schwerte ruft.

Jahrtausende nannten den Jüngling in Palästina göttlich, der in wenige Worte die Lehre der reinsten Menschlichkeit zusammen drängte. Er sei uns der Heros des Brudersinns. Er liebte die Kinder, die Erziehung sei ihm geweiht. Ehren wir sein Andenken, indem wir streben, von seinem Geiste durchdrungen zu werden. Vor seinen Altären höre die brüderliche Versammlung, Moral der Gemeinschaft, und der Weisen Unterricht, klüglich die Keime im jungen Herzen zu pflegen. Hier werden die Jünglinge, das aufblühende Mädchen oftmal geprüft, in ihren Fortschritten zur Veredlung.

Schöner zarter Mithos deiner himmlischen Liebe, o Maria, dir gebührt eine Stätte in unsrer Religiosität! Das Weib fühle sich erhoben, eine Heilige ihres Geschlechts in Tempeln gefeiert zu sehn. Mag der poetische Flug in Marmor und Farben, mag er im Gebiet holder Dichtung wetteifern, einem gebildeten Volke schöne Bildungen der hohen Maria zu geben. Ihr bringe die Liebe Anbetung, und erhebe sich begeisterter zum Himmlischen, sie sei die idealische Königin aller Schönheit und die Künste machen sich ihr werther, in dem lieblichen Wahn, von ihrer Glorie umstrahlt zu sein. Die Ehe knüpfte ihre innigen Bande, Maria vor deinen blumengekränzten Altären.

Des ernsten Moses Priesterthum verwalten ergraute, ruhmgenannte Helden, untadelhafte Volksrichter und Fürsten, deren weise gepflogenes Amt die allgemeine Liebe lohnte. Des sanften Christus Tempeldienst sollen die edelsten Jugendlehrer verwalten, wenn sie dem Gemeinwesen eine bedeutende Zahl trefflich gedeihender Zöglinge gaben. Künstler, die verklärenden Genius in ihren Werken offenbarten, üben den Kultus der schönen Heroin Maria, Chöre von unsträflichen Jungfrauen im Gefolge.

So geben wir dem Irrdischen höheren Adel, indem es mit den Ahnungsträumen göttlicher Natur verwandter gemacht wird.

Diese Religion, anfänglich mit vielem Widerspruch der lebenden Generation bekämpft, wurde bei den folgenden allgemein, und gab den Künsten reiche Vorwürfe. Man sah den Heros des Rechtes und der Waffen, vielfach gestalten. Die Idee desselben ward von dem strebenden Kunstsinn immer herrlicher empfangen, und jene Kraftsumme, lange in dem Standbilde des Herkules der Farnese bewundert, blieb bald gegen den vollendeteren, zugleich geistvoller ausgeprägten Moses einer geistvolleren Zeit, zurück. Neben einer Anmuth und einem Einklang der Verhältnisse, wie sie viele Jahrhunderte an jenem Apollon rühmten, hatte die reifere Kunst den Christusdarstellungen eine unbeschreibliche Hoheit und Milde, über das göttliche Antlitz gegossen, so daß nicht nur der unterrichtete Kennersinn, sondern jeder im Volke, von dem Gesammtausdruck auf das Innigste ergriffen, gerührt wurde, und der Begriff *vollkommene Menschlichkeit* nach Maasgabe seiner geringeren oder vollendeteren Bildung, schwächer oder erhabener vor seiner inneren Seele schwebte. Nichts übertraf aber die Gestaltungen der Maria. Hier hatte sich die reinste Poesie der Kunst entfaltet. Vor den schönsten dieser Statuen, gingen die lieblichen Mädchen von Athen selten weg, ohne einen neuen Zug eigner Schönheit mitzunehmen.

Wie staunte aber der schönheitsinnige Guido, von dieser Kunstsammlung umgeben! Er schöpfte in der gefühlten Begeisterung frohen neuen Unterricht über das Ebenmaaß der Formen, und lernte Inis Gebote klarer verstehn. Hoch mußte er jedoch bewundern, daß seine Geliebte, die sich nimmer in Athen befunden, sondern ihr Studium vor den Kunstwerken in Sizilien geübt hatte, zu einer Idee gelangt war, welche dennoch näher an die Vollkommenheit zu reichen schien, als alles, was er hier erblickte.

Der gepriesene Meister trat wieder zu ihm heran. Jüngling, nahm er das Wort, von wannen du auch seist, du stammst aus einem Geschlechte, das durch eine lange Reihe von Gliedern, hoher Entwicklung entgegen strebte.

Guido ward verlegen, da ihm nichts über seine Herkunft bekannt war.

Der Bildner fuhr fort: Edler Einklang spricht aus deiner Gestalt, die Kunst würde nichts zuzugeben vermögen, wenn sie dich in Marmor darstellte, nur am Haupte, an der Stirn, an Mund und Wange, bleiben einige Umrisse, einige Linien zu wünschen übrig.

Guido erröthete, gab aber doch mit unbefangenem Selbstgefühl die Antwort: Ich zähle noch nicht zwanzig Jahre, meine Entwicklung ist unvollendet. Wer weiß —

Dann bat er den Künstler, sein Profil so zu zeichnen, wie es die Forderung der höheren Wissenschaft verlange.

Es geschah. Neugierig gespannt blickte Guido hin. Es dünkte ihm jedoch, der Mann stände in seinem Entwurf gegen Ini unvollkommen da. So überfliegt denn der Liebe Genius weit die Lehren der Kunsterfahrung, sagte er sich mit geheimen Entzücken.

Während dieser Unterhaltung bemerkte er, daß viele Schüler umher saßen, die ihn zeichneten, und geschmeichelt, weilte er länger. Bei dem allen pflanzte sich Eitelkeit nicht in seine Brust, dagegen hatte ihn Inis Reinheit verwahrt.

Man begab sich nun in die Kunststätte des berühmtesten unter den Malern, so reich an Schildereien als jene in Werken aus Marmor, Porphir und Elfenbein. Voll hingen alle Wände, und die lebendigen, farbigen Gestalten, zogen des Jünglings Blicke noch mehr an. Gefällig erklärte ihm der Vorsteher Bedeutung und Werth. Die Malerei, hub er an, stieg vor mehr als einem halben Jahrtausend auf eine bedeutende Höhe, von welcher sie aber späterhin, aus mannichfachen Ursachen, wieder herabsank. Im siebzehnten, achzehnten, neunzehnten Jahrhundert gab es durchaus weder einen Raphael, noch Rubens, noch Titian. Doch wenn die Ausführung krankte, rettete sich das Urtheil durch die unfruchtbare Zeit, und bereitete vollkommenere Schöpfungen vor. Ein tiefdenkender Kunstrichter zu Ende des siebzehnten Jahrhunderts, maaß das Verdienst der ruhmvollen Maler, nach einer höchst sinnig entworfenen Tabelle ab, wo Zeichnung, Zusammenstellung, Farbe und Ausdruck, unter gewiße Staffeln gebracht waren. Zwanzig Grade enthielt die Tabelle, den achzehnten nahm sie bereits erreicht an, den neunzehnten noch nicht, den zwanzigsten unerreichbar. Sie erkannte Raphael den Preis in Zeichnung und Ausdruck zu, wenn dagegen Titian im Kolorit ihn bei weiten übertraf, Rubens im Ausdruck mit ihm wetteiferte, und ihn in der Zusammenstellung zurückließ. Es mußte nun nothwendig der Wunsch nach einem Gemälde entstehen, in welchem die richtige Hand, die blühende Einbildung eines Raphael, mit der hohen Kräftigkeit eines Rubens, und der sorgsamen lieblichen Ausführung eines Titian gegattet waren. Lange jedoch ward er umsonst gefühlt. Erst im zwanzigsten Jahrhundert, nachdem die Künste unter der Aegide eines langen Friedens ungestörter aufblühen konnten, und eine kluge Regierung dem Volke von Europa Reichthum genug erzogen hatte, sie freundlich zu nähren, ließ sich erst die Vorzeit wieder erreichen. Nun eilten die Fortschritte glücklich. Die vervollkommnete Lehrmethode stärkte früh der Zöglinge Fassungskraft, die mechanische Fertigkeit konnte zeitiger errungen werden, die Scheidekunst erfand eine bei weitem vortheilhaftere Bereitung der Farben. Um die Mitte dieses Jahrhunderts vereinten die besseren Maler schon jene sonst getrennten Vorzüge, gegen das Ende drang bereits einer bis zu dem von Piles geahnten aber nie gesehenen Grad empor. Jetzt darf kein Künstler ein Werk in diese Ausstellung bringen, in welches er nicht richtigere Zeichnung, vollendeteren Ausdruck wie Raphael, mehr Poesie der Verbindung wie Rubens, mehr Farbenidealität wie Titian gebracht hätte. Siehe fühlender Fremdling, hier Werke der Art.

Er führte ihn nun zu einem großen Gemälde, das, nach der altnordischen Mithologie, die Ankunft eines Helden in Odins Walhalla vorstellte. Guido ward betroffen ob all der Wonne die in diesem Anblick über ihn kam. Entzückend war die Dichterphantasie, welche hier den Pinsel geleitet hatte, einen Aufenthalt belohnter Seligen, den Sinnen erkennbar zu machen. Ein lieblicheres Azur, wie unter Siziliens sanftem Himmel wölbte sich über Gefilde von unsäglich rührender Pracht. Blumen, Rasen, Bäume, waren zwar aus der uns bekannten Natur genommen, aber in sich so verschönt, so reitzend zusammengestellt, daß das Auge an die Natur einer andern Welt glaubte. Man sah die ostindische Oelpalme, den antillischen Kampah-Baum, die peruanische Balsamstaude, Cipressen, Granaten, Lorbeeren, Platanen, aber die Massen in welche sie gefügt waren, machten einen unweit anmuthigeren Eindruck, als er in irgend einer wirklichen Gegend empfunden wird. In den mannichfachen Blumen lebte eine Wahrheit, daß man an ihren Duft in süßer Täuschung glaubte, und zum Triumph des Urhebers, viele streitend behaupteten, der Maler habe sie mit den Essenzen ihrer Gerüche versehen, so wie andere die Hand in die berückende Tiefe des Gemäldes ausdehnen wollten, und sie beschämt von der Leinwand wegzogen. Was aber dem Ganzen am meisten das Fremdartige, übersinnlich, selig Erscheinende gab, war die zarterfundene Beleuchtung. Eine tief am Horizont schwebende Sonne sandte ihr Licht sparsam durch dunkel gedrängte Waldung an einer Seite. Ihre Scheibe zeigte aber kein hellleuchtend Goldfeuer, sondern eine weiße sanftstrahlende Diamantenglut. Hiedurch wurden alle Tinten verändert und nahmen einen ätherischen Charakter an, der mit süßem Rausch erfüllte, und die Abscheidung von Schmerz und Erdenwahn freudigahnend empfinden ließ. Auch auf die menschlichen Gestalten wirkte das Zauberlicht so wunderbar, daß sie bei der uns verwandten Natur ihrer Formen, geistiges Leben zu athmen schienen. Den eben angelangten Helden, in Kraft und Stattlichkeit, den vollen Ausdruck edler Seelenhoheit im Antlitz, verklärte die staunende überraschende Wonne der ihn rings umfangenden Glorie. Die Jungfrauen von Wallhalla nahten ihm in der lieblichsten Anmuth, der holdesten Freundlichkeit, brachten ihm den Trank der Unsterblichen und krönten sein Haupt mit ewig blühenden Rosen. Ihre heiligen Reitze geboten zugleich Liebe und schalten das Gefühl Verwegenheit. Die erhabenen Züge forderten knieende Anbetung, die kindliche Unschuld untersagte ihnen göttlich zu huldigen.

So war dies Gemälde angethan, von dem Guido sich nicht abzuwenden vermochte. Erst nach manchen Erinnerungen ging er weiter und trug die Totalidee eines Helden in seiner Seele davon, der sich glorreich über alle Schrecken der Gefahr erhoben und eines unsterblichen Lohnes werth gemacht hat.

Ihm wurde nun ein Christus gezeigt, der Jairus Tochter erweckt. Des Heilands Gesicht zeigte keine Spur von allem was an Leidenschaft erinnert, das reine menschliche Gepräge stand da, doch von erhabner Liebe und festem Götterwillen unaussprechlich heilig beseelt. Das: „Stehe auf!“ gebot sein hohes Auge mit ruhiger Majestät, mild lächelte die männliche durch Anmuth bewegende Wange. Der Uebergang vom Tod ins Leben war an dem Mädchen mit bezaubernder Kunst ausgeführt. Ein leichter Rosenhauch goß sich über das noch starre Antlitz. Der Augenaufschlag war frommer Lichtgruß, kindlicher Engelsinn. Die kaum wieder regen Hände strebten, sich zum Gebet zu erheben. Ihr Vater, ihr Geliebter, sanken neben dem Sarge aufs Knie. Die ganze siegende Haltung des Gemäldes zwang jeden Zuschauer, der fühlenden Sinn mitbrachte, die Anbetung in der nehmlichen Lage zu theilen. So geboten hier die Maler dem Herzen. Guido nahm von dieser Staffelei einen noch weit erhabneren Begriff von Tugend mit sich, als er bisher in ihm gelegen hatte.

Noch viele andere meisterhafte Werke wurden ihm gezeigt, von denen er schwelgende Erinnerungen bewahrte. Er schrieb durch ein Täubchen an Ini von seinem Entzücken, setzte aber hinzu: Du bist dennoch schöner als jedes Mariabild, jede Muse oder Valkire, die ich sah.

Gelino zeigte ihm nun das Parthenon, genau dem alten nachgeahmt, dessen Säulengänge einst so große Summen gekostet hatten. Phidias alte Meisterstatue der Minerva aus Elfenbein, ward durch eine Heilandsmutter in gediegenem Golde vertreten, der dieser Tempel nun geheiligt war.

Gelino, indem er ihm diese und andere Merkwürdigkeiten zeigte, hub an: Du siehst Athen der Welt in seinen Schönheiten wiedergegeben, doch die Sklavenhorden von Ehedem, das wilde, mit den Archonten kämpfende, den Pnix mit Geschrei und Streit erfüllende Volk der Vorzeit nicht. Diese Erscheinungen dulden unsere besseren Tage nimmer. Wir könnten noch das Odeon besuchen, wo die Meister der Tonkunde wetteifern, die Bühnen, wo man Sophokles, Euripides und Aristophanes Schöpfungen darstellen sieht, doch in diesen Vorwürfen wird Athen anderweitig übertroffen, und die Reise eilt. Wir wollen jetzt nach der Gränzfestung des Staats, lerne dort, wie man mächtig der Feinde Angriffe wehrt. Nicht immer kannst du bei den lieblichen Künsten weilen.

Diese Gränzfestung war jetzt die Citadelle bei Konstantinopel. Die ehemalige Bevölkerung der Stadt hatte durch den politischen Wechsel um mehr als die Hälfte abgenommen, und die Lage daneben, eignete sich zu ihrer gegenwärtigen Bestimmung. Lange zwar hatte Europa keinen Krieg mit dem Morgenlande geführt, aber die Neu-Perser geboten ungeheurer Macht, und die Vorsicht empfahl, nicht unbereitet zu sein.

Doch über der Meerenge winkte auch eine Feste von ähnlichem Umfang, und beim Ausbruch eines Krieges ließ sich voraussehen, daß sie einander wechselseitig beschießen würden; denn der Abstand der Citadelle von Konstantinopel bis Neu-Troja, so nannte man jenen Ort, wurde von der nunmehrigen Artillerie bequem abgereicht.

Schon lange hatte man dem Schießpulver neue Bestandtheile gegeben. Seine Wirkung ging nicht mehr von der Elastizität des sich entbindenden Stickstoff- und Kohlenstoff-sauren Gases allein aus, man mengte dem Salpeter noch Ammoniakgas und Knallsilber bei, deren unzeitigem und zu leichtem Entbinden eine chemische Gegenkraft abhalf. Furchtbar traf dieses Pulvers zerstörende Gewalt.

Die Metallröhre schossen Kugeln von funfzig bis zu dreihundert Pfunden auf zwei oder drei Meilen, die Mörser warfen noch weiter, und schwerere Lasten. Da aber der Erdkrümmung halber die Fläche kaum eine Meile sichtbar ist, so mußten die Stücke auf hohe Berge geschafft werden, wenn sie in weiter Entfernung ihr bestimmtes Ziel treffen sollten. Ein gutes Sehrohr war dann an den Visirpunkt befestigt, und bei der scharfen Genauigkeit der Drehewerke, womit sich die Richtung vollzog, konnte man das Ziel nur selten verfehlen. Die Bomben, von ungeheurem Umfang, trugen deren andere in sich, die abermal mit kleineren gefüllt waren, welche zuletzt unvertilgbar Feuer in sich trugen. Der Artillerist wußte die Bahn, welche sie zu durchfliegen hatten, dem Raume und der Zeit nach, auf die Sekunde zu berechnen, besonders da auch ein Windmesser ihn von dem Widerstande, mit welchem die Luft ihm entgegen streben würde, vollkommen unterrichtete. Weil daneben, bei Verfertigung des neuen Pulvers, mit einer so großen Gewißheit verfahren wurde, daß ein davon bereiteter Zünder, jedesmal die Explosion in dem Augenblicke vollzog, den der Konstabler wünschte, (eine Fertigkeit, welche man Ehedem nicht errang), so ward, indem man nach einer feindlichen Stadt warf, die Entzündung gemeinhin bewirkt, wenn die Bombe in der Höhe von einigen hundert Schuhen über den Dächern angekommen war. Nun breiteten sich die größeren Granaten der Füllung, deren Explosion nach Maaßgabe der Größe des Orts erfolgte, so aus, daß dieser mit den letzten Kugeln und den Trümmern der schon gesprungenen, überdeckt wurde, wobei das nach allen Richtungen sprühende Feuer die Verwüstung vollendete.

Der nahe Ruin jeder belagerten Festung war unter diesen Umständen unvermeidlich. Allein die Festungen wurden dermalen auf Höhen angelegt, wo, ohne Wasser zu finden, tief zu graben war. Man wölbte dann hundert Schuh unter der Erde Straßen aus, die durch Zuglöcher von oben Luft empfingen, und beständig durch Laternen erleuchtet wurden. Von diesen waren höhlenartige, doch gut gemauerte und mit Bequemlichkeit versehene, Wohnungen seitwärts eingebrochen, in welchen die Soldaten, und was zu ihnen gehörte, hausen konnten. Da genoß man Sicherheit, mochten oben die Bomben einschlagen. Auch alle Wälle hatte man ausgehöhlt und mit Felsenlagen hinlänglich gedeckt, damit sich die Wachen inwendig aufhalten konnten. Uebrigens traf die Besatzung mit eben so furchtbaren Schlünden auch ihre Widersacher, und so waren die Dinge sich wieder gleich; denn der menschliche Geist entdeckt, wie das Zerstörungsmittel, auch die Gegenwirkung.

Noch ist hier der schnellen Art zu denken, in der aus einer Festung, oder aus einem Lager, nach dem Hauptquartiere irgend eines fernen Heeres, oder auch nach der Hauptstadt, Briefe geschafft wurden. Luftposten, Telegraphen, akkustische Anstalten, blieben dagegen, entweder an Geschwindigkeit, oder Ausführlichkeit, zurück. In erreichbaren Abständen befanden sich nehmlich auf befestigten Höhen Kanonen, und Zielwände. Nun sandte man eine Kugel ab, an welcher eine Stahlkette und an dieser ein dichtes Kästchen geheftet war, das die Briefe oder andere zu übermachende Gegenstände enthielt. Die Kugel schlug in die Zielwand, das Kästchen blieb zurück, ward von dort wachenden Konstablern sogleich abgelöset, und an eine andere Kugel gefügt, wodurch denn hundert Meilen, in weniger als einer Viertelstunde, erreicht waren.

Die Citadelle bei Konstantinopel war, als die vorzüglichste im Reiche, auch am sorgsamsten gebaut. Ihre Wälle glichen Gebirgen, die Kellerstadt, mit ihrem unterirrdischen Leben, bot den sehenswürdigsten Anblick dar. Es fehlte nicht an Tempeln, Marktplätzen, Bühnen; die Genüsse hatten auch ihren Sitz in der Tiefe errichtet, und die treffliche Erhellung ließ das Tageslicht nicht vermissen. Um vorbereitet auf den Belagerungsstand zu sein, mußte auch fortwährend im Frieden, die Besatzung hier wohnen, und, indem sie zahlreich und gut belohnt war, hatte das viele Bürger gelockt, sich unten anzusiedeln, und ihr Leben zu gewinnen, indem sie jenen das ihrige bequemer machten. So wuchs die Bevölkerung nach und nach dort ziemlich an.

Bei der Vervollkommnung des Pulvers hatte man auch den Minenkrieg weiter ausgedehnt. Es war nun nicht allein ausführbar, einen großen Ort auf Einmal in die Luft zu sprengen, sondern man legte auch außerhalb Minen in schiefer Richtung an, warf durch sie Massen von Erde dahin, und bedeckte die Festung in kurzer Zeit mit einem ganzen Berg, wobei die Alterthumskundigen bewogen wurden, an die Fabel der Giganten zu denken, welche einst den Ossa, Pelion und Olimp auf einander thürmten. Allein die Gegenanstalten mangelten auch hier nicht. Der Feind ward nicht dazu gelassen, die Festung unterhöhlen zu können. Weit hinaus vor den Festungswerken liefen Straßen unter der Erde hin, an Größe und Dauer vergleichbar den altrömischen Wasserleitungen. Von ihnen gingen kleinere

Gassen aus, welche mit ihren Nebensteigen ein weitläuftiges Gewebe bildeten. Hier zogen die Streifwachen rastlos umher, und erspähten zeitig, was der Gegner unter dem Erdhorizont beabsichtete. Dann drückte man, nach ihm hin, die Erde ein, seine Arbeiter erstickend. Warf der Feind einen Berg auf die Festung, so war diese reichlich genug mit dem Ammoniak- und Knallsilber-Pulver versehn, um sich davon zu befreien, indem sein Schutt wieder auf der Feinde Häupter geschleudert wurde. Diese hatten daher auch auf Laufgräben zu denken, welche in der Tiefe Sicherheit gewährten.

Guido sah alle diese Anordnungen bewundernd. Sein Gemüth ward entflammt, der Ruhm eine solche Feste einst glorreich zu vertheidigen, oder glorreich einzunehmen, gewann einen hohen Reiz für ihn. Sein mathematischer, erfindungreicher Kopf wußte auch von einer Menge Verbesserungen zu reden, die man am Geschoß, an den Minen und anderen Kriegverrichtungen gültig machen könne. Gelino lobte dies feurige Umfassen eines hohen Gegenstandes, setzte hinzu: ihn könne leicht der Kaiser einst beim Heere beschäftigen, und lobenswerth müsse es dann sein, wenn er sich des hoffenden Vertrauens würdig mache. Bei dem allen sei aber nichts lebhafter zu wünschen, als daß die Völker des gesammten Erdbodens dem Beispiele jener von Europa folgten, und, ein Welttribunal zum Schlichten aller Streitfälle unter Nationen errichtend, die Kriege für ewig aufhöben.

Dies ist auch einer von Inis Gedanken, versetzte Guido, aber wodurch soll dann die Kraft Ruhm erwerben? Dann ist keine so hohe Gestalt mehr auszubilden, wie jene, die das Gemälde von Wallhalla in Athen zeigt. Nur die Heldenseele prägt die erhabenste männliche Schönheit aus.

Auch die Seele des Tugendhaften, entgegnete sein Lehrer. Es giebt Feinde genug in der eigenen Brust zu überwinden, der Sieg über sie ist eben so glorreich, ja vielleicht noch mehr.

Die Reise ging jetzt zu der nördlichen Provinz hin, vor Zeiten das europäische Rußland genannt. Man bediente sich dazu einen von den Frachtwagen, die südliche Erzeugungen dorthin, und nördliche nach den mittäglichen Gegenden brachten.

Zu dem Ende waren hier, wie meistens im ganzen Staate, herrliche Kunststraßen angelegt. Sie hatten eine Breite von zweihundert Schuhen, und waren in der Tiefe von funfzig Schuhen, mit gestampftem Granit festgerammt. Je mehr größere und kleinere Straßen der Art es schon gab, je leichter fiel es auch, deren neue zu bahnen und die Steine nach den Gegenden zu schaffen, wo sie mangelten.

Auf der Straße von Konstantinopel waren Wagen mit zwei Rädern gebräuchlich. Jedes Rad hatte aber einen Durchmesser von funfzig Schuhen.

Jede seiner Speichen bestand aus einem mäßigen Fichtenbaum, und war mit Eisen reichlich verstärkt. Die übrigen Theile hatten angemessene Verhältnisse. Durch die gewaltige Hebelkraft solcher hohen Räder ließ sich nun eine außerordentliche Last fortbringen. Die von mehreren Eichenstämmen zusammengefügte und mit zentnerschweren Eisenringen verbundene Achse hatte eine Breite von funfzig Schuhen, und an dicken Ketten hing ein Prahmen im Gleichgewicht, etwa sechs Schuh von der Erde, über hundert Schuh lang, gegen dreißig breit, und gegen funfzehn tief. Hierein wurde die ansehnliche Menge von Waaren geladen, und die Kajüte des Prahmens diente Reisepassagieren zum angenehmen Aufenthalt, wie auch über den Waaren ein Verdeck zum Lustwandeln eingerichtet war. Bäumchen auf Töpfen und Blumen gewährten einen lachenden Anblick und erhöhten das Vergnügen der Reisenden.

Die Art, in welcher die riesenhaften Karren gezogen wurden, hatte viel Einfachheit. Zwölf Pferde waren genug. Diese gingen einige hundert Schritte voraus, an lange dicke Taue gespannt, welche von der Achse ausliefen. Die Räder gaben, wie schon bemerkt wurde, die mechanische Leichtigkeit.

Es versteht sich aber, daß die Kunststraßen horizontal fortliefen. Tiefen zu füllen und sich durch Höhen zu brechen, war ja auch nur ein unbedeutend Werk, seitdem die Menschheit sich mit dem neueren Pulver vertraut gemacht hatte, das, außer den Kriegen, noch so mannichfachen Nutzen in Sprengungen gewährte.

Was konnte angenehmer sein, als auf einem solchen, durch Pferde bewegten Prahmen, zu reisen. Zwar ging die Luftpost schneller, zwar konnten die Meerfahrzeuge schwimmenden Pallästen verglichen werden, allein hier genoß man doch die Erheiterung, stets die nahe Landschaft und die Merkwürdigkeiten der Gegend zu sehen. Auch war die Sicherheit die vollkommnere, was immer das Gemüth ruhiger läßt. Unfälle blieben nicht denkbar, da auf allen Stationen der Zustand des ganzen Wagens geprüft, und das etwa Schadhafte hergestellt wurde. Das Schlimmste, was sich hätte ereignen können, wäre ein Durchgehen der Pferde gewesen. Aber dies hätte nur um so zeitiger an Ort und Stelle gebracht, denn aus der Bahn dieser Kunststraßen konnten die Thiere nicht weichen. Sie waren zu beiden Seiten mit hohen Gittern eingeschlossen, und nöthigenfalls schnitten die vorn reitenden Fuhrleute die Stränge ab.

Es ging immer in vollem Sprung. Auf jeder geographischen Meile befand sich ein Pferdewechsel, durch Schüsse und Flaggen zeitig benachrichtigt, in der Nacht durch Feuersignale. So war das Abschirren und Anspannen das Werk einer Minute, in der man auch einen Wasserstrom über die erhitzten Räder leitete, und sie inwendig mit einem schlüpfrigen Oele versah.

Reverberen brannten in der Dunkelheit zu beiden Seiten des Wegs. So kam man in vier und zwanzig Stunden gegen zwei geographische Grade weiter, aß, trank und schlief im Prahmen. Das einzige vorenthaltene Vergnügen blieb, daß man nicht die Städte und Dörfer inwendig sehen konnte, denn allerdings mußten die Kunststraßen umweg laufen.

Nach einigen Tagen langte der Wagen in Moskau an, wo sich sogleich viele gierige Käufer zu den Südfrüchten drängten, welche er geladen hatte, und die meistens frisch überkamen.

Der Umfang, die zahlreichere Bevölkerung dieses Orts, seine großen Fabriken gaben die Vorwürfe, welche nun Guidos Aufmerksamkeit fesselten. Die meiste Betriebsamkeit war auf die Anfertigungen für die Heere gegründet, welche in der Nachbarschaft in ihren Uebungslägern standen. Hier waren die meisten Soldaten versammelt, theils der Gränze gegen Asien halber, theils, weil die rauhe Gegend sich zu ihrer Abhärtung eignete.

Mit der Werbung, Unterhaltung, Verfassung der Krieger, hatte es folgende Bewandniß:

Es galt Regel, daß jeder europäische gesunde Jüngling sich ein Jahr lang an den Waffenplätzen einzufinden hatte. Nicht Geburt, nicht erkornes Gewerbe, verstatteten eine Ausnahme. Gegen das achtzehnte oder zwanzigste Jahr, wurden sie in ihren Provinzen aufgerufen, und folgten dem Zuge zu den ihnen angewiesenen Lägern.

Sie zählten hier schon den Vortheil der Reise, und konnten bei ihrer Heimkehr sich mancher Erinnerung freuen, auch das gesehene Merkwürdige auf ihren anderweitigen Lebensberuf nützlich anwenden.

Im Lager wurden sie zunächst geprüft, ob sie in den Erziehungsschulen der Heimath auch im Laufen, Ringen, Schwimmen, daneben im Gedächtnißrechnen und den ersten Elementen der Meßkunde und Naturlehre unterrichtet worden. Auch über ihre wohlbegriffene Religions- und Bürgermoral hatten sie Zeugnisse abzulegen, und von Aeltern und Lehrern, die Bescheinigung einer sorgsamen und von gutem Willen begleiteten Anwendung der Jugend, einzureichen.

Fiel diese Prüfung zu ihrem Nachtheile aus, war die Abweisung von der Ehre, einst das Vaterland vertheidigen zu helfen, die Folge. Hiemit war ein drückendes Abwenden der öffentlichen Achtung verbunden, kein Mädchen von Zartgefühl reichte einem solchen die Hand, nie durfte er hoffen, ein öffentlich Amt zu bekleiden. War es ein Fürstensohn, sah er sich von der Erbfolge seines Vaters ausgeschlossen.

Diese harte Ahndung sowohl, als auch die Allgemeinheit guter Erziehung, woran auch der Unbemittelte Theil nehmen konnte, machten einen solchen Fall höchst selten.

Ward dagegen der Rekrut angenommen, empfing er ein Kriegergewand und Waffen. Man theilte ihn einem Haufen zu, er bezog eine Lagerbaracke bei den Veteranen, welchen die Uebung der Kriegsjugend oblag.

Hier ward er im Fechten und Schießen geübt, mußte fleißig Laufen, oder Lasten tragen, bei spärlicher Nahrung leben, den Schlaf entbehren, und sich immer bedeutenderen Abmattungen unterziehen lernen. Die strengste Moralität gebot in diesen Lägern, schon durch die ganze Lebensweise, die keinem Gedanken an Befriedigung roher Sinnlichkeit Raum gab, begründet.

Nach einem halben Jahre ging er, von den Veteranen, zu seinem Haufen ins große Lager, mußte nun den Dienst eines Fußsoldaten verrichten.

Beständig übte man hier, ohne Rücksicht auf Jahreszeit, Witterung, Beschaffenheit des Bodens, oder Tag und Nacht. Die klugen Anführer ließen mehr in der Dunkelheit als bei der Tageshelle thätig sein, suchten absichtlich die schwierigen durchschnittenen Gegenden aus; nicht der strenge Frost, nicht der drückende Sonnenstrahl, nicht strömende Regengüsse machten eine Abänderung. Denn sie sagten: Der Feind wird unsere Bequemlichkeit nicht ins Auge fassen.

Das Fußvolk verfuhr in seinen Bewegungen folgendergestalt:

Jeder Einzelne war mit einem Spaten, einer Lanze und einem kleinen Schießrohre versehn. Das letzte trug durch den inneren gewundenen Bau und das Ammoniakpulver, auf Tausend Schritte und hatte am Lauf ebenfalls ein kleines Fernrohr, durch welches man auf den weiten Abstand zielen konnte.

Eine Stellung nahmen die Heerhaufen zu Fuße gewissermaßen nicht, sondern eine Lage. Dies heißt: sobald man sich im Bereich des feindlichen Geschosses fand, oder es bei der Uebung voraussetzte, streckten sich die Reihen auf den Boden hin, nachdem man in größter Eil mit den Spaten einen Erdaufwurf von einigen Schuhen gefertigt hatte, der nun, den ohnehin durch ihr Liegen auf dem Gesichte, nur wenig Zielraum darbietenden Soldaten, viel Bedeckung gab. Ueber den Erdwurf legten sie ihre Röhre und gaben wirksame Feuer.

Auf das Zeichen einer helltönenden Pfeife, sprangen sie plötzlich auf, legten fünfzig Schritte gebückt, und im vollen Rennen, zurück, worauf sich die Reihe wieder zu Boden warf, und die neue Erdwehr in einigen Sekunden anfertigte. Die Schüsse huben wieder an, wurden auf ein abermaliges Signal eingestellt, um einen neuen Anlauf folgen zu lassen. So nahte man allmählig dem Feind, der schon durch die wohlgezielten Schüsse aufgerieben sein mußte, wenn seine Vorkehrungen nicht einem solchen Angriffe entsprachen. Da man aber nicht auf Säumnisse hoffen durfte, so hatten die Soldaten für den letzten Abstand auf zehn Schritten noch Feuerkränze, die entzündet in Feindes Glieder geworfen wurden, durch ihr Glutsprühen und den athemraubenden Schwefeldunst Verwirrung anzurichten, während dessen die Röhre der fertigen Schützen erlegten, was noch übrig war.

Diese Angriffe mußten Berg auf und Thal ab vollzogen werden, man sich aber auch dagegegen zu schirmen wissen.

In dieser Art bedroht, nahm man ebenfalls Platz an der Erde, und machte den Aufwurf um so höher, als man hier verharren wollte. Schoß der Feind, bogen sich die Vertheidiger zurück, ließen sich auch gar nicht darauf ein, Feuer zu geben, so lange jener hinter seiner Wehr lag. Wie er aber aufsprang, befand man sich im Anschlag und verdünnte seine Reihen. War er nahe genug gekommen, was nicht anders als nach großem Menschenverlust geschehen konnte, begrüßte man ihn eher mit Feuerkränzen, als er selbst daran dachte. Waren Feuer und Dunst verflogen, vollendete man mit Lanze und Schwert seine Niederlage. Auch bereiteten die militärischen Chemiker, deren einige jeder Abtheilung von Hunderten zugesellt waren, Säuren welche die Stickstoffe schnell aufhoben. So bekämpfte höhere Kunst die höhere Kunst.

Neben diesen Uebungen mußte das Fußvolk geometrische Märsche vollziehen, wodurch man Vortheile über den Feind gewinnen konnte, und was sonst dahin einschlug.

Nach einem Jahre konnte der junge Soldat seinen Abschied verlangen und zu den Seinigen gehen. Gestärkter, mit mancher Kunde bereichert, kam er dort an, und der Staat hatte überall Bürger, welche im Nothfalle zu den Waffen gerufen werden konnten. Auch fanden unter diesen noch jährliche Uebungen von einigen Tagen statt, damit jener Unterricht nicht zu sehr dem Gedächtniß entflöhe.

Zeigte aber ein Jüngling nach diesem Jahre Neigung, bei dem Heere zu bleiben, so nahm man ihn, nach Maasgabe seiner besondern Anlagen, bei den besonderen Truppengattungen auf, deren kunstvollerer Dienst eine längere Lehrzeit forderte.

Eigentlich ward der Krieg in den *Lüften*, *auf* der Erde, und *unter* der Erde vollzogen.

Der leichten Truppen Beruf wies ihnen die höhere Region an. Es wurde schon erzählt, wie diese Zeit Adler einübte, Azotgondeln fortzuziehen. Bei den Heeren fand man vor allem große Zuchtanstalten dieser Thiere. Es gab kleinere Nachen und größere Gallionen, alle hingen aber an vielen kleinen, damit verbundenen Steigekugeln, damit, wenn ein feindliches Geschoß traf, nicht gleich das Sinken folgte.

Jene hatten die Bestimmung, den Feind aus der Ferne, in seiner Zahl und seinen Maasregeln zu erspähen. Da man hoch genug stieg, und die erweitete Optik so wichtige Hülfe leistete, ergiebt sich, daß dieser schon auf zwanzig Meilen ein Gegenstand der Beobachtung wurde. Allein der Feind, welcher seine Plane gerne hehlen wollte, säumte gewöhnlich nicht, ähnliche leichte Fahrzeuge voranzuschicken, welche die diesseitigen zurückzutreiben suchten. Und so ereigneten sich in der Höhe Vortrabgefechte, wie sie, um Jahrhunderte früher, unter Husaren oder Kosaken bestanden.

Gewandt die Adler zu lenken, aus der steilen Entfernung, Gegenden und den Truppenstand aufzunehmen, mittelst der Telegraphie dem Feldherrn davon Meldung zu thun, dies waren die vorzüglichen Obliegenheiten, in welchen diese Leute sich tüchtig zu machen hatten. Daneben mußten sie eben so fertig als das Fußvolk zielen können, um wo möglich ihres Gegenparts Adler zu erlegen, wo dann die Eroberung unstät treibender Nachen ein Spiel ward. Den meisten Ruhm brachte es jedoch bei dieser Truppengattung, wenn man in Nacht und Dunkel über Feindes Heer schlich, mit anbrechendem Tage ihn bei aller Vorsicht erkundete, und unerreicht entfloh. Oder wenn man über dichte Wolken dahin schwebte und sich zu dem nämlichen Zweck in die klare Region niederließ. Dies war indessen schwierig genug, weil dem Feinde die Vorsicht auferlegte, bei Nacht sowohl als bei umzogenem Himmel, oben patrouilliren zu lassen.

Die größeren Gallionen entfernten sich nicht weit und blieben den Gefechten vorbehalten. Sie luden Granaten mit reinem Knallsilber gefüllt und Feuerkränze, lenkten dann über einen Truppenhaufen, und ließen Verderben auf ihn niederfallen. Die Kriegskunst lehrte aber, ihnen sogleich andere entgegen zu senden, auch wurden aus der Tiefe, weitreichende Feldstücke mit glühenden Kugeln, auf sie gerichtet. Hier möglichst auszuweichen, und dort doch der Absicht ein Genüge zu thun, strebte die Lufttaktik. Allerdings langte man nicht immer glücklich mit den Theorien aus, die Fahrzeuge geriethen in Brand, die Adler wurden getödtet, man war gezwungen sich mit dem Fallschirm erdwärts zu wenden, und wenn der Feind sich unten befand, auf Gnade und Ungnade sich zu ergeben.

Die regsten, leichtesten Bursche kamen denn zu diesen, im ächten Sinne des Worts, leichten Truppen.

Andere kamen zu der Reuterei. Diese hatte jetzt Pferde, welche man eben so wohl zum Krieg abgehärtet hatte, als die Menschen. Eingehegte Wildnisse waren der Ort ihrer Erzeugung. Dort liefen sie bis ins fünfte Jahr umher, jeder Witterung blos gegeben, durch keine warme Stallung, kein regelmäßiges Füttern, verwöhnt. Schwer ward es dann sie zu bändigen, doch gelang es endlich durch Güte und Strenge. Im schnellen Laufen übte man sie täglich, dann mußten sie auch verschiedene, vor ihnen in Gestalt von Soldaten zu Fuß und zu Pferde, zur Höhe gerichtete Gegenstände, über den Haufen rennen, in Stickfeuer und Schwefeldunst gehen, von Furcht befreit, vertraut mit Schmerzen. Dabei mußten sie sich auf des Reuters Verlangen schnell zur Erde werfen, denn auch hier war es im Gebrauch, wenn es die Umstände wollten und erlaubten, sich mit Erdaufwürfen zu sichern.

In früheren Zeiten galt es erschöpfende Anstrengung, wenn Reuterei etwa eine Viertelmeile im vollen Rennen zurücklegte. Jetzt hatten die wild aufgewachsenen, durch Uebung immer mehr gekräftigten Kampfrosse, Athem genug, dies mehrere Meilen zu vollbringen, obschon sie sowohl als der Reuter gepanzert waren, und oft noch ein Schütz hinten auf saß, der denn im vollen Laufe, entweder über des Reuters Schultern, oder rechts und links, feuerte.

Auf große Abstände bediente sich diese Waffe schon des Feuerrohrs, Hundert Schritte vom Feind pflegte man eine Wurflanze in seine Reihen zu schleudern, zwei andere Spieße, die ein leichter Mechanismus senkte oder hob, waren an des Reuters Füßen befestigt.

So geschah der Einbruch. Zuletzt strömten weite Pistolen noch kleine Kugeln und Raketen, dann wüthete das Schwert.

Doch der Feind traf auch Gegenmaaßnehmungen. Das Fußvolk zog in bewundernswerther Geschwindigkeit Gräben mit Lanzen ausgespickt, über welche die Kampfrosse fielen. Reuterei warf Fußangeln an dünnen Stricken weit hinaus, den Gegner dadurch zu verwirren, sie aber auch gleich wieder aufzunehmen, wenn es Verfolgung galt.

Die jungen Männer, welche hier Anstellung fanden, mußten, neben dem schon vergangenen Lehrjahre, drei andere, bei den Uebungen im Reiten, im Schießen vom Sattel, und dem Fechtkampfe auf Lanze und Schwert, verleben. Mitgebrachte Vorkunde und glückliches Auffassungvermögen minderten gleichwohl diese Zeit.

Weit bewundernswerther als andere Waffen, trat jedoch die Artillerie auf. Wie würden die Männer aus dem achtzehnten und dem Anfange des neunzehnten Jahrhunderts, welche dem großen Geschoß vorstanden, haben staunen müssen, wenn ihnen ein Blick auf ihre späten Nachfolger, von jenseits der Gräber her, wäre vergönnt gewesen. Es wurde schon bei Gelegenheit der Festen gemeldet, welche Kaliber die dermalige Zeit sah, allein auch im Felde leiteten Metallehre, Scheidekunst und Bewegungstheorie, das Geschäft des Verderbens wundersam.

Vervielfältigt waren die Mittel, dem Rücklauf zu begegnen, und so konnte der Konstabel sich leichter Röhre bedienen, wenn sie gleich schwere Ballen fortzutreiben vermochten. Es gab viele derselben auf einem Gestell, die mit Lademaschinen in unglaublich kurzer Zeit nach einander den Tod spieen. Andere wieder, auf so hohen Wagen, daß sie über Fußvolk und Reuterei emporragten und durch diese gedeckt, von hinterwärts ihre Zerstörung aussandten. Es gab feuerfeste Wandelthürme, in vielen Stockwerken mit Kanonen besetzt. Es gab bewegliche Reduten, auf allen ihren Seiten Batterien. Wie schaffte man die fort? ist die Frage. O dergleichen hätte schon um Jahrhunderte früher vorhanden sein können, wenn damals nicht eine so große Geistesträgheit unter den Kriegern zu finden gewesen wäre, wenn nicht manche Völker es vorgezogen hätten, dem Verderben zuzueilen, als das Genie über die Maasregeln ihrer Rettung zu hören. Das war nun freilich späterhin anders. Niemanden traf Verfolgung, weil er klüger war, als der Haufe, der Verstand war kein Monopol sondern Allmende. Pulverkraft schaffte diese Wandelthürme, diese Wandelschanzen fort, und es ist gar so schwer nicht, die Möglichkeit zu ahnen.

Die Artillerie zu Pferde hatte ihre Stücke nicht auf Wagen, sondern bei sich an den Sätteln, in kleine Theile zerlegt, die man in etlichen Sekunden zum Ganzen vereinte. Sie bewegte sich noch schneller als die gewöhnliche Reuterei, indem sie die vorzüglichsten Pferde empfing, und jener im Ansprung voraus eilen mußte, durch einige schnell angebrachte Lagen die Bahnen aufzuhellen.

Das Laboratorium setzte in Erstaunen. Hier wurden unter andern die Feuermaterien gemengt, deren Flammen sich überall vertilgend anhingen. Die Artillerie bewarf zuweilen eine feindliche Reihe so damit, daß ein dichtes Glutmeer über sie hinströmte und der Erfolg ist denkbar. Ueberhaupt geizte die Artillerie nach der Ehre, Schlachten und kleinere Gefechte zu entscheiden, ohne daß andere Massen Theil daran nahmen, was auch oft gelang.

Den Krieg unter der Erde führten die Minirer. Reutereiangriffen, wie sie jetzt angethan waren, dem schnellen Heranbringen mordender Batterien, konnte fast nur eine wirksame Vertheidigung entgegen gestellt werden, wenn der Boden an Stellen, wo sie vorüberkamen, unterhöhlet, und Mine an Mine, mit reinem Knallsilber gefüllt, gereiht wurde. Dann ließen sich Tausende leicht zerreissen, nach den Wolken senden. Selten ward ein Lager bezogen, wo die rüstigen Krieger in der Tiefe, nicht sogleich die ganze Linie mit ihren verborgenen Werken umgürtet hätten. Brachten sie diese nun zum Ausbruch, so schien es, als ob Vulkan neben Vulkan spie, und die flüßigen Feuer strömten, der Lava gleich, weit umher.

Bei so erschwertem Zugang, hatte nun der Angreifer zu sinnen, wie er seinen Kohorten, vor ihrem Sturme, den Boden sicherte. Dies konnte nicht anders als unter seinem Rande geschehen. Daher mußten die disseitigen

Minirer zeitig ihren Weg antreten. Große Erdbohrer, durch Maschinen in Bewegung gesetzt, dienten zu diesem Zwecke. Man beeilte sich, die höllischen Anlagen aufzufinden und durch eine frühere Brandstiftung sie unschädlich zu machen.

Grausenvoller Krieg, schauderhafte Anwendung entsetzlicher Naturkräfte! Doch dies fürchterliche Verfahren war nothwendig geworden, man durfte sich nicht ungestraft an Mordkunst überbieten lassen. Und die Möglichkeit solcher Allvertilgung, mahnte desto lauter an, den Frieden zur ersten Tugend der Menschheit zu erheben. Noch hörten aber nicht alle Völker darauf.

Wer nun von den jungen Soldaten in eine der kunstreichen Truppenarten aufgenommen worden, und den Unterricht dreier neuen Lehrjahre empfangen hatte, konnte nach Belieben wieder austreten, denn es war nützlich, unter den Bürgern im Staate, auch eine Zahl so angelehrter zu wissen. Es war nun eine Befreiung von gewissen Gaben und ein Ehrenzeichen ihr Lohn.

Wer aber noch länger zu weilen Lust zeigte, trat ins große Heer, wo sein Dienst zehn Jahre währte. Nach dieser Zeit ging er zu den Veteranen, welche entweder die Besatzung der Festen bildeten, oder der Uebung junger Rekruten oblagen. Denn es galt der Grundsatz: kein Krieger im offenen Felde dürfe mehr als dreißig Jahre zählen. Man kannte den leichten, die Gefahr höhnenden Sinn, welcher allein mit der Jugendkraft verbunden ist. Nothfällen blieben Ausnahmen vorbehalten.

Die Beförderung zu höheren Stellen bestimmte die Dienstzeit. Im Frieden ward dies durchaus nicht abgeändert, eine Auszeichnung war da selten, weil alle ebenmäßig gebildet wurden. Im Kriege galten Großthaten Pflicht, und die Voraussetzung, Niemand werde ihrer ermangeln, wenn ihm die Gelegenheit winkte. Es ist schlimm, sagte man, von Verdienst zu reden. Die Abwesenheit desselben bei Vielen, wird stillschweigend eingestanden, wenn des Einzelnen Lob darum ertönt.

Doch *Anführer* großer Heerhaufen wurden nach Maaßgabe des höheren Genies ausgewählt, das sie beurkundeten. Sie mußten in den Kriegsübungen, während vieler Jahre, keinen Tadel verwirkt haben. Sie mußten aus den Schulen ihrer Theorien, welche sich bei den Heeren befanden, vortheilhafte Zeugnisse mitbringen. Sie mußten dann eine Zeitlang dort selbst den Lehrstuhl besteigen, denn man wußte gar wohl, wie auch der beste Kopf lehrend am meisten lernt. Sie mußten in gehaltvollen Schriften beweisen, daß sie die Kriegskunst nicht nur ihrem Umfange, und ihren einzelnen Abtheilungen nach, ergründend verständen, sondern daß sie sie auch mit neueren Ansichten zu bereichern wüßten. Gute Erfindungen, durch welche das Heer einen wahrhaften Vortheil über die der Nachbaren errang, gaben endlich den Ausschlag, der Zahl derer beigesellt zu werden, aus welcher man

Heerführer wählte.

Dies geschah aber von Seiten des Heeres selbst. Die meisten Stimmen, im Geheim ertheilt, entschieden. So konnten keine unreine Mittel angewandt werden, ein solches Amt zu erlangen. Auch war es nicht ausführlich, Hunderttausend Mann zu bestechen. Nur ächte, keine Scheingenialität, konnte wohl mit ihrem Rufe so weit dringen, daß die Mehrheit einer solchen Zahl in ihren Wünschen gewonnen ward. Dann sandte der aus den Aeltesten zusammengesetzte Rath des Heeres, die Wahl nach Rom, wo das Strategion, eine Körperschaft alter Feldherrn und Kriegsgelehrten, ihre Gründe untersuchte und danach abwog, ob sie dem Kaiser zur Bestätigung vorgelegt werden sollte, oder nicht. Diesem blieb zuletzt sein souveraines Ja oder Nein.

So weise verfuhr dies Zeitalter bei der gewichtigen Frage: wer seinen trefflichen Heeren gebieten sollte?

Wie trefflich diese Heere aber auch sein mochten, so kosteten sie dem Staate nichts. Gewissermaaßen nichts.

Denn jener zehnjährige Dienst nach den Lehrjahren, er mochte bei den künstlerischen Truppenarten oder nur bei dem einfacheren Fußvolke Statt haben, (wo auch Viele blieben, die jene zu schwierig für sich fanden,) ward nicht allein mit Kriegsübung hingebracht. Dies hätte man unnöthig, überflüssig gefunden. Die großen Heere tummelten sich drei Monate im Jahr. Und dabei wählte man nach einander Frühjahr, Sommer, Herbst und Winter. Dies schien hinlänglich, das Handwerk fortgesetzt in seiner Gewalt zu haben, und der Strenge jeder Witterung Trotz bieten zu können. Zudem hatten diese Uebungen so viel Praktik als immer thunlich blieb. Zwei Heere bildeten sich und verfuhren als Feinde gegen einander, auf alle Weise die Wirklichkeit darstellend, nur daß freilich die Röhre nicht mit Kugeln versehen waren. Gleichwohl ging es dabei nicht ohne Gefahr ab, worauf es auch bei Menschen, deren ganzes Wesen die Gefahr geringschätzen soll, nicht ankommen muß. In der Hitze des Streits blieb hie und da ein Krieger, und ward dann, als ob Ernst bestanden hätte, an den Ehrensäulen genannt, welche der Nachwelt die Namen derer übergaben, die im Kampfe mit des Vaterlands Feinden gefallen waren.

Nun hatte aber der Staat seit lange den Heeren Ländereien übergeben. In den Provinzen, Polen, Moskau, Schweden, manchen Gegenden der vormaligen Türkei von Europa, gab es überflüssige Waldungen, unbewohnte Steppen, Moräste, die einer Austrocknung fähig waren, in Menge. Auch fanden sich hie und da Bergwerke, zeither ungenützt und ergiebig. In den neun Monaten, wo nun die Soldaten sich nicht mit den Waffen beschäftigten, war ihr Beruf, zu urbaren, zu bauen, zu säen, zu pflanzen, zu ärnten. Dies war im Laufe der Zeit schon weit gediehen, und die Krieger hatten ungemein wohlgepflegte Besitzungen.

Nach den Lehrjahren wirklicher Soldat, empfing auch Jeder seinen Antheil, den er für sich bearbeitete, doch auch die Obliegenheit, einer nebenliegenden Hufe seine Sorge zuzuwenden. Diese war Vermögen der Gesammtheit, welche, durch die Menge derselben, sich eines hohen Reichthums erfreute. Aus den Einkünften davon, konnte nicht allein der Sold für die Rekruten und Veteranen, bestritten werden, sondern sie waren auch die Quellen, aus denen man zum Behuf der anderweitigen Heeresnothwendigkeiten schöpfte.

Das Heer ließ seine Magazine mit Korn füllen, und häufte hier immer Vorräthe für mehrere mögliche Kriegsjahre auf. Es zog seine Pferde in den wilden Stutereien. Es ließ seine Kupferminen, seine Eisen- und Schwefelbergwerke bearbeiten, erzeugte Salpeter, Ammoniak und andere Gegenstände für seine Waffenfabriken und chemische Laboratorien in Ueberfluß. Auf Kunststraßen, welche es bauen half, schafte es mittelst ihm zugehöriger Prahmwagen sie leicht an die Orte, wo diese Fabriken angelegt waren. Die Wolle seiner Schäfereien, die Linnen seiner Flachsschollen, kleideten die Soldaten. Die Veteranen, nach dem dreißigsten Jahre keinesweges veraltet, trieben auch den Festungbau. Lobenswerthe Einrichtungen in früheren Zeiten, wo man den Müßigang der Krieger willig duldete und sie dadurch vielseitig verdarb, nie ins Dasein gerufen.

Gelino machte nun dem Zögling bekannt, wie er, als europäischer Bürger, sich nun werde gefallen lassen, hier sein Waffenjahr anzutreten. Guido hörte das mit innigem Vergnügen, von jeher hatte das Kriegshandwerk für seine lebhafte Einbildung unsägliche Reitze gehabt, und immer hoffte er einst Ruhm darin zu finden, wenn schon eben keine Aussicht zu ernstlichen Kämpfen bestand.

Drittes Büchlein.

Guido im Heere.

Der Lehrer führte ihn einige Meilen von Moskau weg, wo eben die große Uebung des Heeres Statt fand. Wie begeisterte den Jüngling der strahlende Waffenglanz, der laute Donner so vieler Feuerröhre, deren Rauchwolken den ganzen silbernen Himmel dunkel umzogen und wieder mit tausendfachem Blitz erhellten. Am fernen Boden schlängelten sich der Minen Lavabäche, wenn ihre Erdberge emporstiegen.

Nachdem die Truppen die heutige Uebung geendet hatten, begab sich Gelino mit seinem jungen Freund, zum Anführer. Er stellte ihm Guido vor und übergab dabei ein Schreiben. Der Feldherr blickte den Jüngling wohlgefällig an, und brach darauf das Siegel. Nachdem er gelesen hatte, sagte er: Wohl scheinst du es werth, Jüngling, daß der Kaiser dich selbst empfielt. Er muß dich vortheilhaft kennen gelernt haben, große Wärme spricht in seinem Briefe, und deine Miene betrügt auch wohl kein Vertrauen. Doch verlangt deines Beschützers Weisheit unfehlbar nicht, daß ich dir unverdienten Vorzug einräume. Zeige jedoch Willen und Kraft, so kann die Ehre im Heere geachtet zu werden, dir nicht entstehn.

Guido ward verlegen, da er von dem Briefe des Kaisers nichts wußte. Doch antwortete er mit bescheidenem Selbstgefühl: er achte sich zu sehr, eine Auszeichnung zu verlangen.

Er hatte nun die Prüfung zu bestehn. Seine seltne Gewandheit in Leibesübungen erregte Staunen, er war so keck, die Behendesten im Laufen, die Stärksten im Ringen, die Rüstigsten im Schwimmen, zum Wettkampf einzuladen, und trug den Sieg davon. Eine Probe seiner geometrischen Uebersicht abzulegen, schwang er sich an einen Luftball empor, und entwarf binnen einer Stunde eine höchst genaue Charte des sichtbaren Landhorizonts. Auch anderweitig bestand er, nicht nur zur Zufriedenheit, sondern zur Bewunderung der Anwesenden, was dem Lehrer Gelino süß schmeichelte.

Er empfing seine Waffen und begann die Uebungen froh. An Ini schrieb er: Ich trage nun das Kriegerkleid. Neue Kraftübungen werden meine Formen entfalten, der hohe Gedanke an Heldenthum, verbunden mit dem entzückenden, verklärenden an dich, werden mir endlich die Gestalt vollenden, welche deiner allein werth sein kann.

Sie antwortete: Gehe nicht leicht hin über das Schwere. Sorge und wache. Liebe stärke dich!

Der Seegen einer Geliebten hat immer wunderbare Einwirkungen. Jedes Geschäft geht leichter von dannen, der Genius erwacht, trägt bald auf den Gipfel des Vorhandenen und läßt höhere Vollkommenheit umfassen.

Guidos nervigte Arme lernten die Kunstgriffe mit dem scharfen Spaten bald, und führten Lanze und Schwert mit Geschicklichkeit, sein geübtes Auge brauchte in wenigen Wochen das Feuerrohr so fertig, daß er nie sein Ziel fehlte.

Was sollen wir dich lehren, fragten die Veteranen, dir ist schon alles bekannt, was der Fußsoldat wissen muß, um zu seinem Haufen zu gehen.

Guido beruhigte sich aber dabei nicht. Er hatte nachgedacht, ob man nicht über den Erdwurf feuern könne, ohne das Haupt dem feindlichen Geschoß zum Ziel darzubieten. In der Optik fand er ein Mittel zu diesem Zweck. Er ließ sich ein hakenförmiges Sehrohr fertigen, das die Lichtstrahlen in einen Winkel brach, und sein Feuerrohr mit einem gebogenen Kolben versehn. Nun blieb er ganz hinter der Erdwehr liegen, und sah durch sein Instrument dennoch darüber hin. Der Schuß erfolgte da bei aller eignen Sicherheit. Er zeigte den Veteranen, was er ersonnen hatte. Diese gaben ihm großen Beifall zu erkennen, und sandten sein Feuerrohr an die Rathsversammlung des Heeres, welche neue Erfindungen zu untersuchen hatte. Sie war von dem wichtigen Nutzen der vorliegenden zur Stelle überzeugt, und schickte sie wieder durch einen Eilboten dem Strategion zu Rom. Dieses antwortete bald: Man hätte sogleich alle Feuerröhre der Fußsoldaten auf die vorgeschlagene Weise umzuändern.

Man sprach beim ganzen Heere von diesem Ereigniß. Durchaus war es neu, daß ein Jüngling, nur einige Wochen unter den Waffen, schon eine Abänderung beim Heere veranlaßt hatte. Man untersuchte zwar alles willig, munterte liebevoll auf, doch selten erfolgte die wirkliche Anwendung. Wenn es diesmal auf einmüthigen Beifall geschah, so lagen auch vor Jedermann die Beweise der Trefflichkeit jener Erfindung.

Man sprach ihn auch zugleich von der Obliegenheit los, ein Lehrjahr bei den Fußsoldaten zu weilen. Es ward ihm frei gestellt, in eine andere Waffe zu treten, und er wählte die Reuterei.

Grade waren Pferde aus der eingehegten Wildniß angelangt, und der Führer des Zuges klagte über die Unbändigkeit des einen darunter, rathend, es als unbrauchbar zu tödten. Guido bat um die Gunst, es versuchen zu dürfen. Man wollte sie lange nicht zugestehn, einwendend, schon die bewährtesten Reuter hätten Unfälle mit diesem Thiere gehabt. Jener ließ aber nicht nach, zäumte und sattelte das Roß, bei allem Widerstreben, und schwang sich darauf. Es bäumte sich hoch, Guido drückte ihm mit starkem Arm den Kopf nieder. Es ging, dem Zügel nicht mehr gehorchend, athemlos ins Weite. Guido riß ihm den Kopf herum und brachte es zum Stehn. Endlich, die Kraft seines Meisters gewahrend, bequemte sich die üppige Wildheit zum Nachgeben. Gelehrig folgte das Pferd, wohin Guido wollte. Er ritt es vor aller Augen an einen Bombenmörser, und ließ ihn neben sich losbrennen. Ein gewaltiger Sprung zur Höhe folgte, der Jüngling saß fest und hielt sein Thier auch zugleich wieder an, es kühn mit dem Sporn für die Unart strafend. Es schnaubte Wuth, wagte aber, bei einem zweiten Schuß, nicht mehr, von der Stelle zu gehn. Endlich legte Guido das Feuerrohr zwischen seine Ohren, erlegte tausend Schritte davon einen Habicht, der eben durch die Luft flog, und sein Pferd rührte sich nicht.

Alle Reuter jauchzten ihm Lobsprüche, und er dachte geheim: Hätte mich doch Ini jetzt gesehn!

Eine freundliche Aufnahme in die Reihen war sein Lohn, und das Verlangen, dies Pferd für den Dienst behalten zu dürfen, fand Bewilligung.

Er bewies sich bald so tüchtig als Reuter, daß die Veteranen urtheilten, es bedürfe hier durchaus keiner Lehrzeit mehr. Deshalb bat er aber, zu dem großen Heere gesandt zu werden, und das aus folgendem Grunde:

Der Cäsar von Neu-Persien hatte Asien im Besitz, mit Ausnahme von Japan und China. Diese alten Reiche hatten in vorigen Kriegen immer glücklichen Widerstand geleistet, jenes durch seine abgesonderte, meerumflossene und durch Felsenküsten sichere Lage, dieses mittelst seiner ungeheuren Bevölkerung, und indem es, aufgeweckt durch die nähere Gefahr, das Volksgenie auch geweckt und in den Kriegskünsten neuer Zeit mitgestrebt hatte. Grade war aber eine neue Fehde ausgebrochen, und bei dieser Gelegenheit ein Trupp chinesischer Tatarn versprengt worden, der, Unfug und Verheerung übend, den Gränzen von Europa nahte.

Man sandte eine Heerabtheilung, meistens Reuterei, entgegen, im Fall sie sich nicht entblöden würden, das diesseitige Gebiet zu betreten, und da Guido sehnlich wünschte, dem etwanigen Feldzuge beizuwohnen, drang er so lebhaft darauf, zum Heer gesandt zu werden, was auch geschah.

Der Ruf war ihm zuvor gegangen, neugierig sammelte sich die Menge, den Jüngling zu sehn, der eine genievolle Erfindung gemacht hatte und für den kräftigsten Rossebändiger galt. Die Art, wie er unter den neuen Kameraden auftrat, erwarb ihm auch gleich Vertrauen und Gewogenheit.

Es ging zur Gränze, wo eilig das Gerücht einlief, schon wären mehrere Dörfer geplündert und verwüstet worden. Der Anführer nahm seinen Marsch in die Gegend, welche, die noch unkultivirteste in Europa, dichte Waldungen durchschnitten.

So leicht der europäische Stolz diesen Krieg gewürdigt hatte, so furchtbar-schwer war er zu führen. Die Waldungen deckten den Feind. Man konnte sich nicht über seine Zahl oder Stellung erkundigen, weil die leichten Truppen, für dies Geschäft dem Heere zugetheilt, nicht von oben herab durch die Kronen der Bäume zu blicken vermogten. Die Tatarn verbargen sich geschickt, drangen dann unvermuthet in wilden Haufen hervor, fielen mit Ungestüm an, und entfernten sich mit einer Schnelligkeit, die den Vortheil auf ihre Seite brachte. Denn ihre Pferde, welche Klugheit bei Zucht und Anlehrung der europäischen auch thätig war, hatten den Vorzug.

Die berittene Artillerie ließ sich in den Gehölzen nicht brauchen, wider die kleineren Röhre bedienten sich die Feinde eines Schildes, mit einem in China erfundenen Lack überzogen, der bei großer Leichtigkeit Reuter und Pferd deckte, im Anrennen vorn, im Weichen hinterwärts Gebrauch fand. Schlimmer wie alles das, konnte man ihre Pfeile ansehn, womit sie überaus geschickt trafen, und den gepanzerten Mann entweder im Gesicht oder an den Händen verwundeten. Diese Pfeile waren in ein Pestgift getaucht, das nicht allein den Getroffenen hinraffte, sondern auch sich epidemisch mittheilte. Sie dagegen, war mit Recht anzunehmen, mußten mit einem schirmenden Gegenmittel versehen sein, da man von keinen Krankheiten unter ihnen hörte.

Groß war, bei allem anerzogenen tapfern Sinn, die Bestürzung, als der Tod in den europäischen Reihen wüthete. Die Aerzte wußten keinen Rath, fanden selbst ihr Grab. Der Anführer wagte einen verwegenen Streich, wurde aber mit seinem Vortrab umzingelt und niedergehauen.

Die Truppen wählten einen neuen Gebieter, der einstweilen sein Amt übernahm, bis die Bestätigung darin eingelaufen sein konnte. Es war der Sohn eines vornehmen Fürsten, welcher demungeachtet der erforderlichen Eigenschaften nicht ermangelte. Er hielt den Truppen eine kräftige Anrede, worin er die Nothwendigkeit bewies, die Räuber zu vertilgen, wenn dem ganzen Lande nicht Untergang durch die Pest drohen sollte; mahnte jeden an, den Sinn der Aufopferung in sich zu wecken, und zu denken, auf welchen Wegen sich der entsetzlichen Gefahr begegnen ließ. Der Feuerwille, im Kampf dem Tode zu trotzen, ließ sich auch überall wahrnehmen, doch die natürliche Furcht vor der Pest bleichte jedes Antlitz, und im ganzen Lager tönte Wehklage, da keine Minute verging, wo nicht ein Freund dem Freunde starb.

Guido schrieb an seinen Lehrer, der nun in Moskau geblieben war: Komme ich um, so sage Ini, mein Leben sei mit ihrem Namen den Lippen entflohn, vielleicht aber gelingt es mir, ruhmgekrönt wiederzukehren, denn ein Wagstück ist mir beigefallen, das uns retten kann.

Er ging zu dem Heerführer, bat sich einen Luftnachen und einige muthbewährte Männer aus. Du bist ja Reuter, was willst du unter den Spähtruppen? fragte jener. Vertraue mir um was ich bitte, hieß die Antwort, ich will mein Leben daran setzen, den Tod vom Lager zu fernen.

Wohlan! Und möge das Glück dich geleiten.

Guido stieg hoch in die Lüfte auf, begab sich über den Feind und blickte mit einem treflichen Fernrohre nieder, das ihm der Feldherr auf sein Ansuchen noch mitgegeben hatte. Nach langer vergeblicher Mühe entdeckte er in der Waldung einen kleinen offnen Raum, wo ein prächtig Gezelt stand. Hier ist ohne Zweifel der tatarische Feldherr, sagte er zu seinen Begleitern, dies wollte ich erkunden.

Jetzt schwebt er zurück über das eigne Lager, und ließ einen Brief niederfallen, in welchem er den disseitigen Heerführer bat, einen Angriff, wenn auch nur scheinbar, zu machen. Er sah nach einer halben Stunde, daß seine Bitte Gehör gefunden hatte, die Schlachttrompete klang, die Glieder rückten aus.

Jetzt mußten ihn die Adler wieder über jenen lichten Raum bringen, hoch genug, daß, bei ohnehin trüber Luft, er nicht mit bloßen Augen zu entdecken war. Sein gutes Fernrohr zeigte ihm aber bald, wie auf den Schlachtlärm ein vornehmer Tatar aus dem Gezelte trat, zahlreich begleitet sich aufs Kampfroß schwang und vorwärts eilte. Nur wenige Einzelne umzingelten in einiger Entfernung wachend das Hauptquartier.

Sogleich ließ sich Guido, durch stille Luft und einbrechende Abenddämmerung begünstigt, am Fallschirm nieder. Nicht weit von dem Hauptgezelt blieb er an einer Eiche hangen, und kletterte von da zur Erde. Eine Wache entdeckte ihn, doch ehe der unbesorgt gewesene Tatar zum Bogen greifen konnte, hatte er Guidos Dolch in der Brust. Dieser legte nun seine Kleidung an, verdachtloser weiter handeln zu können. Er ging einigen Anderen vorüber, die, seiner Kleidung halber, nicht Acht auf ihn gaben und gelangte glücklich in das Zelt. Hier standen viele große Flaschen mit der tatarischen Ueberschrift: Gegengift. Dies war was Guido gewollt hatte. Er nahm eine davon, und schlich weit rückwärts in den Wald, indem die Nacht dunkler wurde. Endlich, niemand mehr gewahrend, zündete er ein kleines Feuer an, was seinen Kameraden im Luftnachen zum Zeichen diente, sich niederzusenken.

Dies geschah. Guido bestieg mit seiner Beute den Nachen, und man eilte durch die Luft dem eignen Lager zu, wo man gegen Morgen erst anlangte, denn das Gefecht hatte eine unglückliche Wendung genommen, die Europäer waren weit zurück gedrängt worden.

Er fand unglaubliche Verwirrung, auch der Feldherr war geblieben. Getrost, rief er, ich bringe vorerst eine Hülfe, das Weitere wird sich finden.

Die Aerzte wurden berufen. Man untersuchte die Flasche, mittelte die Bestandtheile aus, und traf sogleich Anstalt, das Mittel in großer Menge zu fertigen. Zugleich ward es an den Pestkranken, die in großer Zahl schmachteten, versucht, und alle sahen sich nach wenigen Stunden hergestellt. Die Art des Gebrauchs enthüllte sich schon aus der Natur dieser Arzenei. Sie wurde auch schnell nach den rückwärts liegenden Ortschaften gesandt, wohin sich das Uebel auch schon verbreitet hatte.

Hoher Freudejubel! Neuerwachter Muth im Heere, da keine Pestpfeile mehr zu fürchten standen. Guidos Lob klang in aller Krieger Munde. Kein Neid trübte einen so rein verdienten Dank.

Die Aeltesten ordneten eine neue Heerführerwahl. Jeder im Heerhaufen nährte denselben Gedanken. Mag der Jüngling selbst nicht das erste Lehrjahr bestanden haben, sein Geist, seine Thaten erheben ihn zum Würdigsten. Man zog die Namen aus dem Helm, der unter allen Kriegern umhergegangen war. *Guido* stand auf jedem Papier.

Er war beschämt, verlegen — doch klopfte sein Busen von nicht geringer Freude. „Was wird Ini sagen, wenn sie davon hört!" dachte er, dann — gab er Befehle.

Eine weite Umzingelung des Feindes schien ihm in diesen Waldungen das Dienlichste. Jeder Krieger empfing eine kleine Viole von dem Gegengift, um nun bei einer Wunde sogleich einige Tropfen davon anwenden zu können. In der folgenden Nacht traten die Flügel ihren Weg an, um sich in den Rücken des Feindes zu begeben. Zeitmesser und Kompaß dienten, sich genau an den Stellen einzufinden, wo es der Plan verlangte. Ein Morast, durch den die Tatarn nicht dringen konnten, begünstigte an einer Seite den Entwurf, an der andern ließ Guido schnell eine Meile lang die Bäume mit Knallsilber umwerfen, daß auch dort der Ausweg gesperrt wäre.

Dann begann der Angriff von zwei Seiten in der nämlichen Minute. Die Tatarn erschraken, da sie die alte Furcht vor ihren Giftpfeilen nicht mehr inne wurden. Ja, Bestürzung verbreitete sich unter ihnen, als einige gewahrten, die Verwundeten der Europäer bedienten sich eines Gegenmittels. Die nehmliche Entdeckung hatte auch den Neu-Persern eine Ueberlegenheit über diese Truppen gegeben und sie in die Nothwendigkeit gesetzt nach dem Norden zu fliehn.

Man drang scharf ein. Die flüchtige Eil der tatarischen Rosse half nicht, da zu beiden Seiten der Feind anrückte. Im Nahekampf hatten die europäischen Waffen den Vorzug.

Jener Feldherr, seine mißliche Lage erwägend, sammelte auf den Ton eines weitschallenden Instrumentes eine große Masse und suchte mit dieser durchzubrechen. Guido, der dies vermuthete, begann an der Spitze einiger Tausende ein Scheingefecht, floh und lockte die Feinde auf eine große Mine, deren Explosion in dem Augenblick erfolgte, als der Vortrab des Gegners den unterwühlten Boden betreten hatte.

Gräßlich schauderhafter Anblick, als Tausend entwurzelte Eichen dem Aether zuflogen! Doch wurde es auch Guidos Leuten verderblich, als die Baumtrümmer, die zu Tausenden zerrissenen Gäule und Menschen, wieder dem Gesetz der Schwere gehorchten, und sich weiter verbreiteten als man erwartet hatte. Manche darunter wurden getödtet, selbst Guidos Pferd von einem großen Stamm aufs Haupt getroffen. Er entging jedoch den Gefahren glücklich, und bestieg ein anderes Kampfroß, die Niederlage der Tatarn zu vollenden.

Ihr Feldherr gab die Hoffnung nicht auf, wandte sich nach einer andern Gegend. Guido ließ ihm aber keine Frist, fiel den Haufen von allen Seiten an. Nicht überall konnten die chinesischen Schilde decken, große Verheerungen bewirkten die europäischen Feuerröhre. Endlich traf Guido auf den Feldherrn selbst, ein innig gefühlter Wunsch. Er rief ihm zu: laß uns beide kämpfen; wer fällt, dessen Schaaren sollen sich dem andern ergeben!

Der Tatarfürst war es zufrieden und warf seine Lanze. Sie würde, wohl zielend, Guidos Gesicht getroffen haben, wenn dieser sie nicht mit seinem Schwerte hinweggeschlagen hätte. Er schoß, dem Tatar half sein Schild. Nun gab Guido dem Pferde den Sporn, flog dicht neben seinen Gegner hin, ihm den Degen in die Seite zu bohren. Es gelang nicht, weil der Andere auch mit fechtender Geschicklichkeit den Streich abzuwenden wußte. Guidos Pferd, im Sprung, war nicht gleich aufzuhalten, der Tatar sandte einen Pfeil nach, verwundete es tödtlich, und Guido mußte auf den Boden springen.

Nun suchte der Feind ihn mit seinem Kampfrosse über den Haufen zu rennen. Ohne hohe Geistesgegenwart war Guido verloren. Doch er dachte an Ini, und fühlte neue Kraft durch seine Adern strömen. Er wich rechts und links dem schnaubenden Thiere aus, ersah den Augenblick und bohrte das Eisen in seinen Bauch. Mit großem Getöse fiel es in den Staub, nachdem es durch die letzte krampfhafte Bäumung den Reuter weggeschleudert hatte.

Dieser stand aber auch gleich wieder auf den Füßen und Schwert gegen Schwert wüthete. Die Panzer vereitelten Hieb und Stoß, an ihrer Kraft brachen beider Klingen. Nur die Arme blieben den ergrimmten Kämpfern noch übrig. Den fabelhaften Riesen der Vorzeit gleich umschlangen sie sich damit, und geriethen auf das Eis eines kleinen Sees, der dort lag.

Der Tatarfürst schien an Nervengewalt seinem Feinde nicht nachzustehen, doch lebte ihm keine hohe Liebe daheim, in deren Anruf er seine Heldenkraft verdoppeln konnte. Allein vor Guidos Seele stand Inis segnendes Bild und neue Götterflammen strömten in seine Brust. Mit des Bildes Erscheinung lebte auch das Triumphgefühl in ihm auf. Es ward ihm ein Spiel, hoch den Tatar empor zu heben und ungestüm gegen die gefrorne Fläche zu werfen. Der Fall des Gepanzerten aufs Haupt war entscheidend, die Gebeine des Nackens waren zerschellt, weit glitt der Leichnam auf das klare Eis hin.

Guido nahm das zertrümmerte Schwert, den Panzer und eine Diamantkette, die an der Brust des Todten hing, alles an Ini zu senden. Die Europäer ließen Sieggesang ertönen, die Räuberhorden flehten um Gnade und lieferten die Waffen ab.

Man fand großen Raub im Lager, den Guido unter die geplünderten Landleute vertheilen hieß. Edel genug waren seine Soldaten, nur Waffen sich zum Andenken des Tages zuzueigenen.

Noch wurde auf die hie und da zerstreuten Feinde Jagd gemacht, von denen auch keiner entkam. Die zahlreiche Schaar der Gefangnen bewachend eingeschlossen, eilte der Heerhaufen zurück nach dem großen Lager. Das Volk der Gegend erwartete Guido überall an den Wegen, und brachte dem Retter von Tausend Schrecken sein Dankopfer in Freudenthränen.

Unterwegs begegnete ihm ein Heer, reich mit Artillerie und andern Erfordernissen versehn. Es war im Anzuge, da man aus den Berichten entnommen hatte, jene Reuterei werde dem zu gering geachteten Feinde, nicht vollen Widerstand leisten können. Auch befanden sich viele Aerzte im Gefolge, die Natur der Seuche zu prüfen. Krankheiten waren diesem Zeitalter verhaßt und schrecklich, denn es war in Europa weit damit gekommen, sie auszurotten. Seit Jahrhunderten wußte man nichts mehr von Kinderblattern, die Krankheiten von Ausschweifungen im Geschlechtstrieb, hatte man dadurch verbannt, daß einst zum Gemeinbesten, im ganzen Staate, an einem ausgeschriebenen und der Menge geheim gehaltenen Tage, eine jede Person, ohne Ausnahme, Untersuchung traf und ihre Heilung bewerkstelligt wurde. Andere Welttheile waren klug genug, dieses Beispiel nachzuahmen und die Uebel bestanden nur noch in der Geschichte. Dem Heere von Fiebern mancher Art, widerstanden die durch gute phisische Erziehung und Mäßigung in den Leidenschaften, gestählten Organisazionen. Geist und Körper bewegten sich bei diesem Geschlechte zu viel, zu wachsam übte man die Sorge für gesunde Nahrung, als daß Gicht und Podagra hätten foltern können. Langer Gebrauch der Milch bei den Kindern, viel frühes Laufen in freier Luft, bildeten die Lungen vortheilhaft aus, daher konnten Brustkrankheiten nur höchst seltne Erscheinungen sein. Jene Resultate von Verderbniß der Säfte, in alten Zeiten bekannt, die scheuslichen Wassersuchten, waren mit ihren Ursachen verschwunden. Die Aerzte fanden unten diesen Umständen wenig Beschäftigung, als bei zufälligen äußeren Wunden, oder der auch nicht schwierigen Geburtshülfe. Sie trieben dagegen Chemie, die jetzt sehr viel geübte, und auf das Leben überall angewandte Kunst, und bekleideten demnächst, bei den Erziehungsanstalten, heilsame Aemter. — Immer höher reichte das Leben der Menschen hinauf, immer gewöhnlicher führte eine sanfte schmerzenlose Entkräftung hinaus.

Wie hoch mußte also die Erkenntlichkeit des Zeitalters gegen den Mann sein, der die Verheerungen der Seuche durch seine tapfere List abgewendet hatte. Indem die Aeltesten in dem anziehenden Heere, und die Naturkundigen, in sein Lob ausbrachen, wich Guido bescheiden aus und entgegnete: Es war immer doch nur zufällig, wenn ich das Gegenmittel fand. Hätte ich es selbst entdeckt, bereitet, dann wollte ich euer Lob annehmen.

Daß er den Feind schon überwältigt hatte, freute jene Soldaten desto weniger. Sie hätten gern ihren Antheil bei dem Ruhm gehabt. Doch erklärten die Männer im großen Heeresrath einmüthig, man müsse beim Strategion darauf antragen, daß Guido einen Triumpheinzug zu Moskau hielt.

Wie würde mir, dem Jüngling, das ziemen, rief er. Nein, ich bitte um meine Entlassung, da ich meine ferneren Reisen anzutreten denke. Giebt es aber einst neuen Krieg, dann stell' ich mich.

Bescheidener! rief ein Unteranführer, du bist in solchem Fall nicht sicher, daß ein großes Heer dich zum Feldherrn erkiest. Zu laut ist dein Name von Ohr zu Ohr gedrungen.

O, dies anzunehmen, müßte ich noch weit mehr Wissen errungen haben, antwortete Guido. Doch einige Vorschläge, zu Verbesserungen, an dem schweren Geschoß, und den Minen, bitte ich noch von mir anzuhören. Die Erfahrung dieser Tage lenkte mich darauf.

Die künstlerischen Soldaten wurden hier ein wenig schwierig. „Wie, er diente nicht in unsrer Mitte, und hofft uns lehren zu können, was wir noch nicht wissen?"

Doch er eignete sich Theorien zu, entgegneten des Erfinders Freunde.

„Ei Theorien! Sie sind nicht die Erfahrung!"

Auch diese hat er gesammelt.

„Aber nicht in zulänglicher Summe."

Man sieht, daß die Männer, bei allem Voraussein eine Tradizion von ihren Urvätern durch den Zeitstrom gerettet hatten. Doch ganz so eigensinnig waren sie nicht. Sie prüften — gingen vom Tadel zur Billigung über — und nahmen an.

Guido hatte aber noch eine andere Idee umfaßt, die er gern zur Ausführung bringen wollte. Die Musik beim Heere mißfiel ihm. Manches, sagte er im Rath der Anführer, habt ihr von mir angenommen, was den Nutzen zum Ziel hatte, laßt mich nun etwas für die Schönheit thun, die ohnehin eine gute Wirkung nicht verfehlen wird.

Aus der Kasse, welche zum Erproben neuer Erfindungen bestimmt war, wurden ihm beliebige Summen zugewilligt, über die nöthige Personenzahl konnte er entscheiden. Er ging eilig an die Ausführung, und der Arbeiter Gewandheit stillte bald seine Ungeduld.

Er ließ eine Luftgallione bauen, von funfzig Adlern gezogen, die für einige Hundert Menschen Raum enthielt. Zwei Silberpauken, mäßigen Häusern an Umfang gleich, befanden sich darauf, und wurden mit eichenen Knebeln durch Maschinen gerührt. Zudem metallene Hörner von der Länge einer Tanne, deren hintere Mündung an einen großen Blasebalg gebunden war. Diesen konnten zwei Männer durch einen Schnellhebel leicht niederstoßen. Jedes Horn hatte nur einen Ton, und es galt geübte Aufmerksamkeit der Spielenden, ihn richtig anklingen zu lassen, wenn das auszuführende Stück es verlangte. Aehnliche Trompeten waren auch in guter Zahl vorhanden, und Posaunen, welche sehr tief und kräftig ansprachen. Darüber hing ein reingestimmtes Glockenspiel, dem akkustische Kunst eine gewaltige Resonnanz gegeben hatte.

Guido sahe bald alles dargestellt, und übte ins Geheim seine Künstler zur Fertigkeit. Dann sagte er den Heeranführern: Rücket aus mit den Truppen. Ihr sollt eine Musik vernehmen, dem gesammten Heere, durch das Klirren der Schwerter, selbst durch den lauten Donner eurer Kanonen, hörbar. Töne ermuthigen in der Schlacht, füllen dem Tapfern mit noch edlerer Begeisterung das Herz. Von derselben Melodie sollen alle Streiter bezaubernd ergriffen werden. Man gehorchte ihm. Reuterei, Fußvolk und Artillerie zog auf die Gefilde, in den Bewegungen eines großen Kampfes. Zu den Wolken stieg der graue Dampf ihrer Röhre der Himmel war verhüllt. Da ließ Guido das mächtige Feldorchester über sie schweben, dreihundert Klafter hoch, unsichtbar in dem wallenden Rauchnebel. Die Musiker hatten die Ohren dicht verstopft, nicht Taubheit davon zu tragen.

Welch ein Effekt in der Tiefe, als der Sturm des Klanges niederbrauste, auf Meilenfernen in gleicher Gewalt hörbar. Es war, als ob der Gott der Heerschaaren in den Lüften waltete, seine Treuen durch himmlische Melodien zum unsterblichen Ruhm weihend. Entzückt, wonnetrunken, horchten die staunenden Helden. Warum ist kein Feind da, den wir, von den Harmonien umströmt, bekämpfen können, riefen sie. Zu unüberwindlichen Löwen erhübe uns die wundervolle Magie.

Hatte er zuvor die Liebe der Soldaten gewonnen, so flogen ihm nunmehr alle Herzen zu, denn diese Krieger bargen Schönheitssinn. Die Erfindung ward auch einmüthig angenommen, doch bestimmten die Anführer ihren Gebrauch nur für den Ernst, im Frieden sollte sich das Ohr der Soldaten nicht daran gewöhnen, damit einst in der Schlacht die Wirkung höher reichte.

Guido wandte sich nun heimlich von den Truppen, dem schmeichelhaften Abschied zu entfliehn, und eilte nach Moskau, wo ihn Gelino freudig in die Arme schloß.

Sich hier selbst mehr gegeben, prüfte er seine Gestalt an Spiegeln, und ward froher noch über die jetzige Entdeckung, als in dem stolzen Augenblick, wo es ihm endlich gelang, den Feldherrn der tatarischen Horden zu überwältigen. Denn fast kannte er sich nicht gleich, so hatte seine Schönheit zugenommen. Entwickelter zu einer reinen Uebereinstimmung, stellten sich die Verhältnisse der Arme, des Leibes, der unteren Theile dar, heller glühte das muntere Inkarnat der Wangen, durch die viele rüstige Bewegung in der gesunden Nordluft. In dem Auge strahlte ein unglaublich frohes, edles Feuer, eine stolze Sicherheit, erzogen durch das siegende Bewußtsein vollbrachter Heldenthat, und die Wonne des Stolzes im Selbstgefühl, wenn schon durch Bescheidenheit in gemessenen Schranken gehalten, daß keine Verzerrung einen Ausdruck von Eitelkeit entstehn ließ, der andere durch Tadel beleidigte. Der Hochsinn, bei den Gefühlen der Liebe und den Entzückungen der Künste, hatte immer nur sanft des Oberhauptes Rundung emporgehoben, die ungestüme Heldengluth aber, in ihrer, besonders den hohen Theil im Gehirn bewegenden Seelenthätigkeit, hatte sie schnell hinausgedrängt, und wie es Guido schien, bis an die Linie welche Inis Ideal verlangte. Dagegen wenn er sein Profil in zwei Spiegeln besah, konnte er mit seiner Stirn noch nicht zufrieden sein. Denn dort war immer noch nicht genug geschehen, noch lag sie nur in einer Perpendikuläre mit dem Kinn, da sie gleichwohl um ein Gutes hätte vordringen müssen. Guido sagte sich unter diesen Umständen, was ich bisher dachte, war noch immer nicht genug, der Summe nach, oft auch nur flüchtiger Aufflug der Imaginazion. Ich muß mehrere Gegenstände in die innere Welt rufen, und durch fortfahrende schwere Kraftübung des Denkens, des Gehirnes Masse vermehren. Dann habe ich mich auch vorzüglich mit Dingen zu beschäftigen, die die Empfindung ausschließen, rein abgezogen sind. Nur so ist das vorliegende Mark des Schädels thätig, wächst an und stößt seine gestärkte Hülle weiter. Die Hoffnung, auch das werde gelingen, erhob seinen Muth.

Er schrieb an Ini, ihr seine Trophäen sendend:

„Einem andern Mädchen dürfte ich schon kühn nahen, und um ihre Hand werben. Denn ein stattlicher Ritter, leg' ich der Geliebten Feindes Waffen zu Füßen, und schmücke sie mit einer Eroberung. Du aber steigerst deinen Vertrag, und darfst, du Göttliche, höhern Preis auf dich setzen. Je mehr ich sinne und handle, je mehr lerne ich dich verstehn, je mehr begreife ich, wie deine Idee menschlicher Würdigkeit weit hinaus liegt, über alles, was schon Sterbliche thaten. Ich müßte vor diesem reineren Erkennen verzweifeln, deiner Forderung glorreich Genüge zu thun, hätte ich nicht die Wunderkraft fühlen lernen, die dein Bild in meine Adern gießt. So aber beginne ich hoffend den neuen Lauf, lebt doch das Flehn in mir, das dich um Beistand anrufen kann, wie in jenes Kampfes Stunde, wo gnädig mich die Göttin erhörte."

Gelino sagte darauf, laß uns eine andere Wohnung beziehn, wo wir mehr Schutz gegen die Kälte finden. Der Winter ist strenge, immer höher deckt sich der Boden mit Schnee.

Guido empfand die Unbehaglichkeit eben nicht, doch dem schwächeren Greis nachgebend, folgte er willig.

Sie traten am Abend in ein geräumig Haus, dessen Zimmer trefflich durch Oefen erwärmt und artig verziert waren. Willst du nicht deine Bemerkungen über die Reise aufzeichnen, und die Geschichte deines Feldzugs? fragte Gelino. Der Jüngling dankte ihm für die Erinnerung, und eilte um so eher zu schreiben, weil ernsthaftere Beschäftigungen dem eben gefaßten Vorhaben entsprachen. Mit Ausnahme eines kurzen Schlafs, und einer Stunde beim Mahl, wich er nicht von seiner Arbeit. Einigemal ward er darin gestört, weil ihm dünkte, das Haus bewege sich. Sollte das ein Erdbeben sein? fragte er den Lehrer. Weiß man denn hier nicht, wie in Italien, die Zeit und die Stärke einer solchen Naturerscheinung zu berechnen, oder sie abzuwenden von den Städten, mittelst tief gewühlter Brunnen, durch welche das tiefe Feuer einen Ausweg findet?

Sei unbesorgt, erwiederte Gelino, hier sind die Erdbeben selten, und träte ja der Fall ein, würden die Naturkundigen schon zeitig warnen. Glaube nicht, man sei hier noch so unwissend, wie in rohen Jahrhunderten einst durch ganz Europa, wo Städte zertrümmert wurden.

Gab es wirklich eine so unwissende Zeit? fragte Guido staunend.

Sieh da die Folge deiner Säumniß, Geschichte zu lernen, strafte der Lehrer. Lissabon und selbst unser Messina haben einst furchtbar dadurch gelitten. Du weißt viel, erfindest viel, dennoch schöpfest du zu wenig aus dem rechten Quell.

Du hast Recht, gab Guido zur Antwort hier sieht mein Streber noch ein weites Feld. O ich muß auch die Naturkunde noch mehr treiben und manches Andere.

Nun, wir werden auch ins gelehrte Deutschland kommen. Da magst du dich mit Elementen vertrauen und deinem künftigen Denken neue Richtungen geben.

Der Zögling hatte nach dreien Tagen seine Arbeit vollendet. Freilich waren darin nur hingeworfene Bemerkungen und kurze Uebersicht der Thatsachen zu finden; die Ursachen der Erscheinungen aufzusuchen, fiel ihm noch nicht genug ein; sein Wissen, wenn schon reich in der Menge, hatte zu vielen poetischen Anstrich. Entzückt sein, hieß ihm noch oft Bemerken. Gelino beruhigte sich aber dabei, indem er wohl wußte, aus dem jugendlichen Genie könne erst die Gründlichkeit als eine Frucht der Jahre hervorkeimen. Laß uns jetze eine andere Wohnung suchen, sagte Gelino.

„Schon wieder? Ich meinte, diese sei dir bequem?“

Eine noch bequemere.

„Wie du willst, ich will ohnehin ein wenig ins Freie. Seit drei Tagen kam ich nicht unter dem Dache weg.“

Sie traten hinaus. Guido sah einen großen schönen Platz, ihm unbekannt. Was ist das? fragte er, den Platz sah ich noch nicht, und glaubte doch ganz Moskau durchirrt zu haben. Auch schien mir, unser Haus läge in einer engen Gasse, da wir es neulich am Abend bezogen.

O wir sind nicht in Moskau, rief Gelino lächelnd.

Guido blickte ihn verwundert an.

Jener fuhr fort: Du bist in Petersburg. Das Haus war ein Schlitten. Du hast nur einigemal einen kleinen Anstoß gespürt. Sonst glitten wir in den drei Tagen sanft über den Schnee hieher.

Guido freute sich hoch. Ich gestehe, sagte er, wie mir vor dieser Reise ein wenig bangte. Durch die Luft, fürchtete ich, würde es dir zu kalt sein, und wie ein Wagen eine Bahn in der starren Winterdecke finden werde, konnte ich nicht begreifen.

Sie besahen nun die schöne Stadt, reich durch einen üppigen Handel, und einen glänzenden Fürstenhof. Guido nahm jedoch einen andern Nahmen an, denn sein Ruf war vorangeeilt, und er wollte sich so wenig durch Schmeicheleien betäuben, als in seiner Lernbegier stören lassen.

Unter den mannichfachen Sehenswürdigkeiten, gefiel unsern Reisenden nichts mehr als die Wintergärten, welche man hier angelegt hatte, um das Anschauen grünender Natur nicht so lange zu entrathen, als der unfreundliche Himmelstrich gebot. Fast jeder von den Reichen besaß eine solche liebliche Anstalt; die weitläuftigste darunter war jedoch öffentlich, wurde von der Gesammtheit erhalten, und es stand jedem Einwohner und Auswärtigen frei, sich dort zu vergnügen.

Eine dicke Mauer von Quadern umzog einen Raum von mehreren Tausend Schuhen im Gevierte. Der ganze Boden war hohl, Pfeiler von großem Umfang trugen seine Gewölbe, und durch viele Eisenöfen, deren Züge und Röhren künstlich umhergeleitet waren, empfing die geläuterte, auf alle Weise fruchtbar gemachte Erde, die auf dem Gewölbe lag, Erwärmung.

Von diesen Vorkehrungen ward jedoch Niemand oben etwas inne. Man trat durch ein Thor in eine Vorhalle, die wieder zu einem geräumigen Saal führte, schon milder in seiner Temperatur als jene. Durch doppelte und verhüllte Thüren, damit die Kälte nicht eindränge, gelangte man weiter.

Aus diesem Saal führten andere Thüren in eine breite Gallerie, deren hohe bis zur Erde reichende Fenster, von Polkristall, nur nach Innen gingen.

Und wohin? Durch die starre Kälte, wie Dezember und Januar unter dieser Breite geben, trat man in die Vorhalle mit frierendem Athem, das Haar mit Eis behangen. Aufwärter reinigten die rauhe Fußbekleidung von Schnee, und säuberten des Ankömmlings Locken. Im andern Saale fand man den Pelz beschwerlich, und gab ihn ab. In der Gallerie wehten milde Sommerlüfte, das Auge blickte froh durch die Fenster hinaus auf liebliche Grüne, auf Veilchen, Jonquillen und Rosen.

Ein angenehmes Parterre bot sich im Halbrund dar, reich an FlorensPracht, mit holdem Duft labend, begränzt durch dunkle Katalpenbüsche, aus denen reizende Marmorgebilde winkten.

Selige Ueberraschung! Frohes Athmen, süße Wandlung durch den kleinen Platanenhain, an silberhellen Bächen hin, über beblümte Hügel, wo sich hinter Teichen weite Aussichten in reizende Gebirglandschaften öffneten. Der Staunende, nicht vertraut mit des kleinen Paradieses Kunst, begriff nicht, was er sah, und rief die Fabeln der Wohnsitze mithischer Zauberinnen und Hesperidengärten in die Erinnerung.

Der kurze Tag entfloh bald; wer vermogte sich von dem Heiligthume zu trennen? Im Dämmerlichte gewannen die mannichfachen Schönheiten erhöhten Reitz, Nachtigallen flöteten aus Blüthenzweigen nieder, in Jasminlauben horchten die Lustwandelnden ihrem Gesang. Bald stieg aber der Mond empor, hoch im Norden am Aether hangend, und goß seine Schimmer verklärend nieder. O Ini, seufzte Guido tiefbewegt, könnt' ich an deinem Arme hier den Himmel fühlen!

Und wie hatte der kluge Fleiß dies alles geschaffen? In den dicken Mauern der Umgebung lagen, wie unten, Oefen verborgen. Die großen, hie und da zerstreuten, Eichen und Fichten, waren durch Kunst der Natur nachgeahmt, zum Theil hohl, um in den durchgeführten Röhren Wärme auszuhauchen, damit auch oben eine gleichmäßige Temperatur erzeugt würde, zum Theil bestimmt die hohe Glasdecke zu tragen, die sich zwischen ihnen in kleinen Gewölben senkte und hob.

Glassteine, rein und klar genug, den Lichtstrahl nicht zu hemmen, und doch von der nöthigen Stärke, um alle Kälte abzuwenden, bildeten diese Gewölbe. Kein Kitt verband sie, sondern man hatte im Bauen ihre Seiten durch Feuer erweicht und sie sich so verschmelzen lassen. Die Anstalten mangelten nicht, sie Außen vom Schnee und Inwendig von Dünsten zu reinigen, und so war die glückliche Täuschung vollendet. Die weiten Aussichten hatte allerdings die Malerei gestaltet, aber so trefflich, daß das Auge vollkommen betrogen wurde, um so mehr da es kleine Teiche klüglich hinderten, zu den, Fernen lügenden Wänden, zu dringen. —

Unterdessen kam in Moskau ein Schreiben vom Strategion zu Rom an. Eine lange Berathung hatte es aufgehalten. Nicht gern wollte man so früh einen Jüngling belohnen, damit der Sporn zu höherem Streben nicht mangle, und dennoch hatte dieser Jüngling durch so frühe Thaten, Lohn verdient. Endlich sandte das Strategion dennoch eins von den großen Ehrenzeichen, wie sie Feldherren nach gewonnenen Schlachten empfingen. Man besann sich, daß Guido schon in sehr frühen Jahren Beweise seines erfinderischen Kopfes geliefert habe und dies gab den Ausschlag. Ein aufmunterndes Schreiben, von des Kaisers eigener Hand, lag bei.

Guido befand sich aber nicht mehr in dieser Stadt und Niemand wußte dort, wohin er gereiset sei. Er hatte dagegen die Weisung zurück gelassen, im Fall Briefe an ihn überkämen, sie nach Sizilien zu senden, daneben die Aufschrift, an Ini.

Diese empfing nun durch die Eilpost jene Gegenstände. Gleich schmeichelhaft für Geliebte und Geliebten.

Sie wußte, daß er sich jetzt in Petersburg befand, und schrieb ihm, jenen Brief zugleich beantwortend:

„Gern seh ich dich in der Heldenreihe, doch mehr noch würde es mich erfreuen, wenn du beitragen könntest, daß die Menschheit den unseligen, ihre Natur entehrenden, Krieg verbannte. Ein Ehrenzeichen liegt für dich hier, ich sende es nicht, hoffend, du werdest zu edel denken, es zu tragen. Es ist noch ein Rest alter Barbarei, wenn man solche Zeichen ausgiebt, meine ich immer. Traurig wenn das Vaterland gebieten muß, Blut zu vergeuden. Wer die schreckliche Pflicht übte, ihm zu gehorchen, wozu soll er noch ausgezeichnet sein, daß sein Anblick durch eine schauderhafte Erinnerung empöre. Verheimlichen, tief verheimlichen, sollte unsre Zeit die unglücklichen Heldenthaten. Glaube auch, nur der reinste Menschensinn kann deine Schönheit vollenden.“

Dies gefiel freilich dem flammenden Jüngling nicht ganz. Lob, warmes Lob, hätte er von dem Mädchen gehoft, das begeisternd mit Kraft weihte, und es tönte nun so sparsam, so bedungen. Doch räumte er ihrem feinen Geist den höheren Ausspruch ein, und antwortete nur, indem er diesem seine Ehrfurcht darbrachte.

Er blieb noch einige Zeit in Petersburg, sich von dem Handel und dem Zustande der Wissenschaften im Norden zu unterrichten.

Jener war sehr ausgebreitet, und wurde mit einer der Lage des Landes angemessenen Klugheit geleitet. Die Bevölkerung war seit zwei Jahrhunderten in den Gegenden an der finnischen Bai, am Ladoga und weißen Meere bedeutend angewachsen, aber doch nicht in dem Maaße, daß die großen Waldungen dadurch so verdrängt worden wären, daß das Holz, kein Gegenstand der Ausfuhr bleiben konnte, wie es in vielen, noch dichter bewohnten Ländern, schon lange der Fall war. Man blickte also auf diese Waldungen, als einen vorzüglichen Handelsvorwurf. Doch roh ihn zu verkaufen, war man zu weise. Es wurden Schiffe in Menge gebaut, wodurch sich denn die dabei thätigen Handwerker in großer Zahl nährten. Andere Völker, der Schiffe benöthigt, und überzeugt, sie wären nur in Petersburg am wohlfeilsten zu bekommen, holten sie dann fleißig ab, und brachten Erzeugnisse, die zufolge des Himmelstriches hier fehlten. Ausser dem nöthigen Brotgetraide wurde durch den Landbau ein Ueberfluß an Hanf gewonnen. Auch diesen veräußerte man nicht im unverarbeiteten Zustande. Thaue und Stränge aller Art, wie auch Segeltuche, wurden daraus gefertigt, und wegen ihrer Vollkommenheit überall beliebt. Hiezu kamen, Pelzwerk, Juchten, Saffian, Kaviar, welche die Lebhaftigkeit des Verkehrs mehrten.

Der Handel war jetzt ungemein begünstigt. Die große Sicherheit der Schiffahrt, die erhöhte Vollkommenheit der Landtransporte, die ausgedehnteste Freiheit, die Verbannung aller Privilegien, leisteten ihm Vorschub. Die gleiche Güte des Geldes, von der Regierungsweisheit immer im richtigen Verhältniß zu den Sachen gehalten, die gleichen Maaße der Dinge verschafften ihm erweiterte Bequemlichkeit. Die Ehrliebe der Kaufleute, welche einen Bankrottirer mit ewiger Verachtung würde gestempelt haben, befestigte den Kredit und es war unerhört, daß einer darunter sein Wort nicht erfüllt hätte. So knüpfte man Erdtheil an Erdtheil und erfreute sich der mannichfachen Gaben der Natur Allenthalben.

Die Wissenschaften blühten in Petersburg an jedem Zweig, vorzüglich aber lag man der Naturkunde ob, und die reich ausgestattete Akademie ließ den Norden fleißig bereisen, neue Entdeckungen im Gebiet der Phisik zu machen, oder die älteren zu berichtigen. Eine große Zahl von Fossilien, erdigt, salzig, metallisch und gemengt, vor dreihundert Jahren noch ganz unbekannt, hatten diese Versendete in den Gebirgen gegen den Pol ausgemittelt, wie man ihnen auch die erste Entdeckung der köstlichen, allenthalben gesuchten, Polkristalle dankte. Denn die erste Reise zur Erdachse im Norden, war von Petersburg geschehen. Die Naturgeschichte aller der Land- und Eisthiere, jenseits dem achzigsten Grade Nordbreite gefunden, hatte diese Akademie sinnreich bearbeitet. Höchst sehenswerth konnte man ihre Sammlung von Petrefakten nennen, worunter, außer vielen Ichthioliten und Tetrapodolithen auch ein vortrefflicher ganzer *Anthropolith* war, mit Mergeltuf durchzogen und in allen

Theilen wohl zu erkennen. Ein versteinerter Mammouth befand sich ebenfalls hier, wie viele Skelette dieses verschwundenen Thieres, dessen ganze Organisazion man aber dennoch kannte.

Guido wohnte einer Vorlesung über die Veränderung der Erdachse, und einer andern über die Abnahme des Meeres bei, hörte viel Staunenswürdiges, und lernte ernster über die großen Beobachtungen nachsinnen, welche Jahrtausende der Vorwelt und Jahrtausende der Nachwelt umfassen. Man sprach von einer Zeit, wo die hohe Tatarei noch unter der Linie gelegen hatte, und von einer anderen, wo der Polpunkt in Irkutzk zu finden sein werde. Man erzählte von einem Volke, das vor Zehntausend Jahren in Siberien gelebt, und sich eines ziemlichen Grades von Kultur erfreut habe. Die Monumente, unter der Erde gefunden, die alten erhaltenen und endlich entzifferten Schriften, hatten ein zweifelfreies Licht darüber verbreitet. Man wußte genau, um welche Zeit Schweden aus der See hervorgetreten wäre, und gab wieder jene an, in welcher der finnische Meerbusen trocken liegen, und sich zum Anbau eignen würde.

Diese Akademie gab auch bisweilen der Stadt Petersburg ein ganz eigenthümliches Fest, und gemeinhin in den längsten Nächten, wenn kein Mond schien. Sie hüllte sie dann nämlich in ein künstliches Nordlicht, was eine ganz zauberische Wirkung hervorbrachte. Denn die Gesetze dieser Meteore, lange ein Geheimniß, waren ergründet worden, und man brachte die Materie beliebig hervor, was jedoch nur in diesen Gegenden, und bei einem gewissen Kältegrad anging.

Es herrschte hier ein Nachkömmling der Romanow, denn jenes Haus, da es sich erobernd gegen den Orient gewandt hatte, wollte doch nicht ganz die Vatererde aufgeben, wo einst Peters schöpferischer Genius das erste Licht besserer Aufklärung anzündete. Auch sah man Peters Standbild, einst von der genievollen nordischen Semiramis erhöht, noch wohlerhalten und vielgeehrt an der alten Stelle.

Nach Genüssen und Belehrungen mannichfacher Art, wandten sich unsere Reisenden nach dem ehmaligen Polen, wo sie gegen den Frühling ankamen.

Gelino sagte: Dies Land war vor einigen Jahrhunderten durch eine fehlerhafte Regierungsform sehr arm an Menschen. Der Landbau, wie sehr es durch fruchtbaren Boden darauf angewiesen ist, ward unvollkommen getrieben, die Handwerke und Künste lagen ganz danieder. Sklaverei der geringen Klassen entehrte die Menschheit. Jetzt hingegen prangen seine Gefilde in üppiger Erzeugung, wohlgebaute Städte und Dörfer zeigen reiche Bevölkerung, Kunstfleiß in jeder Art ist regsam. Dies vermag langer Friede unter weiser Verwaltung.

Guido ergötzte sich innig bei dem lachenden Anblick, der sich allenthalben darbot. Große Kunststraßen und Nebenwege waren ohne Ausnahme mit mehreren Reihen nutzbarer Obstbäume beflanzt, deren Blüthenschnee mit den dunkelgrünen hochbegrasten Triften und fetten Kornfluren angenehm wechselte. Nie hatte Guido so stattliche Heerden gesehn als hier weideten. Er rief: Siziliens Landschaft ist mannichfacher, feinere Baumgattungen und Fruchtarten schmücken sie, doch ein so frisches Grün labt dort die Blicke nicht.

Gelino antwortete: Die Natur ist überall reich, der Mensch verstehe nur ihre Winke gehorsam, und sie lohnt.

Der Zögling wunderte sich über die vielen Kanäle, mit denen das Land durchzogen war, und die von Flössen und Fahrzeugen wimmelten. Wer hat alle diese Arbeiten vollbracht, und zu welchem Ende? fragte er.

Der Lehrer gab ihm die Antwort: Das Land ist niedrig und zu Kanälen geeignet, die außer der erleichterten Fortbringung auch durch Bewässerung nützen. Sehr einfach hat man sie aufgewühlt, und nach den Strömen geleitet. Ehedem wandten die thörichten Menschen, die gewaltige Kraft in Entbindung gewisser Gasarten, nur auf das Verderben an. Klüglicher hat man späterhin, durch das vervollkommnete Schießpulver, Erdlagen gebessert und Kanäle erschaffen.

Dies Land bringt, trotz seiner großen Bevölkerung, die ja auch nur die Erzeugungen mehrt, wohl dreimal mehr Getraide, Obst, Honig und Schlachtvieh hervor, als es selbst verbrauchen kann. Dieser Ueberfluß ladet, wie einleuchtend ist, zum Handel ein. Es giebt kein Land mehr in Europa, das nicht weise genug wäre, seine erste Subsistenz selbst hervorbringen zu wollen, doch einige, wo es zufolge natürlicher Hindernisse nicht angeht. Dahin gehört ein Theil von Schweden und Norwegen, Lappland, Nowaja Semlia und Spitzbergen. Die letztgenannten waren Ehedem wenig oder gar nicht bewohnt, späterhin hat man sie zu Verweisungsorten für Europäer gemacht, die unklug genug waren, sich nicht den Gesetzen unterziehn zu wollen. Diese haben sich gemehrt, der Handel andere dahin geführt, und so sind auch jene so weit zum Pol hinliegenden Gegenden jetzt bevölkert, und man weiß sich dort gut zu nähren.

Dies Land fertigt jedoch aus seinem überflüssigen Korn, Backwerke aller Art, die sich Jahre lang halten, und durch Befeuchtung genießbar werden. Fleisch von Rindern und Schaafen wird durch Salz und Räucherung dauerhaft gemacht, das Obst getrocknet, oder in geistigem Wasser aufbewahrt. Der Honig dient, mannichfache Kuchen zu bereiten, welche beliebt sind. Endlich fertigt man starke Biere, in Essenzen verkürzt, und gebrannte Wasser an.

Meistens gehn diese Gegenstände nach den genannten Nordländern, welche deswegen doch nicht arm zu achten sind. Sie bieten wieder vortreffliche Eisenwaaren, fertige Pelzkleidungen, Fett von Wallfischen und Robben feil, und geben sich daneben fleißig mit dem Heringfange ab.

Die inländischen Kanäle, welche du hier siehst, geben nun all' dieser Regsamkeit doppeltes Leben. Denn wenn die Fortbringung auf den großen Prahmenwagen schneller von statten geht, so ist jene mit geringeren Kosten verbunden, da auf den ebnen Nebensteigen, welche am Wasser hinlaufen, ein Pferd beträchtliche Lasten zieht. —

In den Städten nahm man die großen Brau-, Back- und Brennanstalten in Augenschein, wo sich alles durch eine kunstreiche Behandlung und Reinlichkeit auszeichnete. Und dennoch, bemerkte Gelino, melden alte Schriftsteller, sollen vor einigen Jahrhunderten diese Städte einen scheußlichen Anblick gewährt, Unwissenheit und Unsauberkeit hier ihren Wohnsitz aufgeschlagen haben.

Dem Getraide seinen geistigen Inhalt zu entziehn, verstand man vortrefflich, denn chemische Naturkunde leitete die Grundsätze. Liebliche und dennoch unschädliche Einmengungen verbesserten den Geschmack.

Die Anstalten, Fleischwerk durch Rauch dauerhaft zu machen, hatten Thurmhöhe. Der Rauch ward durch lang empor gewundene Röhren geleitet, und zog sich so feiner in die Massen. Durch fette Weiden wohl genährt, lieferten die Schlachtthiere schon ein ungemein nahrunggehaltiges Fleisch, und überaus zart war der Geschmack der hier geräucherten Gänsebrüste, Schinken u. s. w. Leckermäuler gaben ihnen den Rang vor allen übrigen in Europa.

Es läßt sich deuten, wie das Volk in diesen Gegenden, ohnehin so wohlhabend, auch durch diese Ursachen stark an Knochenbau und Muskeln gewesen sein müsse. —

Man langte endlich in der weitläuftigen und freundlich gebauten Vorstadt Praga vor Warschau an. Hier ereignete sich, sagte Gelino, um das Ende des achtzehnten Jahrhunderts ein schauderhafter Auftritt, indem bei einem Sturm fast alle Einwohner hingemetzelt wurden. Heil uns! daß wir Blutszenen in Europa gar nicht mehr, und an den Gränzen nur selten und nothgedrungen erblicken; daß auch, wenn ja Krieg besteht, die Völkerübereinkunft ihn bloß auf die Heere ausdehnt. Der Soldat würde sich entehrt halten, wenn ein ruhiger Bewohner des Landes über ihn klagte. Wenigstens denkt der Soldat von Europa so.

Eine treffliche Ansicht stellte sich, da sie an den majestätischen, mit Schiffen bedeckten, Strom kamen, in der mit ihren Vorstädten und Gärten unabsehlich ans Ufer hinlaufenden Stadt Warschau dar. Der jenseitige hohe Rand war terrassenförmig mit Pappelalleen geschmückt, von der Höhe winkten Prachtgebäude, Tempelkuppeln mit reicher Vergoldung, Obelisken, Telegraphen- und Glockenthürme. Sternwarten, Luftpostzinnen und andere hohe Gebäude, wie sie jetzt in Städten üblich waren, hoben sich aus dem Steinmeere in bezaubernden Verhältnissen empor. Man hielt überhaupt in diesem Jahrhundert viel auf die Phisiognomie der Städte, die schon in weiter Ferne dem Wanderer verkündeten, was er im Innern zu finden hoffen dürfe.

Sie fuhren über die prächtige Marmorbrücke, zu beiden Seiten mit athenischen Bildsäulen geziert. Guido wunderte sich, da er den Strom hinaufblickte und in der Weite viel Feuer und Rauch aufsteigen sah. Der Lehrfreund erklärte ihm die Erscheinung.

Vor Zeiten, fing er an, war der Eisgang auf diesem Strome sehr ungestüm, und es ließ sich keine dauerhafte Brücke bauen, da man befürchten mußte, sie im Frühjahre zerstört zu sehn. Jetzt ist man klug genug, das nützliche Feuerpulver auch hier anzuwenden. Wie eine Gefahr dieser Art droht, belegt man die Winterdecke des Stromes mit einer Menge von Raketen, aus Pulver und jener heftigen Feuermaterie gemengt, die auch im Kriege gebraucht wird, und auf Eis und Wasserfluthen fortbrennt. Diese Raketen bedecken die ganze Fläche mit Funken, und schmelzen durch ihre Menge in kurzem alles Eis. Da, obgleich der Frühling schon um ein Gutes vorrückte, noch hie und da Schollen ankommen, so wirst du dort jene Thätigkeit inne.

Er setzte hinzu: Auch Ueberschwemmungen, durch Anhäufen der Gebirgwässer erzeugt, suchten Ehedem manche Länder heim. Nun aber fließen sie durch Kanäle ab, oder durch die hohen Bewallungen an den Strömen, immer noch benutzt, da man gute Fruchtbäume darauf zieht. So trägt im Kampfe gegen die feindliche Natur, der Mensch immer den Sieg davon, wenn er mit Vernunft den Willen umfaßt.

Auf den Gassen der Stadt bemerkte Guido, daß es hier ungemein viel schöne Weiber gäbe. War gleich, wie oben im Eingang berichtet worden, das Geschlecht überhaupt zu einer entwickelteren Anmuth erzogen, und die europäische Menschheit durch Gleichheit der Verfassung in einander geflossen, so mußten dennoch einige Unterschiede in der äußeren Bildung übrig bleiben, deren Ursachen man in Abstammung und Gegendeigenheiten zu suchen hatte. Der Lehrer erklärte: Schon im Alterthum wurden die Sarmatischen Schönen gepriesen.

Guido fand bald darauf Gelegenheit, diese lieblichen Blüthen im vereinten Strauß zu beobachten.

Zu Moskau, dem Hauptorte der Kriegprovinz, hatte er einen vorzüglichen

Mosestempel bewundert, in welchem das Standbild des Gefeierten in einer Größe, wie Ehedem der rhodische Koloß, prangte, und wo ein Heer von Hunderttausend Mann auf einmal seine Andacht verrichten konnte. In Warschau dagegen stand ein Heiligthum der Maria, durch seine geschmackvolle Pracht weit berühmt. Die Jungfrauen im Lande hatten es aus ihren Mitteln erbaut, und sich dafür das Recht vorbehalten, hier allein zu beten, und Feiergesang anzustimmen.

Sie nahmen dann Platz auf dem Marmorboden, doch die Erhöhungen welche der Rotunde Innenwände umliefen, konnten Männer besteigen und Niemand mag zweifeln, daß sie nicht angefüllt gewesen wären.

Gelino hätte es vielleicht nicht unumgänglich nöthig gefunden, seinen Zögling dahin zu führen; doch dieser hatte davon viel gehört, und bewies sehr redselig, man müsse die Reisekunde auf jede Art bereichern.

Es war das Frühlingsfest der Maria, der Kultus hatte einige Aehnlichkeit mit den Floralien der Alten. Im weißen Gewand, blendend wie Schnee, fein wie die Schleier der Arachne, die Sandale mit bunten Bändern an den bloßen Fuß geknüpft, die Locken mit jungen Blumen durchflochten, zogen die Jungfrauen in den Tempel.

Guido befand sich im Gedränge auf der Erhöhung. Süß strömte der Duft hinauf, die Treibhäuser waren von ihren Orangenblüthen und Rosen geplündert, nimmer hatten Guido, selbst auf dem heimathlichen Eilande, so holde Gerüche gelabt.

Alle ohne Ausnahme waren schön, lieblich, anmuthig, denn die, welchen die Natur diese Mitgift versagt hatte, pflegten an einem solchen Tage unpäßlich zu sein, um nicht so vielem Lichte die Schatten zu geben.

Hundert von den Jungfrauen unterhielt der Tempel für den musikalischen Kultus. Gestalt und wohltönende Stimme, waren die Bedingungen, unter welchen man sie annahm. Gute Lehrer unterwiesen die Huldinnen, erst nach bedeutender Fertigkeit durften sie öffentlich auftreten. Kein Instrument begleitete ihre Lieder, und wie diese Zeit auch die Harmonika, die Flöte, die Harfe vervollkommnet hatte, den Zusammenklang Hundert reiner wohlgeübter Mädchenorgane, würden sie immer nur gestört, nicht erhoben haben.

Sie sangen einen Himnus, der in die Sprache früherer Zeiten übertragen, so weit es möglich ist, den höheren Ausdruck des Idioms im ein und zwanzigsten Jahrhunderte wiederzugeben, ungefähr gelautet haben würde:

Himmlisch bist du o Jungfrau!

Du liebtest himmlische Liebe,

Und dein Himmel steigt nieder,
In der Liebenden Busen.
Hohe, Reine, Verklärte,
Weihe, heilige mich!
In des Geliebten Schönheit
Deutet sich ewige Schöne,
Dem Göttlichen werd ich verwandt
Glüh ich von göttlicher Liebe.
Hohe, Reine, Verklärte,
Weihe, heilige mich!
Deine Reinheit mich fülle,
Mache unsträflich den Busen,
Gieb in Liebe mir Tugend,
Daß den Unsterblichen nahend
Ewig Leben ich athme,
In Gefilde des Lohnes
Seligkeit bringe das Herz.
Hohe, Reine, Verklärte,
Weihe, heilige mich!
Weg aus den Räumen der Tiefe,
Schwinge dich, heiliger Fittig,
Trage mich auf zu den Gipfeln
Wo mich weihend umfangen,
Lebens Reine und Höhe.
Liebe ist Himmel im Staube,
Liebe wohnt über den Sternen,
Liebe adelt die Jungfrau,
O du, der Jungfraun Vorbild,
Hohe, Reine, Verklärte,

Weihe, heilige mich!

Als die Feier geendet hatte, schrieb Guido an Ini: Heute Mädchen, that dein Bild hohe Wunder. Ich sah den lieblichsten Blumenkranz in Europa, vergaß aber dennoch die Rose nicht, für die ich glühe.

Der Triumph, den eine Geliebte über fremde Schönheiten davon trägt, wird auch von dem Liebenden hoch empfunden, seine Flamme lodert heller, ein edles Selbstgefühl strömt in die Seele, im Bewußtsein reiner Treue, und prägt sich im Auge, auf der Wange, mit einem unvergänglichen Zauber aus. So nahm denn Guido abermal einen neuen Zug der Schöhnheit von hinnen.

Sie besahen noch den großen Markt, der hier um diese Zeit gehalten wurde. Auf dem Gefilde von Wola, berühmt im Alterthum durch die Königswahlen, hatte man ihm den Sammelpunkt angewiesen, da in der Stadt kein Raum dazu vorhanden war.

Einen weiten leeren Platz umlief ein überdachter Säulengang, hinter welchem sich ungeheure Speicher, die Waaren einzunehmen, befanden. Auf vielen Kunststraßen hatte sie der Völker Thätigkeit hergeführt. Eine davon lief nach Konstantinopel, von dort nach Sirien und dem rothen Meere. Hier kamen die Araber, auf lange Reihen von Kamelen, Spezereien und Gold geladen. Auch die Athener, welche auf Prahmwagen, Statuen in Marmor und Elfenbein, wie auch treffliche Gemälde brachten. Die andere ging um die Kaspische See nach Ispahan und den indischen Eilanden. Daher nahten die Neu-Perser, mit Elephantenlasten köstlicher Gewürze, feiner Zeuge und Edelsteine. Eine dritte Straße war dem Chinesen, durch die Mongolei, Songarei, und das Kirgisenland gebahnt. Er brachte Farben, Porzellan und andere Gegenstände seines Kunstfleißes, denn der Krieg hinderte seine Karavanen nicht. Von Petersburg erst übers Meer, und dann auf dem Weichselstrom herbeigeschafft, langten vortreffliche Schiffe zum innländischen Gebrauch an, die auf einem Bassin, zum Marktfelde geleitet, feil standen. Auf ähnlichen Wegen waren vom äußersten Norden, Arbeiten in Eisen und Pelzkleidungen gekommen. Eben daher vortreffliche Geschirre, Fensterscheiben und Bauwerkstücke aus dem so spät erst entdeckten Polkristall. Auf den vielen Kunstpfaden durch Teutonien langten noch unendlich mehrere Handelswaaren an. Von den englischen Eilanden, wissenschaftliche und technische Instrumente aller Art. Man sahe ganz fertige Sternwarten, mit künstlichen Triebwerken des Planetensistems, deren Genauigkeit und Feinheit in Erstaunen setzte, indem sie außer den vielen neugewahrten Planeten und ihren Begleitern, auch alle Kometen dieses Sistems darstellten, denn den jetzigen vollkommenen Teleskopen, entging keiner mehr davon, wie weit auch seine Bahn ihn von der Sonne wegführen mochte. Fing man doch schon an, das Leben im Monde zu beobachten, und seine Naturgeschichte zu entwerfen. — Ferner Thurmuhren, mit reitzenden Glockenspielen, an deren Zifferblatt, sich außer den Stunden- und Minutenweisern, ein vollständig entworfener Kalender befand, daneben Thermometer, Barometer und Eudiometer, welche Kälte oder Wärme, Schwere oder Leichtigkeit der Luft, so unterrichtend bezeichneten, daß dadurch die Witterungsveränderung auf mehrere Tage vorher kund ward, und Jedermann bei seinen Beschäftigungen sich darnach fügen konnte. — Ferner, Mühlen zum Stampfen, Zermalmen und Sägen zugleich, und mit einem artigen Mobile perpetuum regirt. — Ferner, zum Behuf des Landbaues, Pflüge mit einer geringen Kraft bewegt, die den Boden zehn bis zwölf Schuh tief aufwühlten, die geruhete Erde oben, die entkräftete unten brachten, sie zugleich puderartig zerrieben, und von gröbern Bestandtheilen durch Siebe reinigten. Eben so Pflanzmaschinen, welche die Getraidekörner in beliebiger Weite und Tiefe gleichabstehend einsenkten, und so Aufwuchs und Gedeihen ungemein erhöhten. Eben so Wässerungbehälter, geeignet, aus fernen Seen, Strömen oder Kanälen mit wenigem Kraftaufwande, Flüssigkeit herbeizuschaffen, und durch hidraulische Vorrichtungen, in weit ausgebreiteten Fontänen niederströmen zu lassen. — Der Franke lieferte chemische Apparate zu vielen Zwecken dienlich. Auch der Landmann konnte sie hülfreich gebrauchen, damit bei großer Dürre, aus Wasserstoff ein Wölkchen zusammensetzen, und auf seine Scholle niederfallen lassen. Zudem Küchen, wo in sehr sinnreich gestalteten Töpfen oder Pfannen, die Speisen überaus schmackhaft geriethen, und man auch Schnee und Eis sogleich bereiten konnte. Imgleichen Kleidungsmaschinen, die man beliebig mit Seide oder Wolle versah, und sich dann hineinstellte. In wenigen Minuten webte nun das Kunstwerk ein Kleid, den Formen des dargebotenen Körpers niedlich angeschmiegt, ohne Rath, wie sich von selbst versteht, färbte es zugleich in der eben gültigen Modetinte, und parfümirte es mit köstlichen Oelen. Die chirurgischen Instrumente der Franken waren nicht weniger sehenswerth. Unter andern erblickte man da künstliche Ohren und Augen mancher Art. Bei nur geschwächter Hör- oder Sehkraft wurde jene durch Röhre, diese durch Gläser bis zum Normalzustand verstärkt; außerdem hatte man aber, ein hoher Triumph menschlicher Kunst, nachgeahmte Trommeln, Eustachische Röhren, Augenäpfel mit ihren sechs Häuten und drei verschiedenen Feuchtigkeiten, welche mit den Nerven, durch täglich wiederholten Galvanismus in Verbindung gebracht, Tauben und Blinden, Schall- und Lichtstrahlen wunderbar wieder einführten. Ihre Weinläger wurden nur von den spanischen und portugiesischen übertroffen, wo in langen Reihen, Tonnen lagen, jede größer als Ehedem das Faß zu Heidelberg. — Die Italiäner hatten unter andern große Orgeln, für die Tempel, feil, in welchen die vielstimmige Vox humana, die gewohnten Religionsgesänge deutlich vortrug, willkommen für Ortschaften die nicht reich genug waren, Chöre zu unterhalten. Zudem auch

Orchester, wo eine Klaviatur, Hundert Saiten- und Funfzig Blaseinstrumente in Bewegung setzte, welche auch durch Walzen die beliebtesten Tonstücke und durch akkustisch nachgeahmte Soprane, Alte, Baritone u. s. w. schöne Lieder ausführten. Der Besitzer konnte also seinen Gast, wenn er wollte, mit einem vollständigeren Konzert bewirthen, als es vor Jahrhunderten Könige mit großem Aufwand vermocht hatten. — Der emsige Deutsche wetteiferte mit allen Europäern in Allem, und sandte daneben die meisten Bücher zum Markt. Bücher, die Materien abhandelten, von denen die Vorzeit noch keine Ahnung hatte.

Aber auch aus Amerika, Afrika und Polinesien waren Kaufleute anwesend. Sie führten edle Steine, edle Metalle, ganze Naturalienkabinette aus ihren Landstrichen, artige Sinzialos, Jakos, indianische Raben, die fertig redeten, Menagerien von Löwen, Tigern, Leoparden, Giraffen, Armadille, welche man aber nicht erstand, wenn sie nicht auch zugleich in ergötzenden Künsten abgerichtet waren. Es gab auch in großen, durchsichtigen, mit Wasser gefüllten Behältern, Fische aller Gattung aus der Fremde. Hornfische, Chimären, alle Haiarten, Panzerfische, Seedrachen, Zitteraale, Katödons, und die vielen Geschlechter, welche erst entdeckt worden, nachdem die Taucherkunst ihre jetzige Vollkommenheit erreichte.

So hatte die vermehrte Kultur, die gesetzliche Sicherheit, und die Leichtigkeit der Reisen, Menschen von allen Stämmen hieher geführt. Wollige Neger, schon lange nicht mehr zur Sklaverei verdammt, tanzten lustig am Abend und sangen Nationallieder. Braungelbe Sinesen und Japaner zählten sorgsam ihre gewonnenen Summen. Olivenfarbene Araber, Indier, Malaien, kauten ruhig ihren Betel oder schmauchten ihre Pfeife zur Erholung. Kleine mißgestaltete, aber doch sehr lebendige, Ostiaken, Samojeden, Eskimos liefen neugierig gaffend umher. Röthliche Amerikaner, noch den Federbusch der Altvorderen tragend, zeigten ihre Kraft im Ringen und Laufen. Neuseeländer, Otaheiter, Sandwichinsulaner, Bewohner der erst spät entdeckten Südpolarländer, die schwärzere oder hellere Haut seltsam punktirt, saßen in ihren mitgebrachten Binsenhäuschen auf künstlichen Matten, die ihnen abgekauft wurden, um sie in Gärten aufzustellen.

Das Getümmel auf diesem Markt war unbeschreiblich, die Wechselgeschäfte verbanden durch Federstriche, Neu-York und Ulimaroa, den Hoffnungskap und Miako, Lissabon und Peking. Noch ist hier des Komptoirs zu gedenken, welches die Land- und Seetruppen hielten. Da sie sich durch eigene Thätigkeit unterhalten mußten, beschickten sie auch die Märkte mit überflüssigen Erzeugungen. Unter andern boten sie Feuerröhre, großer und kleiner Art, feil, welche von Völkern, die noch keine Waffenmanufakturen hatten, eingetauscht oder gekauft wurden. Man ging aber auch, vorausgesetzt, daß man reich genug war zu solchen Ausgaben, in ihre vorhandenen Metallgießereien oder Schmieden, um sich, die Geliebte, den Freund, in Erz oder Stahl bilden zu lassen. Augenblicklich drückten geschickte Meister die Gestalt in Wachs ab, um sie gleich darauf in Thon nachzuahmen. Das Metall floß schon in den Glühöfen, eilig vollendeten flinke Gesellen die hohle Form, und der Guß erfolgte. Durch künstliche Mittel ward nun das Metall erkaltet, die Form zerschlagen, das Jahrtausende höhnende Standbild heraus gewunden und glatt polirt. Noch geschwinder gingen die Stahlschmiede, mittelst ihrer mechanischen Vorrichtungen, Feinheit und Gewalt auf eine zuvor nie erdachte Weise verbindend, zu Werke. Ein Fürst aus Amerika, eben mit seiner jungen Gemahlin zugegen, ließ sich mit derselben in Silber darstellen. Guido hätte weinen mögen, nicht Ini hier zu sehn, und kein Kaisersohn zu sein, um ihre Statue in Gold zu begehren.

Nach viel erworbnem Unterricht, durch Gelinos Lehren und eigne Anschauung, wurde des Jünglings Reise fortgesetzt. Er wandte sich nach Teutonien, wo das platte Land ihn noch weit mehr in Erstaunen setzte. Er sah hier keine Dörfer mehr, sondern nur die in einander fließenden Vorstädte weitläuftiger Orte. Gelino erklärte ihm die Erscheinung einer so großen Lebensfülle in folgender Art:

Das Klima in diesem Lande ist weit milder geworden, seitdem unnütze Kriege, verderbliche Immoralität und Krankheiten, gegen welche die unvollkommene Heilkunde wenig vermochte, nicht mehr die Zunahme seiner Bevölkerung hemmen. Mit ihrem Anwuchs veredelte sich der Boden wovon eine mildere Luft immer die Folge ist. Der Mais- und Reisbau sahen hier schon lange erwünschten Fortgang, und zwei Ernten sind gewöhnlich. Wenige Morgen nähren eine Familie bequem, und werfen noch einen Ueberfluß ab, von dessen Verkauf, sie nicht erzeugte Nothwendigkeiten anschaffen kann. Das in dem, vortrefflich zubereiteten, Boden durch Maschinen gepflanzte Wintergetraide, gelangt um die Mitte des Junius schon zur Reife, und lohnt meistens funfzigfältig. Man mäht es durch kunstreiche Sichelwagen, die zugleich abschneiden, aufladen und hinterwärts den Boden wieder pflügen, wodurch die Arbeit gar sehr vereinfacht wird. Nun ist Zeit genug übrig, das Feld wieder mit Sommerkorn, Gartengewächsen, Fütterungkräutern zu bestellen, wovon der Fleiß noch reichen Gewinn im Spätjahre zieht. Dies würde aber nicht immer glücklich von Statten gehn, hätte man nicht das Mittel erfunden, die angebauten Fluren, gegen Kälte im Lenz und Nachsommer zu sichern. Wenn die Witterungmesser einen Frost ankündigen, eilt der Landwirth sein Feld mit großen Strohmatten zu überdecken. Bei den kleinen Landporzionen ist es leicht dies Mittel anzuwenden. In Wintertagen fertigt das Gesinde aus dem reichlichen Stroh die Matten, über Bäume spannt man sie zeltartig, Fluren werden ebenhin damit bedeckt.

Bemerke, wie sorgsam jeder Eigner, von jedem Schuhgevierte, Ertrag zu ziehen sucht. Ein Zaun von nutzbarem Strauchwerk, umläuft verwachsen die Scholle. Kleine Beeren und kleine Nüsse mancher Gattung blühen darauf. Das Feld ist mit edlen Obstbäumen beflanzt, an die üppige Weinreben sich hinaufwinden. Ihr Schatten fährdet die Saaten nicht, bei einem so kräftig gemachten Boden, und beim Pflanzen trägt man kluge Sorge die Wurzeln nicht zu verletzen, was bei den guten Maschinen zu diesem Gebrauche leicht wird.

Futterkräuter, gewisse wohlnährende Rübenarten, getrocknet Baumlaub, sind dem Viehe bestimmt, und leicht zieht eine Familie davon so viel auf, um mit Milch, Butter und Fleisch versorgt zu sein. In jedem Hause befindet sich eine Kelter, eine Anstalt zum Brauen, eine Anstalt zum Fertigen gebrannter Wasser, im Kleinen. Die Arbeit daran ist so vereinfacht, daß auch ein Kind ihr vorsteht.

So ist also für den Unterhalt dieser Menschen reichlich gesorgt, und die eitle Furcht ob einer zu großen Bevölkerung, in rohen Zeitaltern oft angekündigt, würde nur Lachen erregen. Jedes neue Glied, das in die Gesellschaft tritt, kann auch einen neuen Spielraum nützlicher Thätigkeit finden und seinen Bedarf gewinnen. Nach den vielen Erfahrungen welche man sammelte, nach den vielen lehrreichen Entdeckungen, welche gute Köpfe im Erproben des Ausführbaren machten, ist jedermann lebendig überzeugt, die Fruchtbarkeit des Bodens sei noch um ein Ansehnliches weiter zu treiben, ja die Gränze, welche einst der klugen Pflege ein Ziel setzen könne, durchaus nicht abzusehn. Und träte ja nach Jahrhunderten, der unerwartete Fall ein, mehr Menschen erzeugt zu sehn, als der Landesertrag nähren könne, so weiß man gar wohl, das es noch schlecht bebaute Länder genug in anderen Erdtheilen giebt, wohin sich Kolonien senden lassen. Afrika enthält in seiner Mitte große Wüsten, die, einst urbar gemacht, unermeßliche Ausbeute liefern werden. Am Susquehannach, am Orinoko, am Amazonenfluß sind weitläuftige Strecken bereit, neue Millionen aufzunehmen. So rüstig auch der Altbritte daran ging, Ulimaroa, welches den Umfang von halb Europa hat, und die weitläuftigen Inseln, Neu-Guinea und Neu-Seeland, an Bewohnern reich zu machen, so hat doch, im Verlauf weniger Jahrhunderte, immer noch nichts Erhebliches geschehen können, und Auswanderer würden dort höchst willkommen sein. Ja, wie die Lehrer der Wissenschaften behaupten, in denen die Umgestaltung des Erdballs abgehandelt wird, und wo man die jährliche Meerabnahme nach unbezweifelten Erfahrungen berechnen lernte, wird nach einigen Jahrhunderten, ohne das im achtzehnten einst gefundene Polinesien, ein ungeheurer neuer Erdtheil, aus dem stillen Ozean, westlich von Amerika, treten. Die unter dem Meere hinstreifenden Parallel- und Meridian-Gebirge verbreiteten hierüber schon in alten Zeiten Licht, jetzt hat man ihren

Zusammenhang deutlicher erkannt, und vermag überhaupt aus der Vergangenheit genauer auf die Folge zu schließen, weil sinnige Forscher, ihre Beobachtungen der Nachwelt, ein schätzbares Erbe, vermachten. So ist jetzt unter andern die Insel Owaihi, weit größer an Umfang, als zu der Zeit, wo ein kühner Seefahrer, Cook genannt, sie entdeckte. Die ziemlich großen und hohen Eilande, westlich von Peru, hießen vor Jahrhunderten die niedrigen Inseln, ein Beweis, wie damals die See höher an sie hinaufspülte. Das Senkblei fällt in ihrem Bezirk immer seichter, die Meermoose nehmen zu, die Taucher können dort in der Tiefe mit Leichtigkeit beobachten, und aus allen diesen Umständen läßt sich die Richtigkeit jener Verkündung ahnen. Alle die Inselketten in jenem Meere werden dann die Gebirgrücken des neuen Erdtheils sein.

Guido sagte hier zu seinem Lehrer: Du drängst mein Nachsinnen in einen noch tieferen Hintergrund. Es macht zwar froh, so viel neue Möglichkeit des Lebens zu träumen, auch sehe ich nur Vortheil für das Geschlecht darin, wenn junge Länder zum Anbau einladen, wenn die Kaspische See, das schwarze Meer, das mittelländische Meer, trocken geworden, mit Städten und Dörfern übersäet werden können. Wo soll das aber endlich hinaus? Wenn nun das Wasser, nach manchen Jahrtausenden, ganz vom Erdball verschwände, müßte nicht die Menschheit, an seinen Verbrauch unabläßig gebunden, jammervoll untergehn?

Gelino lächelte und gab seinem Zögling die Antwort: Dies könnte wohl sein, und wenn die höchste Entwickelung, der Menschheit Zweck ist, was wäre denn noch an ihrer Fortdauer gelegen, wenn sie das Ziel umfaßt hätte, und es etwa mit jenem Zeitpunkt zusammenträfe? Gleichwohl dürfte sein Untergang auch nicht einmal an das Verschwinden des Wassers gebunden sein. Denn, kann der Erdensohn nicht übernehmen, was die Natur nicht mehr nöthig erachtet, für ihn zu leisten, da sie ihn genug mit Kräften ausstattete, und der Gebrauch dieser Kräfte hinlänglich erweitert ist? Können wir nicht lange schon Wasser chemisch bereiten? Wird diese Kunst sich nicht vervollkommnen? Freilich, neue Meere, um sie lustig zu beschiffen, dürfte man nicht hervorbringen lernen; doch Flüssigkeiten für den Hausbedarf, Regengewölke zum Tränken der Gefilde, wovon ja schon manche Versuche jetzt gelangen, scheinen keineswegs außer dem Bereiche der Sterblichen zu liegen. Doch du wirst darüber in Berlin manche Hipothese hören.

Blicke einstweilen sorgsam auf die Einrichtungen, die unser Weg dir zur Ansicht darbietet. Du siehst alle Städte in Teutonien voller Kunstfleiß, voller trefflichen Schulen; prachtvolle Tempel und Bühnen zieren die meisten. Bei so vielem Reichthum, als der kluge Landbau einer großen Volkmenge, hier dem Boden entlockt, ist der Städte Flor eine ganz natürliche Folge. Der

Ackermann nährt den Handwerker, indem er ihm seinen Ueberfluß verkauft, und von ihm wieder die Lebensbedürfnisse holt, welche er nicht allein hervorbringen kann. Letzterer bezieht wieder die Märkte anderer Gegenden, mit der Arbeit, welche ihm daheim nicht abgenommen wurde, und schafft dafür ihre Erzeugungen herbei. Das Geld, überall werthhaltig und durch weise Aufmerksamkeit der Regierungen, im richtigen Verhältnisse zum Preis der Sachen, empfängt einen schnellen Umlauf, und regt auf demselben die Betriebsamkeit unaufhörlich an.

Wie blühend wir aber diese Gegenden finden, so hätten wir nur alte Bücher zu fragen, um über die Barbarei, welche noch vor drei oder vierhundert Jahren sie drückte, belehrt zu sein. Damals fand man kaum jede halbe Meile ein elendes Dorf, in dessen unreinlichen Strohhütten sklavensinnige Halbmenschen wohnten.

In den Städten lag der Gewerbfleiß krankend danieder. Europens Staaten hatten sich nicht weise verbunden, um durch Handel gegenseitig ihre Thätigkeit zu beleben und die Genüsse auszutauschen; man sann nur auf Uebervortheilung, die am Ende Allen verderblich war. Unnatürlich große Heere wurden auf den Beinen gehalten, wodurch dem Gemeinwesen so viel jugendlich rüstige Kräfte entgingen. Diese Heere nährten sich nicht selbst durch Nebenarbeit, sondern mußten Sold empfangen, wodurch die Regierungen sich genöthigt sahen, die Völker mit Abgaben zu erdrücken. Unter solchen Umständen mußten die meisten Länder zur Hälfte Wüsten bleiben; Tausend harter Ungerechtigkeiten und Thorheiten, die natürliche Folge verkehrter Einrichtungen, nicht zu gedenken.

Und die Menschen hatten doch damals, so gut wie in unseren Zeiten, die göttliche Kraft der Vernunft, auch Philosophen in Menge, welche, die Natur dieser Vernunft zu erkennen, sie gleichsam anatomisch zu zerlegen und scheidekünstlerisch in ihre Bestandtheile aufzulösen strebten. Es galt demungeachtet von ihnen, was einer ihrer alten Dichter sang:

Unselig Mittelding vom Engel und vom Vieh,
Du prahlst mit der Vernunft, und du gebrauchst sie nie.

Unter diesen Gesprächen kamen die Reisenden durch einen kleinen Ort, wo sie ein dichtes Volkgedränge und lauten Jubel wahrnahmen. Sich von dem Anlaß dieser Erscheinung zu unterrichten, nahten sie, und sahen einen Aufzug zum Mariatempel wimmeln. Wohlgeschmückte Priesterinnen gingen, einen lauten Chorgesang anstimmend, voran; dann folgte ein etwas gebeugter, doch gleichwohl noch munterer Greis an seinem Stabe, am Arm ein Altmütterchen, das zwar kaum noch den Fuß von der Stelle zu heben vermochte, dem bei dem Allen aber, aus einem mit Runzeln überpflügten Gesicht und dem ermatteten Auge heitre Freude schimmerte. Um die schneeweißen dünnen Locken des Paares waren Blumenkränze geflochten, eine lange Reihe folgte ihnen, bunt aus Personen von dem verschiedensten Alter zusammengestellt, Greise und Greisinnen, Männer und Frauen in den Mitteljahren, viel blühende Jugend und ein zahlreicher fröhlicher Kinderschwarm.

Die befragten Zuschauer unterrichteten Gelino: wie das Paar die Hundertjährige Feier seiner Ehe beginge. Im fünf und zwanzigsten Jahre, erzählten sie, heirathete einst der Greis, seine Gattin zählte damals zwanzig. Arbeit, Mäßigung, zufriedener Sinn, ließen sie ein so hohes Alter erreichen. Die ihnen zum Tempel folgen, sind ihre Kinder, Enkel und Urenkel, ein markig Geschlecht, den Stammältern mit inniger Liebe und Ehrerbietung zugethan.

Tiefere Rührung empfand Guido während seiner ganzen Reise nicht, als im Anblick dieser Feier. Er versenkte sich in die Vorstellung der Glückseligkeit jenes Patriarchen, hinschauend auf seine Nachwelt, rückblickend in die wonnevolle Vergangenheit eines Jahrhunderts häuslicher Eintracht. Und wie Liebe alles gern auf sich bezieht, so träumte er mit hochwogendem Busen, ein Eheleben mit Ini von langer Dauer und am späten Lebensziele gekrönt von Urenkeln.

Sie langten bald darauf in der Gegend von Berlin an. Die Masten vieler See- und Stromschiffe erhoben sich, einem Walde gleich, aus seinem breiten Hafen, mit leichten bunten Flaggen geziert, spielend im frischen Abendwinde. Die schöne Bergkette, welche an einer Seite den großen Ort umgab, stellte eine lachende Ansicht dar, bepflanzt mit Weingärten, beschattet von Lustgehölzen und prangend mit heiteren Sommerwohnungen reicher Bürger.

Hier triumphirte, fing Gelino an, menschliche Kunst auf eine seltne Art über die widerstrebende Natur. Vor Jahrhunderten sah der Wanderer hier nur eine langweilende, kaum von unbedeutenden Erhöhungen, die nicht einmal Hügel, sondern Niederungsränder des Stromes waren, unterbrochene Fläche.

Die Stadt lag gleichwohl schon in dem Sandmeere da, zeichnete sich durch regelvolle Anlage, und, nach damaligen Begriffen, schöne Prachtgebäude aus, wovon man noch manche Ruinen, sogar einige noch ziemlich erhalten sieht, die dir, wenn wir ihre Plätze und Straßen durchwandeln, zu Gesicht kommen werden.

Da nun aber die inneren Kriege in Europa geendet hatten, und, als nothwendig glückliche Folge, die Kultur stieg, auch Berlin, der Sitz des europäischen Bundesgerichts — welches man hieher verlegte, weil Berlin ziemlich den Mittelpunkt von Europa einnimmt — sehr bedeutend wurde, wollte der Schönheitsinn ihm eine anmuthigere Umgebung erziehen, so wie die Weisheit nöthig fand, seiner großen Einwohnermenge neue Quellen der Erhaltung zu öffnen.

Beide konnten, wie fast immer, Hand in Hand gehen. Der berühmte Kanal, tief genug um Meerfahrzeuge zu tragen, der die Elbe und Oder auf einem nahen Wege verbindet, und bei Berlin vorüber geht, wurde gefertigt, dazu der Hafen, dessen blaue Wogen dort schimmern, an Größe einem mäßigen Landsee gleich. Ohne die Pulversprengungen und die neuerfundenen mechanischen Hebewerkzeuge, mit welchen die Grunderde leicht aus der Tiefe zu winden ist, und man die Ströme gegen Versandung und Seichtigkeit schützt, wären solche Arbeiten unmöglich gewesen; mit ihnen kam es nur auf Geld und emsige Hände an, die nicht mehr fehlten, als mit der Bevölkerung aller Kunstfleiß mächtig heranwuchs. Auch wurde der Elbstrom, bis gegen die Böhmischen Gebirge, ausgetieft, und eine große Zahl geräumiger Schiffe, führte aus den dort, lebhafter als je bearbeiteten Steinbrüchen, die Quadern, womit des Kanals Seitenwände eingefaßt wurden. Die aus dem Hafen gewonnene Erde diente nun, jene erhabene Bergkette aufzuthürmen. Ist ihre Höhe, gegen Urgebirge gehalten, freilich nicht von großem Belang, so ist sie es doch scheinbar, da sie sich aus der Ebene erhebt.

Indem, nach dreißig mühevollen Jahren, diese Werke ihre Vollendung sahen, meinten die Zeitgenossen, sie wären immerhin, an Arbeit, mit den Piramiden von Egipten zu vergleichen, überträfen sich jedoch weit an Nutzen. Sie hatten Recht: wer staunte nicht sie erblickend, und wie es sich von selbst versteht, wurden Hafen und Kanal die Quellen großer Reichthümer für Berlin.

Sie waren unter diesen Gesprächen bis an ein Thor gekommen, das auf großen Säulen ruhte. Der Lehrer hatte einst, wie sich auch von seiner Vertrautheit mit den überall vorhandenen Gegenständen erwarten läßt, Europa schon durchwandert, und konnte daher seinem Zögling immer Auskunft geben. Dies Thor, das Brandenburger seit dem Alterthum genannt, ist das schlechteste, es bleibt jedoch als eine ehrwürdige Antiquität stehen, und trotzt auch schon drei Jahrhunderten durch seine Festigkeit. Dies darf um so mehr befremden, als seine Erbauung noch in die Zeit fällt, wo Bruchsteine nur mit schwerer Mühe auf ärmlichen Spreekähnen herbeigeführt wurden, und man sich meistens der Ziegel bediente. Jetzt haben es freilich die Baumeister bequemer, da der Elbkanal, von Pirna her, so große Ladungen von Felsblöcken trägt, und nun können freilich die Tempel und Palläste leicht so stattlich sein, als wir sie sehen.

Schon vor der Stadt hatte Guido zu seiner Verwunderung wahrgenommen, daß eine Menge leuchtender Kugeln über den Häusern schwebend erschienen. Nun erklärte sich das. Man erleuchtete nehmlich die langen graden Straßen mit doppelten Hohlspiegeln von beträchtlichem Umfang, auf hohe Säulen gestellt. Vor ihnen brannte eine kunstreiche, durch Luftzüge verstärkte Flamme, deren Licht aber, mittelst einer angelaufenen Kristallscheibe, sanfter erschien, so daß das Ganze den Vollmond um so täuschender nachahmte, als seine Karte auf die Scheibe gezeichnet war. Die Wirkung glich eben so, und ein traulich Silberlicht goß seine Schimmer in die Straßen und Plätze nieder. In der Mitte der Länge einer jeden Straße, brannte ein solcher Hohlspiegel, für die Erleuchtung nach beiden Seiten genug, doch so, daß man sich mit seiner Größe nach der der Straße richtete. Am Abend gab dies Heer von Monden der Stadt von Außen ein sonderbar liebliches Ansehn.

Sie stiegen in einem bedeutenden Gasthofe ab. Nachdem jedem von ihnen ein Badezimmer angewiesen worden, erfrischten sie sich in silbernen mit Rosenwasser gefüllten Wannen. Hierauf trugen wohlgekleidete Diener das Mahl zur Nacht auf. Es bestand unter andern aus Kalbnieren von Archangel, sehr von leckeren Gaumen beliebt, aus einer Surinamschen Schnecke, deren gewundenes gesprenkeltes Haus einen Kürbis an Größe übertraf, und aus Vogelnesten, wohlerhalten von Tunkin gebracht. Wein von Cipern und Buenos Aires, Sorbet in Ispahan verfertigt, perlten in Kristallflaschen. — Warum gebt ihr uns Speise und Getränk aus ferner Zone? fragte Gelino einen Diener, ob ihr gleich in eurem gesegneten Lande köstlichen Ueberfluß erzieht. Wird es uns doch wohlfeil in den Hafen gebracht, und gegen unsere Erzeugnisse vertauscht, war die Antwort.

Sie gingen noch auf einen Ball, wo sehr schöne, doch an Betragen überaus sittsam züchtige, Mädchen tanzten. Gelino sagte: Ihre Formen sind zart und athmen Harmonie, doch die frisch lebendige Fülle, welche wir an den Grazien in Polen sahn, mangelt ihnen dennoch. Allein der Abkunft ist dies zuzuschreiben, ihre Voraltern lebten einst in argem Sittenverderb. Jetzt dagegen giebt es nirgend auf der Erde keuschere Frauen, wie zu Berlin, und zwar sind sie das aus lauter Geschmack. Die Feinsinnigen wissen, daß man nur durch Keuschheit sich die höchsten Freuden der Liebe bereitet. Darin haben sich hier die Zeiten, gegen Ehedem, durchaus umgewandelt. Merke dir übrigens das lehrende Wort, Guido!

Dieser antwortete: Ich bedarf dessen nicht, Ini zeichnete es mir mit heiliger Schrift in den Busen.

Am andern Morgen hub Jener an: Du sollst hier einer Sitzung des ehrwürdigen Rathes, Bundesgericht von Europa genannt, beiwohnen, und hier überhaupt lernen, welche Bewandniß es mit unserer Verfassung hat.

Noch wenig hörtest du von den Königen in diesem Erdtheil, wenn wir schon einige mit ihren glanzvollen Umgebungen sahen. Dies ist aber ein großer Segen für die Menschheit. Im Alterthum war es ihre Sucht, von sich reden zu machen, und sie wählten das Verderben, über Fremde und Unterthanen gebracht, unter dem Namen Heldenthaten. Jetzt, einem schöneren Beruf hingegeben, muß es ihr Ehrgeiz sein, daß ihr Name wenig zur Sprache kömmt, denn so wird der Beweis, daß keine Noth über ihr Land hereinbricht, am besten geführt. Den Lohn für eine musterhafte Verwaltung empfangen sie beim Leben um so weniger, als Schmeichelei in Europa für das tiefste Verbrechen geachtet wird; doch nach ihrem Tode erkennt das Bundesgericht, wohin ihre Urne gebracht werden soll. Haben sie die Bevölkerung gemehrt, erhoben sich Landbau, Wissenschaft und Kunst in ihren Gebieten, kömmt sie in den Tempel der Unsterblichkeit, den du einst in Rom besuchen wirst. Sahen sie aber die Regierung als einen Genuß, nicht als eine Pflicht an, gelangt sie in einen gemeinen Todtenacker, und wird der Vergessenheit übergeben. Auch ist es herkömmlich, daß dann die Geschichte ihren Namen nicht nennt, sondern nur sagt: In diesen Jahren herrschte ein König, dem das Gehorchen besser gewesen wäre.

Als nach vielen blutigen Jahren die neue Verfassung endlich gegründet werden konnte, wollte man erst die Könige wählen, und immer dem Weisesten in irgend einem Lande die Krone geben. Allein die Schwierigkeiten bei der Wahl mahnten ab, die Buhlerei um die Gunst des Volkes würde heuchlerischen Sinn hervorgebracht haben, und die Stifter des großen Bundes heiligten überall die Wahrheit. Aurelius, der große Kaiser, von dem du schon oft hörtest, behielt demnach die Geburtfolge bei, doch traf er die Einrichtungen so, daß, was früherhin nimmer geschehen war, auch die Könige zu ihrem Amte erzogen wurden.

Hiebei verfuhr man im Laufe der Zeit abweichend, je nachdem eingesammelte Erfahrungen die Ansichten umwandelten. Bei einer Erziehung, die es, unter sparsam eingepflanzten fremden Begriffen, auf möglichst vollkommene Entwickelung der Eigenthümlichkeit anlegte, hat sich gezeigt, daß sie dann mit dem wirklichen Zustand der Dinge nicht vertraut genug wurden. Bei der möglichst sorgsamen, wissenschaftlichen Bildung ist es wohl geschehen, daß die Staaten Männer auf den Thronen erblickten, welche zu weit mit den Ideen über die Wirklichkeit hinaus drangen. Endlich kam man dahin, Eigenthum und Fremdheit dadurch ins Gleichgewicht zu bringen, daß die Fürstensöhne, früh in ein Fündlinghaus gebracht, Herkunft und Beruf nicht erfahrend, solche Pflege genossen, daß an Körper- und Geisteskraft, vor allen Dingen Männer aus ihnen wurden. Anschaun der Welt, nach Studien, bei welchen ihnen viel Willkühr gelassen wird, muß hauptsächlich ihr Nachdenken über die bürgerliche Verfassung wecken, sie gerathen in Lagen, wo sie, zum Handeln gezwungen, ihre ganze Thätigkeit kräftigen, hie und da giebt man ihnen, nach dem Maaße ihrer Fähigkeit, irgend ein Amt zu verwalten. Bisweilen schöpfen sie Unterricht in der Regierungskunde von Weisen, oder an einem fremden Hofe lebend, wo sie sie ausgeübt beobachten, und müssen sich dann, unterrichtet über ihre Bestimmung, einer Prüfung des großen Rathes hingeben. Fällt diese Prüfung zu ihrem Vortheile aus, werden sie regierungsfähig erklärt, wo nicht, sind neue Anstrengungen unerlässig. Denn, da es die Klugheit untersagt, das niedrigste Amt im Gemeinwesen, jemanden zu vertrauen, der nicht seine Tüchtigkeit dazu außer Zweifel gesetzt hätte, so gilt dies allerdings um so mehr vom höchsten, und eine so weit herangereifte Zeit als die unsere, kann sich nicht den Tagen roher Barbarei gleich stellen, wo es fast allein dem blinden Zufall überlassen blieb, ob ein Fürst sein Amt begreifen werde oder nicht, wo das frühe Gift der Schmeichelei ihre Herzen verdarb, wo die eigne Kraft so wenig Anreitz zum eignen Gebrauch fand, weil die Kraft der Diener für sie waltete, wo sie bald ihre Leidenschaften zum Gesetz erhoben, bald sich Ekel an ihrem Amte und ein sieches Leben erschwelgten, bald ganze Geschlechter in unsinnigen Kriegen zertraten, bald ihres hohen Berufes vergessend, und mit elenden Kleinigkeiten ergötzt, ihre Völker jedem Sturm von Innen und Außen Preis gaben. Hart mußten solche Zeiten ihren Wahnsinn büßen, und das Loos der Könige fiel auch sehr traurig. Denn die reichen Genüsse freuten sie nicht, da sie keine Entbehrungen würzten. Die Wahrheit kam ihnen selten zu Ohr, und so im Dunkeln tappend, konnten sie fast nur durch ein Wunder, die ihrer Zeit jedesmal zuträglichen Maaßnehmungen ergreifen. Wissenschaft, die ihnen allein ein klares Auge hätte erziehen können, um durch die dicke Weihrauchumwölkung zu schauen, blieb ihnen meistens fremd. Immer waren sie von Ehrgeitz und Raubsucht der Nachbarn bedroht, eine Kunst, damals Politik genannt, und nicht viel besser als Schutz durch Trug vor Trug, ängstete sie unaufhörlich. Jetzt dagegen schirmt sie die Moral des Völkerrechtes, sie sind nicht nur heilig dem Unterthan, sondern allen Völkern, die das große Volk von Europa zusammenstellen, edel genug ist ihre Bildung um höhere Glückseligkeit, als die sinnlichen Genüsse oder eitlen blutigen Ruhm, erkennen und empfinden zu lernen.

Es ist übrigens hergebracht, daß vor dem dreißigsten Jahre kein Fürst das

Szepter in die Hand nehmen darf, wird ein Thron früher erledigt, folgt eine Regentschaft.

Worin bestehn hauptsächlich die Geschäfte eines Königs? fragte Guido.

Er hat die Satzungen der drei Räthe entweder zu genehmigen oder zu verwerfen, und läßt sie in jenem Falle mit Machtvollkommenheit zur Vollziehung bringen, antwortete Gelino.

Aber könnten die Räthe nicht allein, durch Stimmenmehrheit, entscheiden, und mit Gewalt zum Vollbringen ausgerüstet sein? So bedürfte es keiner Könige.

„Trennungen, Partheigeist, Unruhen, sind dann, wie die Erfahrung bewies, leicht die Folge. Wir würden sie zwar weniger zu fürchten haben, als jene Zeiten, da beim Einzelnen die Sinnlichkeit selten, die Vernunft meistens den herrschenden Zügel führt, aber wenn alle Gewalten in eine Spitze auslaufen, ist die Rückwirkung nachdrücklicher."

Beschränken übrigens diese Räthe den König?

„In Nichts, er kann sie sogar aufheben, mit andern Formen vertauschen, die er zuträglicher findet. Doch seit länger als einem Jahrhundert ließ sie jeder Monarch unangetastet weil er die Trefflichkeit der Einrichtung nicht verkennen konnte. Denn, will sich der Monarch selbst am Besten befinden, muß er am vollkommensten mit dem Ganzen verinnigt sein. Die Räthe sind das Mittel dazu. Sie füllen den Raum vom Schlußstein der Piramide bis an ihre Ausbreitung, bilden diese vielmehr selbst. Unabhängige Gewalt ist den Königen darum verliehen worden, damit desto weniger Reitz zu ihrem Mißbrauch entstehen könne. Wer alles hat, kann nichts mehr fordern wollen. Die gute Verwaltung ist ihnen durch die Umstände auferlegt, denn verwalten sie schlecht, verlieren sie mit dem Ganzen, und ihr Nachruhm schwindet auch hin. Doch ein Opfer müssen sie für den überwiegenden Genuß von Rechten, gegen andere Bürger, bringen. Es ist hart, allein ihre Vernunft muß die Güte des Opfers einsehn, und die Könige, auch ohnehin in Europa Republikaner, werden es dadurch gewissermaaßen noch mehr. Sie müssen sich — dies ist Reichsgesetz und wird im Fall der Widersetzung durch die Gesammtkraft vollzogen — der Süßigkeit entübrigen, ihre Kinder um sich zu sehn. Diese werden, wie du schon erfahren hast, besonders erzogen, und das Gemeinwesen kann nur, vollkommen beruhigt, Machtvollkommenheit vertrauen, wenn sie überzeugt ist, sie der Einsicht zu übertragen."

Welche Einkünfte genießen die Könige?

„Den Hunderttheil von allem Erwerb im Lande. Je bevölkerter und regsamer das Land ist, je höher steigt ihr Gewinn, also liegt es in der Natur ihres eigenen Vortheils, die Menschenzahl, durch Erweiterung der Subsistenz zu mehren, und die möglichste Freiheit zu ihrer Bereicherung zu gestatten. Und dies ist denn auch die beste Regierung. Geitz wäre Thorheit, und Thoren können die Throne einmal nicht besteigen, Verschwendung eben so, daher sieht man Ueberall gute Haushaltung, weil ihr Vortheil, ihr Ruhm, sie den Königen auferlegt.

Fremdes Eigenthum an sich reißen zu wollen, kann ihnen nicht einfallen, denn die Unsicherheit desselben würde ohne Zweifel alle Betriebsamkeit lähmen, und sie um so viel im Ganzen verarmen, als sie im Einzelnen ungerecht sich bereicherten."

Welche Ausgaben bestreiten die Könige?

„Sie solden die Räthe, ihre Hofhaltung, und legen eine jährliche Summe in den Gesammtschatz von Europa, den Krieg bestreiten zu helfen, wenn er gegen andere Erdtheile nothwendig wird."

Von den drei Räthen habe ich manches erfahren, doch wünschte ich, du nenntest mir ihre eigentliche Bestimmung genau.

„Sie sind mit der Religion oder Moral, was Eines und Dasselbe geachtet wird, verbunden, und die Klugheit gilt auch wieder eben so viel. Die höhere Religion, auch mit dem alten Namen Philosophie benannt, ist vom Irdischen abgezogen, hat darauf keinen vom Staat gelenkten Einfluß, jeder Einzelne mag zu seiner inneren Würdigung davon zu erkennen suchen, was er vermag, die Feste des höchsten Wesens, vom Volke unter dem Himmelgewölbe begangen, sind ohne Priester, ohne Kultus, jeder feiert dort mit dem Herzen. Alles das ist dir bekannt, und du hast das heilige Grauen, die Wonneschauer eingestanden, welche bei solchem Anlaß über dich kamen. Doch die irdische Religion, in drei Tempelsatzungen getheilt, bestimmt, das Leben schöner mit der Idee zu gatten, steigt auf zur Verehrung hoher Simbole und auch wieder nieder in die Welt vorhandener Dinge, kräftiger und erleuchteter zu heiligen. Du knietest oft gerührt im Christustempel, dem ersten von allen. Seine Priester haben einen obern Sinod, aus den würdigsten gewählt, sitzend im Obertempel, in der Hauptstadt des Monarchen. Christus ist uns Heros, oder Beschützer und Verklärer der Erziehung und des Brudersinnes. In seinem Geist, und auf den Zeitfortgang merkend, haben also die Würdigen aus denen jener Sinod zusammen gestellt ist, über Erziehung und Brudersinn zu wachen, dem Volke Freiheit und Kunde zu ihrer Verbesserung, auf jede Weise zu bereiten, es durch Rath und auch durch Beispiel zu erleuchten, dem Fürsten Nachricht von allen Fortschritten zu geben, Vorschläge darzubringen, wie neue Stufen der Vollkommenheit zu ersteigen sind. Das Wort Erziehung hat aber einen weiten Umfang. Es begreift nicht nur die Abhärtung und Bildung der Jugend, auch die Erziehung des Geschlechtes durch höheren moralischen

Adel zu glücklicherer Wohlfahrt. Dies kann auf keinem anderen Wege geschehen, als wenn Arbeitsamkeit zuvor den Gewinn der Lebensnothwendigkeiten erhöht. Daher stehen nicht nur die Schulen, sondern auch der Landbau, und alle nützlichen Handwerke, unter der Leitung des Christustempels. Der obere Rath spaltet sich in die besonderen Kammern und hält in den einzelnen Bezirken untere Verweser, gemeinhin Tempeldiener zugleich, welche heilsame Sorge tragen, und vorzüglich ihrem Beruf darin nachkommen, daß sie den weisesten Aufflug in Allem beachten, ihm, nach weisen Anzeigen, so viel als möglich die Richtung geben, und, indem alle Weisheit in ihre Körperschaft strömt, diese auch wieder der Quell sei, aus welchem das Volk schöpfen könne. Der Brudersinn ist zum Gedeihen aller Volkthätigkeit nothwendig, weil ohne ihn, ein Theil dem andern, überall Hindernisse legen würde. Er folgt jedoch aus ihrer höheren Vollkommenheit von selbst, denn weil alsdann die Noth um das Mein und Dein, sich immer mehr verringern muß, sind die Hauptwurzeln aller Feindseligkeit auch immer mehr vertilgt. Ermahnungen in frommen, verständigen, öffentlichen Reden, Belebung des Funkens der Menschenliebe in jeder Brust, durch Lehre und Beispiel, die rührenden Künste zur Mitwirkung rufend, werden keineswegs versäumt; doch strebt man am mühsamsten, die Triebe der Selbsterhaltung und Geselligkeit, dem Sterblichen durch die Hand der Natur gegeben, in Einklang zu bringen, wobei das Uebrige sich ziemlich allein giebt. Du lerntest nun übersichtlich den ersten Rath der Könige und seine ausgebreiteten Verwaltungzweige kennen. — Der zweite Rath hängt mit der Verehrung des Moses zusammen. Dieser ist Heros der Gewalt, des Rechtes. Insofern sich dies auf den Krieg bezieht, schweige ich, es wurde dir im großen Feldlager kund. Reden wir von dem bürgerlichen Eingriff. Wie schon in Europa uns ein weit größeres, vollständigeres Leben zu Theil wurde, das immer neue Verhältnisse schafft, und immer mehr, den Lebenserwerb bequemer gestaltende, Einsichten hervorbringt; wie glücklich die, von Wahn gereinigte und durch die Künste veredelte Religion, in einen reinen Antrieb zum freien Guten umgewandelt ist; in welche zarte Mistik, die Grundlinien der Bürgerehre verwebt wurden; wie klar das, in früher Erziehung geübte Kombinazionsvermögen, die Nothwendigkeit des Rechtes, in den viel erweiteten und berichtigten Gesellschaftsbeziehungen, einsieht; wie sorgsam weise Jahrhunderte zu fernen suchten, was gereizte Begierden wecken, niedere Leidenschaften entflammen kann; immer war doch der Stoff des Widerstrebens gegen das Gute, in der Sterblichen Brust nicht ganz zu tilgen. Die Eigensucht will hie und da immer noch zum Schaden des Gesammtvortheils auf *sich* beziehen, und sind die Verbrechen gleich bei weitem seltener als Ehedem, hören wir, Dank sei es den besseren Zeiten! nie von solchen, die vor Jahrhunderten noch die menschliche Natur entweihten, so wird das Gesetz doch bisweilen umgangen, und ein ernsterer Widerstand in warnenden, auch drohenden Ahndungen, ist nöthig. Er geht vom Mosestempel aus. Hier wird Recht gesprochen über den Frevler, wiewohl, von zehn Jahren zu zehn Jahren, die Strafsatzungen haben gemindert werden können, indem die traurigen Fälle, wo sie eintreten mußten, abnahmen. Hier werden auch Streitigkeiten über Eigenthum, bei denen kein böser Wille, sondern Zweifel zum Grunde lag, geschlichtet. Doch nicht, wie vormals, hält sich die Gerechtigkeit verborgen. Oeffentlich im Tempel, vor der Menge Augen, übt sie ihr wohlthätig Amt. Auch predigen die Richter dem versammelten Volke, erklären das Gesetz, beweisen sein Heil, schärfen seine Würde, und zeigen vorzüglich den Unverstand aller gesetzwidrigen Handlungen, wodurch denn der erregte Ehrgeitz guter Vernunft, auch ein Sporn zur Tugend wird. Entsteht eine Klage über Gewaltthätigkeit — die letzten Jahre zählten sie sparsam — so dingt derjenige, welcher die Beschwerde zu führen hat, einen Maler, der die kränkende Handlung nach der Natur darzustellen hat. Das Gemälde wird vor den Richtern hingehangen, und spricht zu ihrer Empfindung. So braucht es der Anwalde Beredsamkeit nicht. Doch, der Recht verwaltenden Priester Amt nicht freudelos zu machen, ist ihnen auch die schönere Obliegenheit geworden, Lohn für edle That zu spenden. Sie rufen den Bürger vor ihren Stuhl, den eine nützliche Entdeckung verdient machte, der irgend etwas erfand, wovon die Gesammtheit Vortheile ziehen kann, den Mann der funfzig Jahre irgend einen Beruf rühmlich verwaltete, das Ehepaar, in einer langen Reihe von Jahren durch häusliche Tugenden ehrwürdig, den alten treubewährten Diener, und ertheilen ihm öffentlich Lob oder Ehrenzeichen. Die ältesten, tadellosesten, weisesten unter allen Mosespriestern, bilden in der Hauptstadt des Königs den zweiten Rath.

— Im Tempel der Maria fleht die Liebe, der Ehen heiliges Band wird dort geknüpft, die schönen das Leben schmückenden Künste, die Poesie, die aufgeblühte Jugend wähnen sich in der Obhut der Heiligen. Unter ihren Priesterinnen steht nun das ganze weibliche Geschlecht. In alter Zeit wurde es herabwürdigend beengt, wir aber sahen ein, daß Vernunftwesen eine andere Stellung in der Gesellschaft gebührt, und ihre Moralität so durchaus gewinnen muß. Darum üben sie eignen erhebenden Kultus, werden in Reden edler Priesterinnen an die Gattinpflicht gemahnt, ihnen die Grundsätze der frühesten Kinderzucht erläutert, ihr Sinn für das Schöne und Gute geschärft, wodurch sie an Anmuth und Liebenswürdigkeit zunehmen. Bei uneinigen Ehen wird der Frauen Recht wahrgenommen, im seltnen schlimmen Fall, Trennung verhängt. Strafe kann dem Weibe nur von hier zuerkannt werden. Die edleren unter den edlen dieser Priesterinnen, stellen des Königs dritten Rath zusammen. Eine frühere Zeit würde über den Rath von Frauen gelacht haben, und doch ist er so angemessen. Auch hat ihr feiner Sinn schon des Guten unendlich viel gestiftet.“

Nenne mir die Bestimmung des Kaisers!

„Er ist oberer Kriegsherr. Die gesammten Truppen stehen unter seinem Befehl. Er wacht über den Frieden der Republik, läßt die Heere ins Feld rücken, wenn der Kampf unvermeidlich wird, und endet ihn, wenn es ihm gelang, die Feinde zur Versöhnlichkeit zu bewegen. Die Gesetze der Rekrutirung sind bleibend, nicht der Fürsten sonstige Machtvollkommenheit, nur ein allgemeiner Beschluß könnte sie umwandeln. Auch ziehn die Könige nicht mit ins Feld, da sie ihre Staaten daheim zu leiten haben, wohl aber die Söhne, wenn gerade ihre Dienstzeit in den Ausbruch eines Krieges fällt. Die Uebung der Truppen und Flotten, die Vervollkommnung derselben durch besser erkannte Technik, stehen unter Kaisers Vorsorge, und das Strategion, dir schon bekannt, prüft, schlägt vor, entscheidet über einzelne Fälle, theils allein, theils nachdem der Kaiser bestätigte. Der Kaiser ist auch Vorsitzer des Bundesgerichts, und hat seine Aussprüche zu sankzioniren, insofern von Streitigkeiten der Könige gegen einander, oder von Wiederbesetzung eines erledigten Thrones die Rede ist. Wenn dies Gericht nicht in Rom seinen Aufenthalt hat, so liegt auch die Absicht zum Grunde, daß es nicht dem Kaiser unbedingt unterworfen werden soll. Die Telegraphenlinie kann ihm zudem in wenigen Stunden von den Verhandlungen Nachricht senden. Der Kaiser hat auch sein Königreich, und zwar das größere, aus welchem seine Einkünfte ihm zufließen. Seine Vorfahren hätten bei ihrem großen Waffenglück leicht ganz Europa sich *unbedingt* unterwerfen können, sie wollten es aber nur durch die gegenwärtige Verfassung *bedungen*, wodurch das weite Reich bequemer regiert, und der immer fortgehenden Entwickelung eine freiere Bahn gelassen wird.“

Guido dachte, als sein Lehrer geendet hatte viel über die Verfassung von Europa nach, es drängten sich ihm manche Ideen auf, wie sie noch gesteigert werden könnte, und er nahm sich vor, darüber einen Entwurf aufzusetzen. Gelino billigte das, ihm zusagend: wenn seine Vorschläge gut wären, er sicher auf das Vergnügen zählen könne, sie in Ausführung gebracht zu sehn.

Sie gingen nach dem Pallast, wo das Bundesgericht oder Völkertribunal seine Sitzungen hielt. Es war ein Gebäude, das durch seine Festigkeit auf ewige Dauer berechnet schien. So viel besondere Reiche in Europa, so viel eherne Bildsäulen von einer Staunen erregenden Größe zierten das Dach. Sie hielten sich umschlungen, ein Adler schwebte mit seinen breiten deckenden Fittigen über die majestätvolle Gruppe. Im inneren Marmorsaale empfand Guido fromme Schauer der Ehrfurcht, als er die Versammlung der Greise sah, denen schneefarbne Bärte auf den Busen niederflossen. Er sahe zudem hier eben ein rührend Schauspiel.

Die Urne eines seit kurzem verstorbenen Königs ward in den Saal gebracht, von seinen vornehmsten Unterthanen getragen. Eine weinende Menge, aus der Ferne gekommen, die der Saal nicht aufnehmen konnte, stürzte nach, einmüthig flehend, dem Staube ihres Monarchen den Tempel der Unsterblichkeit zu bewilligen.

Euer Flehen ehrt den Verstorbenen, antwortete der hohe Senat, allein es darf uns nicht bestechen. Wo liegen die Beweise, daß euer König das Grab des Ruhmes verdiene?

Nun drängten sich besondere Sendungen der Räthe in den Staaten des Todten hervor. Sie reichten Schriften ein, worin die Zunahme der Volkzahl während seiner Regierung berechnet stand, in welchen dargethan wurde, daß sich die Klagen in den Tempeln des Rechtes, während eben diesem Zeitraume, ungemein vermindert hatten; ferner, daß auch nicht eine Ehe getrennt worden sei. Die Papiere wurden laut verlesen. Bedächtig horchten die Greise, rührende Blicke auf die Urne wendend. Nach den Berathungen einer Stunde sprachen sie einmüthig aus: Seine Regierung war gut, da diese Erfolge Zeugniß ablegen. Dem Staube werde des Ruhmes Grab, wenn der Kaiser das Urtheil heiligt.

Die Todten wurden jetzt überhaupt nicht als Leichname begraben. Man wollte den schauderhaften Zustand der Verwesung nirgend wissen, auch unter den Rasenhügeln empörte er die Gefühle einer zartsinnigeren Menschheit. Hatte der Verstorbene, nach einigen Tagen, die untrüglichen Kennzeichen des Todes, schafften ihn die Verwandten in ein Leichenhaus, wo durch einen chemischen Prozeß alle Flüssigkeiten verflüchtigt, und die festen Theile in Erde aufgelöset wurden. Diese kam in die mitgebrachte Urne, und die Leidtragenden brachten sie nach dem Todtengarten, den die Städte mit Baumpflanzungen und Blumen zu schmücken, wetteiferten, um sie dort einzusenken. Ein Denkmal aber durfte auch dann nur die Stelle bezeichnen, wenn die Mitbürger des Ortes, durch Stimmenmehrheit, den Verstorbenen dieser Ehre würdig achteten. Den Wohnplatz der Ruhe sollten nicht Lügen entheiligen. Personen, welche dem Gesetz widerstrebend gelebt hatten, kamen auf ein gesondertes entferntes Gräberfeld, öde, ohne Strauch und Blumen, und die Städte fanden einen Stolz darin, kein solches Feld auf ihrem Gebiete zu wissen.

Das Bundesgericht meldete noch am Morgen, durch den Telegraphen, seinen Ausspruch nach Rom. Am Abend langte die Antwort an. Der Kaiser ließ durch die akkustischen Röhre zurücksagen: Was eben berichtet sei, stimme ganz mit den Kunden überein, welche ihm von der Amtsführung jenes Königes auf anderen Wegen zugekommen wären. Er ehre der Greise Weisheit, bestätigte ihren Spruch, und gebiete, die Urne nach Rom zu senden.

Am anderen Tag wurde sie nun mit Blumen und Lorbeeren festlich gekrönt, dann unter hohem Gepränge, bei den Trauermelodien aller Glockenspiele und dem Chorgesang aller Jungfrauen auf einem goldnen Wagen abgeführt. Ein Ausschuß der Greise des Völkertribunals begleitete ihn, wie Tausende der angelangten Unterthanen, die sich das Recht nicht nehmen lassen wollten, den Reliquien ihres geliebten Monarchen bis zum Tempel der Unsterblichkeit zu folgen. Guido blickte dem Gewimmel mit froher Wehmuth nach, und gestand: wie die Rührung, welche er heute empfände, jede bisher gefühlte, überträfe.

Der andere Tag war jedoch noch merkwürdiger für unsern Jüngling. Denn jenes Königs Nachfolger, von dem Gerichte vorgeladen, stellte sich.

Er hatte das dreißigste Jahr erreicht, da jener in einem hohen Alter verstorben war. Bescheiden trat er in den Saal.

Der Greis, welcher im Namen des Kaisers den Vorsitz führte, fragte ihn:

Wie wurdest du erzogen, Monarchensohn?

„Zuerst in einem Fündlinghause in Spanien."

Hast du, dort entlassen, Proben deiner stattlichen Kraft, deines früh geübten Denkvermögens, abgelegt? Hat dein Gemüth sich in reinem Sinn bewährt?

„Hier sind die Zeugnisse, welche ich empfing, jene Erziehungsanstalt meidend."

Sie wurden vorgelesen und stellten den Rath zufrieden. Der Alte fragte weiter:

Wo befandest du dich nachher?

„Ich durchreisete Europa und Asien, zu Lande und durch die Luft, umschiffte den Erdball."

Recht. Du hast deine Bemerkungen auf dieser Wanderung einst uns eingesandt. Wir haben daraus auf den unterrichteten Denker geschlossen. — Wohin begabst du dich alsdann?

„Zum Heere, wo ich vier Jahre verlebte."

Wann erfuhrst du deine königliche Abkunft?

„Im fünf und zwanzigsten Jahre, da der alternde Vater eine Stütze neben sich sehen wollte."

Wie ward dir bei der großen Nachricht?

„Ich fühlte die mir bis dahin unbekannten kindlichen Entzückungen mit Innigkeit, doch erschrack ich, daß einst das schwere Königsamt mich erwarte."

Gut und auch nicht gut! Der kräftige Mann soll vor nichts erschrecken, der König am wenigsten. — Wie brachtest du deine Zeit neben dem Vater hin?

„Ich wohnte den Sitzungen der Räthe bei, besah unsere Staaten, bis auf das kleinste Dorf, suchte mich über ihre Natur, ihre Gewerbe zu unterrichten, den Mann von Verdienst kennen zu lernen."

Wohl! Machtest du oft Vorschläge zu Verbesserungen in deinem Lande?

„Dazu fühlte ich mich noch zu schwach, meinte nichts höher umfassen zu können, als der weise Vater."

Schlimm, Königsohn, schlimm! Der Jüngling soll nicht stehen bleiben, sondern weiter dringen. Deine Erziehung konnte die Erfindungsgabe wecken.

Der Befragte erröthete. Sanft munterte ihn aber der Alte auf und fuhr fort:

Willst du den Thron deiner Väter besteigen?

„Wenn ihr, fromme Väter, mich dessen würdig achtet."

Das kömmt nur auf dich selbst an. — Was denkst du hauptsächlich beim Regieren zu thun?

„Ueberall das Gute zu fördern."

Ei, dort falsche Bescheidenheit, hier große Anmaaßung. Räume nur zuvor überall das Böse hinweg, so wird das Gute von selbst folgen.

„Ich hoffe — nicht zu irren — wenn ich strenge den Vater zum Vorbild wähle —"

So? Du hoffst demnach so gut wie der Vater zu regieren.

„Ganz so freilich nicht."

O, ihn zu übertreffen muß dein Vorsatz sein, wie gerechtes Lob er auch fand. Die neue entwickeltere Zeit läßt dir ja ihr Licht flammen. Durch deine Räthe empfängst du es, kannst seine Strahlen, in deiner Vernunft gesammelt, wohlthätig zurückgießen. — Bist du vermählt?

„Noch nicht."

Seltsam! Und aus welchem Grunde?

„Ueber die rastlosen Arbeiten vergaß ich, mich nach einem geliebten Weibe umzusehn."

So war deine Erziehung dennoch fehlerhaft. Die, welche sie leiteten, gaben dir nicht Freiheit genug. Du bist das Werk Anderer geworden, und die eigenthümlich waltende Kraft keimte zu wenig auf. Die Liebe hat ihren Götterfunken nicht in dir entzündet, darum so karger Aufflug deines Herzens.

Wir können des edlen Vaters wegen dir nicht nachsehn. Sein Ruhm hat mit dem Wohl der folgenden Geschlechter in seinen Staaten nichts gemein. Ich urtheile, daß dein Land ein Jahrlang unter Regentschaft gesetzt werden muß. Während dieser Zeit bemühe dich um Selbstvertrauen, um die Kraft des Muthes, die Königen ziemt. Vermähle dich liebend, dann kehre wieder und höre unsern neuen Spruch. So mein Urtheil, habt ihr es zu tadeln, Väter, so tretet auf und wir wollen die Stimmen sammeln.

Alles schwieg.

Nach einer Pause fing der Vorsitzer wieder an:

Euer Schweigen nennt meinen Spruch gerecht, der Telegraph soll ihn zur Stelle nach Rom bringen.

Tief bestürzt stand der abgewiesene Thronfolger da vor der schauenden Menge. Wohl nicht hatte er dies erwartet. Um so erschütterter mußte er sein, als der Gram über des Vaters Tod ihn wirklich tief verwundet hatte. Dennoch galt keine Einwendung gegen das Machturtheil, er durfte die Ehrfurcht dagegen nicht verletzen, und sich, wie ihm geboten worden, auf die neue Prüfung vorbereiten.

Still ging er nach einer Verneigung mit seinem Gefolge davon. Das im Saal versammelte Volk, sonst gewohnt, die Aussprüche welche ihm gerecht schienen, mit lautem Beifall zu begrüßen, verhielt sich diesmal still, und schonte so des Prinzen. Doch nicht, als ob es nicht vollkommen mit dem Völkertribunal wäre zufrieden gewesen, sondern, weil es in diesem zarten Betragen, den Manen des Königs eine Huldigung darbringen wollte.

In älteren Zeiten würde ein solches Bundesgericht wohl schwerlich seine Bestimmung erfüllt haben. Die Macht des Goldes hätte ohne Zweifel seine Sprüche gelenkt. Allein man wählte die tugendhaftesten Männer zu den Richterstellen. Und das ein und zwanzigste Jahrhundert hatte in der Kunst, die Tugend zu bilden, Fortschritte gemacht, die das achtzehnte oder neunzehnte nicht ahnen konnte. Dann wechselte man sie oft und unvermuthet. Ferner hatten sie den feinen Takt des Volkes zu fürchten, das über die Gerechtigkeit ihrer Verhandlungen scharf fühlte, und ihre Ehrliebe hätte ein mißbilligend Geräusch, seit länger als einem Jahrhunderte nicht erfolgt, kaum getragen. Eben auch stand dem Kaiser das Recht zu, den mit der Strafe ewiger Entehrung zu belegen, der nicht furchtlose Tugend zu seiner Richtschnur wählte. Endlich durften die Könige insgesammt, wenn ihre Stimmenmehrheit das Verfahren dieses Gerichtes tadelnswürdig fand, Einspruch thun, und sich selbst in seinem Pallaste versammeln, um statt desselben zu richten, wo denn der Kaiser in Person vorsaß und das Recht der Billigung oder Verwerfung übte. Alle diese Maaßregeln erhielten die Ehre des Senats unsträflich.

Guido redete viel mit seinem Lehrer über die Antworten des Thronkandidaten. Er behauptete sehr keck, sie besser gegeben haben zu würden, und Gelino ermahnte ihn, im Gefühl seines Feuers auch nicht weiter zu dringen als Bescheidenheit es gestatte.

Aber, rief der Jüngling, war es denn nicht eben Bescheidenheit, was die Väter an dem Königsohn straften?

Allerdings, doch seine Geburt, sein Beruf, die Jahre welche er vor dir voraus hat, leiteten des Tribunals Urtheil. Du aber, den kein Purpur erwartet, sollst mehr streben als wähnen erstrebt zu haben.

Ich strebe fort, guter Lehrer, entgegnete der Jüngling, aber ich weiß auch, daß ich schon erstrebte.

Dann ward er nachdenkend, und rief, in einigen Schmerz aufwallend: O es muß göttlich sein, von einem Throne herab zu gebieten!

Beneide die Monarchen nicht, warnte Gelino, schwer ist ihr Amt.

Leicht, leicht! schwärmte Guido. Darf ich die Kräfte zusammenfassen, kann ich auch mächtig damit walten. Spannt mir nur Sonnenrosse an den Wagen, ich will sie schon durch den Aether lenken!

„Und doch läßt jene Mithe den Verwegenen, der es unternahm, seinen Untergang finden."

Ein Furchtsamer hat sie erdacht. An Phaetons Stelle flehte ich zu Ini, und Götterkraft durchglühte mich!

„Wahrlich, die Prüfung in jenem Tribunal scheint dich hoch zu entflammen."

Diese Bemerkung des Lehrers war richtig. Guido sann, von diesem Tage an, öfter einsam nach, warf Gedanken über manche Völkerangelegenheiten aufs Papier, schnelle Röthe überzog seine Wange, wenn edle Monarchen und ihre Thaten genannt wurden. Oft sprach er von dem Tempel der Unsterblichkeit und erklärte, einen heißen Drang zu fühlen, ihn zu sehn. Habe Geduld, versetzte Gelino, wir werden nach Rom kommen.

Die Wanderer besuchten nun hier verschiedene Lehrstühle, denn, wie der Norden von Teutonien für das gelehrteste Land galt, nannte dies wieder die hohe Schule zu Berlin die gelehrteste.

Ein Lehrer trug die Geometrie vor, handelte von den seit etwa drei Jahrhunderten erfundenen neuen Lehrsätzen, und lächelte dabei über die geringfügigen Konzepzionen eines Archimedes, Galilei, Newton, la Place. Doch setzte er auch billig hinzu: Diese Männer bleiben dennoch im Verhältniß zu ihren Zeiten vortreffliche Köpfe, daß die unsrigen unendlich mehr aussprachen, ist eine Erscheinung, welche durch den wissenschaftlichen Fortgang und die immer mehr zusammengedrängten Volkmassen nothwendig wurde.

Guido, selbst ein geübter Rechner, bewunderte die arithmetischen Formeln, welche ihm hier zu Gesicht kamen. Der Integral- und Differenzialkalkul waren auch schon vollkommen ins gemeine Leben übergegangen, und die endlich gefundene Quadratur der Rundung, erleichterte die Messung aller Größen noch weit mehr.

Ueber die Mechanik vernahm er unerhörte neue Lehrbegriffe. Nur die Ausführung mancher davon, konnte ihn noch zu mehr Bewunderung hinreissen. Denn man beschloß während seiner Anwesenheit, einen großen Pallast, welcher in der Straße, wo er gegenwärtig stand, keine vortheilhafte Ansicht darbot, nach einem freien Markte zu schaffen. Sein Fundament ward gestützt, unterhöhlt, gewaltige Hebemaschinen drängten das Gebäude im Gleichgewicht empor, Rollen, aus Marmorblöcken gehauen, empfingen dasselbe, und in wenigen Tagen war es unversehrt nach der neuen Stelle gebracht, wobei sich an den nöthigen Wendungen die schwierigste Kunst offenbarte.

Auf der Sternwarte eines durch neue Entdeckungen berühmten Astronomen, hörte er mehrere Vorlesungen. Daß man jetzt über Tausend Millionen Fixsterne zählte, wogegen vor etwa drei Jahrhunderten deren nur fünf und siebenzig Millionen angenommen wurden; daß die Zahl der Ehedem bekannten Dreihundert und neunzig Kometen verdreifacht ausgemittelt war, und über die Gesetze ihres Umschwungs, die Natur der sie umwallenden Dünste, kein Zweifel mehr bestand; daß die Vortrefflichkeit der Sehröhre schon die Planeten der nächsten Sonnensterne erblicken ließ, wußte er lange; ganz unerwartet erfuhr er hier aber, welchen bedeutenden Vorschub die Chemie der Sternkunde leistete. Denn wenn sie zuvor den Wärme- und Lichtstoff nimmer hatte wägen können, so war ihr dies nunmehr ganz bequem geworden. Es gab Waagen, die in Theilbarkeit der Schwere Subtilitäten gestatteten, die mit denen, welche das Mikroskop in der Sichtbarkeit erzielt, verglichen werden konnten. Nun hatte der genannte Sternkundige, Strahlen der Lichtmaterie, welche uns von den, viele Billionen Meilen entlegenen, Fixsternen, nach langen Jahrenreihen zuströmt, in luftleeren hohlen Körpern aufgefangen, gewogen und scheidekünstlerisch zerlegt. Er wies nun den Zuhörern seine merkwürdigen Resultate vor. Es wurde durch sie erklärt, weshalb das Licht vom Sirius weiß, das vom Arktur röthlich sei, warum die Glanzfarben an den Hauptsonnen, in den Sternbildern Orion, Leier, Kassiopea, Löwe, Eridan u. s. w. so von einander abwichen. Aus der Natur ihrer Lichtstoffe schloß nun der gelehrte Mann auf die ihrer Planeten, sogar auf die dort nothwendigen Modifikazionen der anorgischen und organischen Körper, wodurch er einer ganz neuen, erhabenen Wissenschaft, ihr bewundernswürdiges Feld öffnete.

In einem Hörsal der Naturkunde fanden sich unsere Reisenden auch mit lebhaftem Antheil ein. Hier zählte man die Mineralien, Pflanzen, Säugethiere, Vögel, Amphibien, Fische, Insekten und Würmer auf, welche bis jetzt entdeckt waren. Gegen die Vorzeit hatte sich die Zahl mehr als verdoppelt. Dies galt aber nicht von den Thieren des Meeres, von denen einige Tausend Gattungen in den Registern der Phisiker genannt wurden, wo man sonst nur Achthundert beobachtet hatte. Denn bei jeder Reise in den Grund des Ozeans — wo sich die kühnen Erforscher der wundersamen Tiefe, nach Maasgabe ihres Weiterdringens, einen Ruf bereiteten, wie Ehedem die Colon, Magellan, Hudson, van Diemen, und Tiefgebürge oder Meerthäler nach ihren Namen benannt sahen — wurde man Arten ansichtig, die bis jetzt den Blicken verborgen geblieben waren, und nicht in die höhere Wasserregion zu dringen pflegten. Guido erfuhr viel Seltsames davon, wandte aber der Anatomie der Infusionsthiere noch größere Aufmerksamkeit zu, und die meiste, den Lehren über das Pflanzenleben. Hier spottete man jetzt der Vorzeit, welche die Vegetabilien einst leblos nannte, ungeachtet einsaugende und aushauchende Gefäße sowohl, als die Erzeugung durch Begatten, sie vom Gegentheil hätte überzeugen können.

Die Geogenie behauptete Hipothesen, in welche die Bailli und Gatterer der Vorzeit sich schwerlich würden gefunden haben. Sie wollte genau angeben, wann einst der Erdball, nur aus Urgebürgen bestehend, durch eine ätherische Revolution von Wasserfluthen wäre umfangen worden, die die Ursache aller Lebenserscheinungen in sich tragend, in dem Maaße abgenommen hätten, als diese aus ihren Mitteln hervorgebracht wären. Eben so berechnete sie die endliche vollkommene Kondensazion der Flüssigkeiten, und wies dann dem erstorbenen Felsball eine Trabantenstelle bei einem weit über den Uranus hinaus entstehenden oder dann mit Lebenselement umflossenen Planeten an. Andere Meinungen aber, leiteten die Geburt der Erde, von der Begattung zweier Kometen her, da sie in den Aether geworfen worden, gewissermaaßen in Eigestalt, wo der Urgranit als das Gelbe, die Fluthen als das Weiße zu betrachten wären. Die allmählige Umwandlung der Verhältnisse des Flüssigen zum Festen, nannte diese Meinung, den Wachsthum des Eies, und sein Entfalten zum Kometen, wo einst das kindische Einherwandeln am Gängelbande der Sonnenanziehkraft aufhören, und der kecke Jüngling sich der Leitung seiner feurigen Wärterin entziehen werde, nicht mehr wärmende Pflege von ihr bedürfend. — Freilich zeigte sich hier auch so gut wie vormals die Beschränkung des menschlichen Wissens, und Guido drängte den Lehrer bald mit Fragen, auf die er keine Antwort hatte.

Die Philosophie sah dies gegenwärtig wohl ein und trug zur Belehrung nur ihre eigne Geschichte vor. Die letzteren Sisteme, die jüngsten Träume vom Uebersinnlichen, mußten nothwendig, nach einem um so größern Maaßstabe angelegt worden sein, als die Erkenntniß im Gebiet des Sinnlichen sich mehr ausgebreitet hatte. Man trug sie vor, beschied sich abzusprechen und überließ jedem Denker — sich zum höchsten Wesen anbetend zu wenden.

Guido, bereits früh mit jugendlicher Weisheit ausgestattet, zeither, wie wir schon berichtet haben, eifrig dem Studium der weisesten Schriften dieser Zeit hingegeben, umfaßte nun, schnell in sich aufnehmend, was er hier sah und hörte, und vollendeter wurde der tiefe kräftige Denker. Die Hochgefühle seines stammenden Thatentriebes, wurden dadurch wechselnd gemildert und angefacht.

Wahre geistige Religion, in Bewunderung der Natur und Allmacht, lenkte sein Gemüth zum höheren Aufflug als je, und die Liebe, in ihrer immer reineren Mistik, schmiegte sich an alles Empfundene und Gedachte.

Allein der Ausdruck eines so schönen Geistes prägte sich auch immer vollendeter in seiner Gestalt aus. Er fühlte, sah es mit Frohlocken, schrieb an Ini: Wenn sein Auge, vielmehr sein Herz nicht lüge, müsse er nun sehr nahe an seinem Götterziele stehn. —

Man besah noch das Innere von Berlin emsig. Ein altes Zeughaus lag in ehrwürdigen Ruinen da. Es war nicht wieder erbaut worden, indem bei der jetzigen, glücklichen Verfassung von Europa, in der Mitte des Staates keine Waffenvorräthe nöthig waren.

Ein Standbild Friedrichs II. zog Guidos Blicke auf sich. Sein Lehrer sagte: Diesem König war freilich Neigung zum blutigen Ruhm vorzuwerfen, und er führte Kriege, die allerdings zu vermeiden gewesen wären. Doch entschuldigt der rohe Charakter seiner Zeit viel daran. Hingegen wußte er den Monarchenberuf, der sich mit dem Ganzen zum Vortheil Aller verinnigen, und das Staatsschiff im Strome der Zeit dahin lenken soll, ohne seine Wogen vorauseilen zu lassen, oder ihnen selbst voranzufliegen, so richtig zu erfüllen, daß manche Züge seines Regentenlebens, sogar jetzt noch, jungen Gekrönten Muster leihen dürfen. Deshalb prangt auch nicht allein hier sein Denkmal, sondern seine Reste wurden späterhin auch nach Rom gebracht. Du siehst seine Urne dort im Tempel der Unsterblichkeit. Hatte sein Volk sich zur Größe aufzuschwingen verstanden, wie sein König, so ging vielleicht Europas schönere Entwickelung, von Friedrichs Monarchie aus.

An dem Marmorbilde einer Königin des Alterthums, weilte der Jüngling bewundernd. Gelino unterrichtete ihn: Diese Huldin auf dem Throne, Luise genannt, sei die schönste Frau ihrer Zeit gewesen. Auch wäre die Vorliebe für ihre Gestalt hier so lebendig auf die Nachkommen übergegangen, daß man sie in den Marientempeln, durch Künstler von Athen, noch immer nachahmen ließe.

Es befand sich auch ein Pantheon in dieser Stadt, wo die Bildnisse verdienter Männer in diesen Gegenden, aus neuer und älterer Zeit aufgehangen wurden. Man sahe hier Albrecht, Waldemar, Luther, Copernikus, Guerike, Friedrich Wilhelm, Leibnitz, Kant, einen gewissen Rochow, einen gewissen B*** — — doch der Verfasser dieses Werkleins mag es nicht unternehmen, die noch anzugeben, welche sein prophetischer Traum sah, mancher Aspirant der Unsterblichkeit würde zürnen, sich zu vermissen.

Wir wollen nun mit unserer Reise mehr eilen, sprach Gelino. Hinlänglich sahst du das arbeitsame Treiben kleiner Städte und auf dem Lande in dieser Erdgegend. Laß uns die schnelle Luftpost dingen.

Noch vor Aurora klang das Horn, die Reisenden warfen sich in die Gondel. Morgenschlummer sank noch über sie. Als sie davon aufdämmerten, ließ sich das Fahrzeug schon auf die Böhmische Bergkuppe nieder, wo sich die erste Station nach Wien befand. Neue Adler flogen muthiger über die lachenden Ebenen hin, man sah die rauchenden Sudeten, gleich Altären, von denen dem Ewigen der Andacht Opfer emporwallte; die Elbe, die Moldau gleich geschlängelten Silberfäden; Glockenklänge, Erntelieder, ineinander gewebt, tönten zu ihnen herauf. Gegen Mittag schwebte das sonnenbeglänzte Prag vorüber, zwei Stunden danach nahmen sie auf einem Hügel in Mähren, wo die zweite Luftpost erbauet war, ein erfrischendes Mahl. Dann ward wieder angespannt und das Sehrohr entdeckte schon die ehrwürdige gothische Piramide, Ehedem sammt ihrer Kirche dem heiligen Stephan geweiht, nun ein Christustempel, noch dauerhaft genug, ferne Jahrhunderte zu sehen. Am Abend zog man über die Wipfel des Prater hin, vielen Lustwandelnden in der Höhe begegnend, und der Fuhrmann senkte seine Passagiere auf die Platteforme des Gasthauses, zum Ochsen genannt, nieder, das seinen alten Namen in dem Betracht nicht geändert hatte, daß ein Ochs zu allen Zeiten ein venerables Thier bleiben wird.

Sie speisten noch weit leckerer zu Nacht als in Berlin, die Enkel waren hierin den Vätern treu geblieben, auch das Bad enthielt mehr aromatische Beimengungen, stärkte die Lebensgeister und munterte höher zu Genüssen auf.

Am andern Tag besahen sie die Stadt und das von Schiffen wimmelnde Bassin der Donau, welches hervorzubringen, die alte Brigittenau zerstört worden.

Gelino erzählte seinem jungen Freunde: wie kunstreich-mühevoll denkende

Regierungen bewirkt hätten, daß Seeschiffe die Donau stromauf hätten befahren können, was in alten Zeiten, bei allem erfinderischen Fleiß, nicht einmal mit kleinen Kähnen sei thunlich gewesen. Eine Uebereinkunft mit Griechenland, große Summen und das Ausharren bei vieljähriger Arbeit, hätten dennoch allen Widerstand besiegt. Da der zu starke Fall des Stromes alle Hindernisse legte, waren zu seinen Seiten hohe Dämme aufgeführt, das Flußbette vertieft und geändert, und demnächst von dreißig Meilen zu dreißig Meilen bis zum schwarzen Meere Wasserfälle angelegt worden, die dem von Niagara flüchtig glichen. So hatte die Hidraulik die Fluthen zu einem ruhigen Lauf gezwungen. Kam nun ein Schiff dem Strom entgegen — entweder vom Winde oder von Maschinenruderwerken geleitet — bis an einen Wasserfall, hob es eine Schleuse empor; im anderen Falle trug sie es nieder.

Noch eine andere gigantische Arbeit hatte der Unternehmungsgeist hier vollbracht. Lange schon waren die Einwohner der Meinung gewesen, jener Zweig der Steiermärkischen Gebirge, unter den alten Namen, Kalenberg und Leopoldsberg, bis ans Donauufer dringend, erkälte die Gegend und mache die Witterung unbeständig. Ohne ihn, war man überzeugt, müsse das Klima so freundlich sein, als unter gleicher Breite in Ungarn. Nicht nur auf sich, sondern auch auf die Enkel blickend, hatten also die Großväter — diesen Namen zwiefach tragend — eine Summe zusammengebracht, um funfzig oder achtzig Jahre hindurch, einige Tausend Arbeiter und Lastthiere damit verpflegen zu können. Weit hinauf gegen Steiermark zu, wurden nun die Berge gesprengt, und zwar nicht mit Pulver, um die Stadt nicht zu erschüttern, sondern durch künstlich darin erzeugtes Eis, was auch früherhin begreiflich gewesen wäre, da man schon im achtzehnten Jahrhunderte, die Kraft, welche eine Bombe, mit Wasser gefüllt, das in Frost übergegangen ist, sprengt, auf 3351 Pfund berechnete. Die zerstückelten Felsen, schafften nun Prahmenwagen von ungewöhnlicher Größe, auf einer eigen dazu gefertigten Kunststraße aus Eisenerz, nach Mähren. Da sie aber keine Brücke hätte tragen können, mußte man sich entschließen, einen hohlen Gang unter der Donau hin zu wölben, gegen welchen die gepriesenen unterirdischen Kanäle im alten Rom, nur ein Spielwerk zu nennen waren. In Mähren ward das Gebirge wieder aufgeführt. Nun wehten die südlichen Lüfte freier, die aus Norden wurden beträchtlich gehemmt.

Durch alle solche Maaßregeln hatte die Bevölkerung der Stadt bis auf eine Million zugenommen. Die alten Festungwerke vertilgte man längst, wo sonst die Vorstädtische Linie ging, begränzte sich nunmehro die Stadt, die neuen Vorstädte flossen nicht nur mit Schönbrunn, Dornbach, Nußdorf, sondern sogar mit Enzersdorf und Neuburg zusammen. Vergnügungen und Wohlleben wurden überall sichtbar. Guido besuchte an einem Abend den maskirten Ball. Sein Lehrer folgte ihm nicht, hatte Daheim zu schreiben. Die alte Sitte, sich scherzend zu verlarven, bestand noch, doch feinsinniger und deutungreicher. Der Jüngling erblickte viele Schönheiten, anziehend durch liebliche Formen, bei allem dichten Gewande. Doch ruhte sein Auge mehr neugierig als betroffen darauf. Eine aber darunter, wie Hebe gekleidet, das Gesicht bis an den Mund verschleiert, regte seine Aufmerksamkeit lebendiger an. Höchst edler Gang, bezaubernde Harmonie in allen Bewegungen, der untere Theil des Gesichts, wo sich das Kinn in zarten Wellenlinien, der ausdruckvolle, lächelnde Mund in zwei rosenhaft prangenden, sanft gespannten Lippen, darstellten, begannen seinen Puls zu erhöhen. Alles mahnte ihn an Ini, nur eine etwas längere Gestalt sah er hier. Er konnte nicht umhin, der freundlichen Erscheinung im Gedränge zu folgen, den trunkenen Blick ihr nachzusenden, endlich bebend die Maske zum Tanz einzuladen. Sein Verlangen ward erfüllt, selig flog er mit der Schönheit durch die Reihen. Ihre Berührung traf ihn wie elektrische Funken. Gefühle wie aus anderen Welten durchströmten ihn. Die Musik, nur Melodien der Liebe und Wollust athmend, nahm das noch Uebrige seiner Besonnenheit hin.

Wien, schon im Alterthum seiner Tonkünstler wegen gerühmt, hatte auch zeither hierin den Vorrang behauptet. Die Revoluzion der Musik, Ehedem kaum geahnt, war von Wien ausgegangen. Wo sonst die Töne wild und dunkel schwärmten, fand jetzt alles klare Bedeutung. Die Musik hatte, was ihr immer fehlte, ihre Grammatik empfangen, auf diese gründete sich die Uebereinkunft wegen ihrer Sprache. So konnten die bestimmten Zusammenklänge, Figuren, Zeitmaaße, Worte vertreten; Poesien, Reden u. s. w. ausgeführt werden, die der leicht Unterrichtete vollkommen verstand. Einem Götteridiom glich die herrliche Erfindung. Welchen Eindruck mußte sie hervorbringen!

Bei der Tanzmusik entstanden oft Klagen der Polizei, wenn sie zu üppige verführerische Klangworte sprach. Wie jener Grieche einst die Saiten der Lira verminderte, wie Gregor VII. bei dem Tempelchor auf größere Einfalt drang, ließ sich jetzt eine Censur die Tanzstücke vorzeigen, und strich manche Notenphrase. Bei den maskirten Bällen sah sie indessen hie und da nach, vielleicht zu sehr, und so ging dem zu weit hingerissenen Jüngling, die alte Strenge gegen leidenschaftliche Aufwallung, beinahe zu Grunde.

Guido knüpfte, mit seiner Tänzerin im Nebenzimmer ruhend, warme Unterredungen an. Sie war im Anfang einsilbig, antwortete jedoch immer mit Witz und Gehalt. Auch tiefe, himmelvolle Empfindung verkündete sich in ihren Worten. Guido sagte ihr, seiner nicht länger mächtig: Ich liebe ein Mädchen daheim, ach mehr wie das Göttliche in der Natur, nimmer wankte mein Herz — als vor deinem Anblick!

Die Verschleierte gab zu Antwort: Der Uebergang von Liebe zu Liebe lohnt mit hoher Wonne. Der strafende Vorwurf, was kann er, als den neuen seligen Taumel würzen!

Guido rief: O wie unterwirft mich der Zauberklang deiner Stimme! Dein Auge strahlt helle Glorien durch den Schleier. O warum darf ich es, warum die Blüthe der Wangen nicht sehn?

Hier nicht, entgegnete die Schönheit, doch folge nach meiner Wohnung.

Sie stand auf, eine ganz verhüllte, ältliche, weibliche Maske, trat hinzu, begleitete Jene.

Guido zauderte lange. Ein drängender Zug, den Himmel weissagend, gebot ihm ihr nachzueilen, eine innere tadelnde Stimme hielt ihn zurück. Doch eine weiche Hand, die die seinige ergriff, und mit ätherischer Wärme durchglühte, ließ keine Wahl mehr.

Unten harrte ein niedlicher Wagen. Die Masken stiegen in denselben. Guido nahm rückwärts seinen Platz, man rollte dahin. Das Herz von süßen Erwartungen bebend, die Gewissensregungen niederkämpfend, saß der Liebeglühende da, zur Rede kaum ermannt.

Man hielt an einem Gartenthor, das sich auf ein Zeichen öffnete. Holde Blumendüfte athmeten den Eintretenden entgegen. Der röthlich aufgehende Mond schien durch dic blühenden Orangenbäume, die holde Maske führte Guido nach einem Lusthause, wo eine kleine Lampe vor einem hohlgeschliffenen großen Amathist brannte. Diese magische Helle verklärte alle Gegenstände umher. Köstliche Teppiche waren im Zimmer ausgebreitet, das Ruhebett im Hintergrunde umfloß eine künstliche Wolke, aus dem Rauche süß betäubender arabischen Spezereien. Die Maske führte Guido hinein, alle Fibern und Nerven erklangen in ihm. Er stammelte: Nun, nun, laß mich dein Antlitz schauen! — „Nicht ehe, bis du mir, ein Abtrünniger deiner vorigen Erwählten, ewige Liebe schwörst.“

Guido erschrack heftig, seine Sinnenverwirrung nahm jedoch zu.

Dann, fuhr sie fort, bist du mein Gott diese Nacht, deine Io umarmt dich in dem Zaubergewölk.

Guido schlug auf die Brust. Die Lippe wollte sich öffnen, doch seine Hand hatte Inis Bild am Herzen verborgen, getroffen. Dies rief ihm Ermannung durch die Seele. Er riß das Gemälde hervor, warf einen Blick darauf, hohe Gewalt der Unschuld kehrte ihm zurück. Nein, Verführerin, rief er, Treue ist schöner als Wollust! Heil mir, dem der Muth zu fliehen erwacht!

Er eilte aus der Grotte, stark, kräftig in wiedergekehrter Tugend. Es schien ihm, als ob himmelsüße Stimmen ihn zurück riefen, er widerstand.

Am Gartenthor angekommen, fand er es verschlossen, was ihn peinigend ängstete. Er wollte hinaus in die Freiheit, desto ehe Meister zu sein der gefährlichen Leidenschaft, in Gelinos Armen Schutz dagegen suchen, wenn die eigne Kraft nicht mehr zulange. Seine Furcht war heftig, doch gerecht. Er wußte auch, der wahre Muth könne sich der Verführung nur entwinden, und sein feiges Beben durchflammte Heldengefühl.

Umsonst bemüht das Thor zu öffnen, weilte er mit Einemmale starr und unbeweglich. Eine Melodie ergriff ihn so wunderbar. In holden Zaubertönen redend, edler, siegender, wie alle die er in Wien gehört hatte, doch schon einst von ihm gehört, löste sie göttlich seine innere Welt. Erinnernd, die seligsten Bilder der Vorzeit im Gefolge, traf ihn die Melodie. Die Saiten einer Zephirharmonika strömten sie nieder, dort in Sizilien hatte sie ihn einst zu einem verklärteren Dasein emporgetragen. Was hieß das? Was sollte Guido denken?

Er konnte nicht mehr fliehn, wandte sich um, nach der Seite des Klanges horchend. Süß lispelten die Zweige der blüthenduftenden Linde, im stärker wehenden, warmen Abendwind. Höher schwebte der klare Mond, heller gossen sich seine Strahlen auf die Wipfel nieder, Guido sah etwas über diesen Wipfeln, sanftleuchtend und rosig schimmern, und wandelte bebend den Pfad dorthin. Die schwarze Maske trat ihm entgegen, nahm ihn bei der Hand, führte ihn durch eine dunkle Krümmung, wo er aus den Blick verlor, was er eben gesehen hatte, doch immer noch, die Melodie vernahm. Kein Wort konnte die Lippe stammeln. Bald endete das Dickigt vor einem freien mondbeglänzten Hügel, und völlig sichtbar in der ereilten Nähe, winkte das hohe Instrument, dem ähnlich, das Guido auf dem heimathlichen Eiland entzückte. Die Hebe rührte nun ihre Saiten nicht mehr, stieg herab, ach! wie einst Ini im Abendschein. Guido sank aufs Knie, Ahnung, Verwirrung, Furcht und selige Wonne zugleich im Busen. Des Mädchens weißer Arm zog den Schleier vom Antlitz — o Himmel! — Geliebte! Mehr vermochte der Jüngling nicht zu sagen.

Ini trat näher, erhob ihn lächelnd. Prüfen wollt' ich deine Liebe, sprach sie, Athania war Zeugin von Allem. — Die schwarze Maske enthüllte auch ihr Gesicht.

O ich bin ein Unwürdiger, verdiene den Tod! rief Guido mit zerrissenem Gemüth.

Richte, Athania! sprach Ini wieder.

Die Erzieherin fing an: Männlich hast du der scheinbaren Verführung widerstanden. Deine Flucht war Treue und Tugend. Nicht darf dich die Liebe anklagen.

O Ini, brach Guido aus, der Schrecken in nie geahnten himmelvollen Entzückungen verwirrt mir die Seele. Laß mich Besonnenheit sammeln, damit ich mein Herz fragen könne, ob Schuld seine Reinheit trübt? Dann — o dann will ich entfliehn, mich ewig zu verbergen!

Frage, entgegnete hold das Mädchen.

Guido schwieg lange, mit tief gesenktem Blick; dann hob er das Auge langsam empor, doch freier, klarer.

Freudig erröthend rief Ini: So blickt nur die Unschuld auf. Du bist rein!

Ach, entgegnete Guido, wenn deine Gestalt mich einen Augenblick mir selbst raubte, so konnte es auch nur diese, diese Gestalt. Ich habe mich nicht anzuklagen, sie gebietet meinem Leben.

Er blieb deiner werth, fiel Athania ein, glückliche Freundin!

Wenn meine alten Bedingungen erfüllt sind, ist er meiner werth; und ich seiner, wenn ich selbst vollbrachte, was ich mir einst aufgelegt habe, war Inis Antwort.

Sie nahm Guido bei der Hand, ihn in ein erleuchtet Gemach zu bringen. Er folgte, immer noch mit einigem Zittern. Ich bin nach Afrika beschieden, sagte sie auf dem Wege, ohne zu wissen, wie lange ich ausbleibe. Du kamst nach Wien, der Abstand von Sizilien ist so weit nicht, ich beschloß, dich hier zu sehn, zu prüfen, miethete den Garten. Doch nur eine Stunde kann ich noch weilen, dann steige ich in meinem Wagen auf und fliege zur Heimath.

Sie hatten das Gemach erreicht, hohe freudige Bestürzung über des Mädchens vollkommenere Schönheit in Guidos strahlendem Blick, aber auch das nämliche süße Staunen in Inis glühendem Auge. O, rief sie, viel, viel hat mein Guido während seiner Entfernung gethan, die innere Schönheit auszubilden, der letzte Sieg göttlicher Tugend machte dich verwandter noch mit meinem Ideal, der unverkennbare Zug des edlen Triumphgefühls ist dir auf ewig eingeprägt.

„O Ini — ich weiß mich nicht anzuklagen, und dennoch — ich hätte nicht folgen sollen —“

Ohne Gefahr kein Kampf, ohne Kampf kein Sieg.

Guido ließ nun seinem Entzücken über Inis neue hinreißende Anmuth freien Lauf.

Sie sprach: Das Weib kann daheim nur im Stillen sinnen, wo der Mann in die Ferne schweift, handelt, wirkt. Doch über sein Handeln und Wirken sinnt eben einsame Liebe ungestört, und frägt das ruhige Gefühl nach dem Rechten, Guten, Wahren. Ich, die Malerin, ersann daheim deine Aufgabe. Mein Gefühl weissagte ihre Lösung. Der Geist deiner Liebe mußte ferner walten, und redlich hat er gewaltet. Doch ist das Ziel noch nicht erreicht. Vielleicht lange noch nicht. Sei nicht traurig. Die Zeit vor dir, die Kraft in dir, werden mächtig fortgestalten. Nur vergiß nicht, daß du Gemüth und Geist in immer vollkommeneren Einklang bringen mußt, den Preis der höchsten Schönheit davon zu tragen. Noch gab' dein Gemüth oft zu vielen Ausschlag. Dieser Durst nach Heldenruhm, um den ich dich einst anklagte, wenn er gleich dem Manne ziemt, muß sich der Betrachtung über die schönere Eintracht der Menschheit unterwerfen. Das Wissen, die hellere Uebersicht, müssen diese Betrachtung rufen. Doch wenn Pflicht es gebeut, mußt du entsagen können, auch wirklich entsagen. Dies Wort verstehe wohl, dann wird erst das Göttliche in Herrlichkeit den inneren Menschen durchstrahlen, und von vollendeter Bildung die verklärte Gestalt zeugen. Roher Sinnenwahn, niedere Leidenschaft gebieten nicht mehr in dir, durch den letzten Kampf hast dudich ihnen ganz entwunden, des Denkers gereiftere Kraft wohnt auf der weit vorgedrungenen Stirn, was den Linien im Antlitz sonst hie und da ein Mißverhältniß erzog, ist viel ausgeglichen. Viel — nicht vollkommen. Noch Uebung im edlen Denken, im richtigen Empfinden, noch ein großer Triumph über selbstsüchtig Begehren, und ich hoffe, du stehst am Ziel.

Es folgte eine himmelvolle Stunde trunkner Unterhaltung. Sie floh wie ein Augenblick. Dann mahnte Athania. Kein Flehen hielt Ini zurück. Sie erhob sich im mondbeleuchteten ätherischen Wagen, flog unter den Sternen hin, einem Seraph ähnlich, in der Glorie aus Lunens Strahl gewunden, und schwand dann in blauer dunkler Ferne dem entwichenen Meteor gleich.

Guido empfand die Nacht und den folgenden Tag hindurch, nur den Nachklang der seligen Erscheinung, alles um sich vergessend; dann ermannte er sich, und drang wieder, um den schönen Preis kämpfend, ins Leben. —

Die Reise ging nun nach Frankreich. Es würde zu viele Zeit geraubt haben, noch länger in Deutschland zu weilen, ob gleich noch viel Sehenswerthes übrig blieb, das sie in München, Stuttgardt, Frankfurt u. s. w. hätten betrachten können, als besonders kluge Einrichtungen, Monumente alter trefflicher Fürsten, Volkfreuden. Doch sie mußten es, nach dem einmal gewählten Plan, bei den größten Städten bewenden lassen.

Unfreundliche Herbstwitterung störte die Reise in etwas. Wenn sich der Luftwagen vom Posthause aufschwang oder bei dem folgenden niedersenkte, hatten die Adler Mühe, gegen die Stürme anzukämpfen. Außerdem hielt man sich jedoch in der höheren Region, wo kein Wind mehr sauste, und die angespannten Thiere konnten bequem ihren Pfad verfolgen. Gegen die Kälte schirmten artige Oefen von dünnem Blech, mit Papier geheitzt, und Pelzhüllen von Schwanenfell.

Am Rhein und in den Gegenden des ehemaligen Lothringens, freute sie der laute Winzerjubel der unter ihnen tönte, eben so die überall noch dichter als in Germanien angebaute Landschaft. Ohne Unfälle erlebt zu haben, erblickten sie bald das weitläuftige Paris, dessen Vorstädte jetzt mit Meaux, St. Denis, Versailles u. s. w. zusammenhingen.

Guido wunderte sich über eine dünne spitze Säule von niegesehener Höhe, die eine seltsame Gestalt hatte und fragte seinen Lehrer, was er davon zu denken hätte? Dieser erklärte ihm, wie die Pariser schon lange damit unzufrieden gewesen wären, bei regnigtem Wetter ihre enggebaute Stadt so unreinlich zu sehn. Die Erfindung hätte sich in mancherlei Mitteln gegen diesen Uebelstand erschöpft. Es sei im Werke gewesen, die nahenden Regenwolken jedesmal durch Kanonen von Luftbatterien zu zerstreuen und so die Atmosphäre der Stadt zu reinigen. Allein die Eigenthümer der Gärten in den Umgebungen, hätten sich über diese Maaßregeln mit Recht beklagt, weshalb man sie einstellen müssen. Endlich aber sei ein Projektant aufgetreten, mit dem riesenhaften Entwurf eines Regenschirms für die eigentliche Stadt.

Die dünne Spitzsäule, fuhr er fort, ist es. Eine Gesellschaft Aktieninhaber besorgte die Errichtung; eine kleine Abgabe aller Einwohner, für die trockne Reinlichkeit willig gezollt, trägt den Zins und die fortlaufenden Kosten. Die Säule steht genau in der Mitte von Paris. Zweitausend Schuh hoch, besteht sie aus starkem Granit, auf einer hinlänglich festen Grundlage. Dann folgen bis zur Spitze wohlzusammengefügte Eichenstämme, um welche Eisenringe laufen. Eine Wendeltreppe von Außen führt vom Fuß bis zur Höhe.

Der ungeheure Schirm besteht aus einem von Hanffäden gewebten Tuch, mit wasserdichtem Firniß überzogen. Wallfischrippen, durch Klammern verbunden, spannen ihn bis zur Mitte, von da wird der gardinenartig aufgehobene Theil, mittelst gewaltiger Taue, die nach allen Seiten in Abständen von Hundert Klaftern, zur Erde gehn, niedergezogen und wieder empor gebracht. Die Erhebung der Wallfischrippen vollzieht ein ungemein kunstreicher Mechanismus.

Indem er noch sprach, umdunkelte sich der schon trübe Himmel noch mehr, die Gewölke nahmen gegen die Stadt ihren Lauf. Eine Fahne wehte plötzlich vom Gipfel der Piramide, das Zeichen für sämmtliche Arbeiter an ihr Werk zu gehn. Nun währte es kaum zwei Minuten und das weite Gezelt breitete sich über die Tempel und Häusermassen hin. Der Postillon trieb die Adler mächtig an, um auch bald den Schutz zu genießen, und in kurzem befand man sich unter der wohlthätigen Decke, auf welche der Platzregen mit dumpfhohlem Getöse niederschlug. Guido bewunderte am meisten die Röhren des Umkreises, die das abströmende Wasser auffingen, und in die verschiedenen, zu diesem Zweck gegrabenen, Teichbassins leiteten, die wieder einen Abfluß in der Seine fanden. Er betheuerte: unter allem Merkwürdigen, was er noch auf der Wanderung gesehen, stände dieser Paraplu oben an. Es ist auch ein Erdenwunder von Kunst, sagte Gelino.

Sie stiegen im Posthause ab, übergaben Trägern ihr Gepäck, und eilten zu einem Wechsler, wo der Lehrer Summen, für ihren Aufenthalt nöthig, in Empfang nehmen wollte. Unterwegs stellte sich ihnen ein sonderbarer Anblick dar.

Ein Mensch bettelte. Dies war so unerhört, daß das aufgeregte Mitleid keine Gränzen kannte. Aus allen Häusern eilte man hervor, den Unglücklichen mit Wohlthaten zu überhäufen, der sich auch bald in Besitz so vielen Geldes sah, daß er flehend bitten mußte, nur einzuhalten.

Guido reichte ebenfalls hin, was er bei sich trug, und fragte den Lehrer: wie so eine, die Menschheit entwürdigende, Erscheinung möglich sei? Dieser erkundigte sich näher, und erfuhr: der Mann wäre aus dem südlichen Amerika, und durch einen Schiffbruch um seine Habe gekommen.

Guido schauderte bei der Nachricht von einem Schiffbruch. Sie waren jetzt überaus selten, nur ein bedeutender Fehler des Piloten konnte es dazu kommen lassen. Denn bei den genauen Karten vom Meergrunde, der schon seit mehr als einem Jahrhundert entdeckten Berechnung der Länge, den herrlichen Mitteln bei Nacht einen weiten Umkreis zu erleuchten, konnte man beliebig jeder Gefahr entfliehn, auch der dauerhaften Bauart der Schiffe und der Möglichkeit, fast überall vor Anker zu gehn, nicht einmal zu gedenken. Hier hatte inzwischen ein Schiffer strafbare Nachlässigkeit verschuldet.

Das Betteln aber mußte darum männiglich so befremden, weil auch seit länger als einem Jahrhunderte es in Europa unerhört war. Denn Staatsordnung, Sitte, moralisches Gefühl hielten Jeden zur Thätigkeit an, und da Landbau und Handwerke, durch tiefere Naturkunde und viel erweitete Technik, so leicht, so überflüssig die Lebensnothwendigkeiten hervorbrachten, so war es auch der Betriebsamkeit des Einzelnen, sie mochte bestehn worin sie wollte, nur ein Spiel, seinen Antheil zu erwerben. Die erhöhte Bevölkerung, statt diese Leichtigkeit zu stören; mußte sie vielmehr, ihrer ganzen Natur nach, fördern, woran man, nur bei irriger Kenntniß der möglichen Fruchtbarkeit des Erdbodens, zweifeln kann. Allein weise Anordnungen dachten auch auf Krankheitfälle Unbemittelter, auf Verstümmelte, auf hohes entkräftetes Alter. Um nun in solchen Fällen ein Recht auf Unterstützung zu begründen, hatte jedes Kind, ohne Ausnahme, bei seiner Geburt, eine kleine Summe zu erlegen, oder vielmehr die Aeltern statt seiner. Zudem jede einzelne Person, einen geringen monathlichen Beitrag. Die Summen wurden klüglich bewirtschaftet, wuchsen dann sehr natürlich hoch an, und konnten viel bestreiten. Um aber die monathliche Erhebung der Beiträge minder weitläuftig zu machen, hatte man sie in eine, durch ganz Europa gleichmäßig aufgelegte, sehr geringe Akzise, verwandelt. Nun mochte sich Jemand aber in Europa auch befinden, wo er wollte, seinen Aufenthalt ändern, so oft es ihm gefiel, immer zahlte er unmerklich und behielt sein Recht. Die Summe des allgemeinen Armenschatzes, den auch der ganze Erdtheil — bei der vervollkommneten Arithmetik, wovon schon die Rede war, höchst bequem übersah — mußte auch darum so größer werden, als Reiche oder Wohlhabende, bei der Geburt eines Kindes nicht den gewohnten Satz, sondern mehr beisteuerten.

Gerieth nun Jemand in Noth, meldete er sich bei der nächsten Sadtverwaltung. Diese untersuchte seinen Zustand genau. Einem gesunden Menschen ward nicht das Mindeste schenkend gereicht, sondern er empfing die Gelegenheit, durch diejenige Arbeit, welche er verrichten konnte, den Unterhalt zu erschwingen. Krank dagegen nahm ihn ein Spital auf. Das Alter von sechzig Jahren durfte auf eine angemessene Beihülfe zu der ihm noch möglichen Arbeit zählen, über siebzig Jahr verpflegte man dagegen Greise und Greisinnen ganz, was auch bei Krüppeln und dergleichen geschah. Bei dem allen hielt ein zartes Ehrgefühl die Geschlechter ab, eines ihrer Glieder in die Nothwendigkeit zu versetzen, die öffentliche Wohlthätigkeit in Anspruch zu nehmen; wenn es irgend möglich schien, verheimlichten sie den Mangel in den einer der ihrigen gesunken war, machten es auch zum Gegenstand ihrer Religion, Kranke und Alte selbst zu pflegen.

Ueberlegt man hiebei, daß die meisten Ursachen, welche Armuth hervorbringen, ja lange schon aus dem Wege geräumt waren, als

Kriegräubereien, unmäßige Auflagen, falsche Geldoperazionen der Regierungen, Handelsverbindungen, in welchen ein Volk mit betrügerischer Schlauheit, das andere mit Unkunde seiner eigenen Kräfte auftritt, gehässige Immoralität des Einzelnen, die zu Verschwendungen leitet, ehrlose Trägheit und Unempfindlichkeit gegen Achtung, die nicht erwerben mögen, auch Almosen spendende Klöster, den Müßiggang unterstützend; erwägt man noch, daß das furchtbare Heer der Krankheiten sich unendlich vermindert hatte, so geht ganz von selbst hervor, wie ein Reisender Europa durchwandeln konnte, ohne jemal das widrige unedle Schauspiel der Bettelei wahrzunehmen. Guidos Befremdung erklärt sich demnach so gut, als das mitleidige Zudrängen der Pariser.

Es währte aber nicht lange, so erschien ein Polizeibeamter und fragte den Armen zürnend: warum er nicht zur Stadtobrigkeit gekommen sei? Die Antwort hieß: Weil ich kein Europäer bin, folglich nicht zu euren Wohlthätigkeitsanstalten beigetragen habe, durfte ich auch nicht mit Recht auf ihre Milde bauen. Der Diener des Gesetzes entgegnete streng: Es reisen viele Bürger anderer Erdtheile in Europa, und die Akzise gewinnt an ihrer Zehrung. Wie unbillig würde es daher sein, wenn irgend Jemand darunter sich arm ankündigte, ihm Hülfe zu versagen. Du hast uns durch Mangel an Vertrauen beleidigt und ein öffentlich Aergerniß gegeben, dessen sich ohne Zweifel der älteste Greis nicht mehr entsinnt. Behalte was man dir reichte, verzehre es jedoch im Kerker. Dann wollen wir dir eine Summe geben, mit welcher du dein Vaterland wieder erreichen kannst. — Wider diesen Spruch galt keine Einrede, denn er enthielt den Geist der Gesetze.

Gelino und sein Zögling drängten sich mühevoll durch das Volkgewimmel der Straßen, und um so mehr, da, wenn gleich am hohen Mittage, der Regenschirm Dunkel verbreitete. Doch eben da sie auf einem großen Markt angekommen waren, hatte das Unwetter geendet und die Bedeckung wurde wieder eingelegt. Man verrichtete dies schnell, und neu, überraschend, blendend war die Wirkung des plötzlich niederscheinenden Sonnenlichts.

Sie langten im Hause des Wechslers an. Gelino übergab ein Schreiben; der Mann war sehr höflich und rief einige Träger, welche schwere Goldsäcke auf einen Wagen luden. Der Lehrer sah alles nach, gab ihm Empfangscheine, und nahm dann mit seinem Zögling Platz auf dem Wagen.

Dieser hatte befremdet und nachdenkend zugesehn. Nun fragte er: Woher die großen Summen, und wozu? Gelino antwortete: Wir behalfen uns bisher mit geringen Kosten, doch in Paris und London wollen wir einigen Aufwand machen, damit du auch mit dem Leben des Reichthumes vertraut wirst.

Da empfange ich nur eine Auskunft, rief Guido. Woher, frage ich abermal, die großen Summen?

„Von dem nämlichen Wohlthäter, der dich bisher in den Stand setzte, die Welt reisend zu betrachten."

O dieser Wohlthäter muß reich, sehr reich sein. Mein leichter Sinn fragte noch wenig darum. Was gilts aber, es ist der Kaiser selbst, dem ich so viele Zeichen der Milde verdanke?

„Ja mein junger Freund, es ist der Kaiser. Was er von dir hörte, besonders von deinen Thaten im Heere, erwärmte sein Herz noch mehr für dich. Frage nicht weiter, genieße, und vor allen Dingen, lerne, begreife, mache dich der Güte ferner werth."

Guidos Nachsinnen ward ernster. Einige Minuten darauf brach er aus: O daß ich keine Eltern kenne, und so süße Gefühle, wie die kindlichen, mir versagt wurden! Erst bei den Fündlingen erzogen, hernach unter deiner Leitung, die mich allerdings keinen Vater missen ließ, ahnte ich tiefere Empfindungen nicht. Allein, nachdem ich auf der Reise so oft das entzückende Schauspiel eines engen Familienbandes sah, beweinte ich im Stillen mein hartes Loos.

Gelino drückte ihm gerührt die Hand. Geduld mein Sohn, vielleicht findest du einst deinen Vater.

Stürmische Ungeduld entbrannte in dem Jüngling. Von süßen Hoffnungen wogte sein Busen. Er drang feurig in den Lehrer, ihm das Geheimniß seiner Geburt aufzuklären, wenn er anders den Schlüssel dazu hätte, oder wenn er nichts genau wisse, ihm seine Vermuthungen zu nennen. Der Lehrer brach aber gemessen ab, empfahl ihm ruhiges Erwarten der Lösung seines Schicksals. Es war Guido bekannt, daß er, wenn der Lehrer schweigen wollte, umsonst bat, er mußte sich also mit Geduld waffnen, obgleich die Neugier über seine Herkunft jetzt heißer als je erwachte, und manche sonderbare Ahnung in ihm aufstieg. Er tröstete sich wohl über den Mängel an Kindesliebe, weil ihn Inis Liebe beseligte, und sein Herz so warm an den edlen Lehrer hing, doch meinte er immer wieder, dies Herz sei weit genug noch mehr Liebe glühend zu umfassen.

Gelino hatte schon zuvor nach Paris geschrieben, und einen Miethpallast, wie es deren für sehr reiche Wanderer gab, auf die Tage ihrer Anwesenheit bestellt. Sie kamen nun dort, von den Dienern des Wechslers geleitet, an. Er war aus rothem und weißen Marmor gebaut, hatte ein stark übergoldet Bleidach, das im Strahl der Sonne prangend leuchtete. Eine zahlreiche, glänzende Dienerschaft, stand am Portal. Die innere Einrichtung entsprach der äußeren Pracht vollkommen. Man erblickte Zimmer, deren Wände mit dem köstlichsten Mosaik bekleidet waren, andere mit staunenerregenden Meisterwerken der Malerei umhangen. Es befand sich ein Konzertsaal hier, den die Standbilder der neun altgriechischen Musen, zu Athen gefertigt, schmückten, und zum Personal des Pallastes gehörte zugleich das treffliche Orchester, was sich auf Verlangen des Miethers hören ließ. Eben so ein kleines Theater, mit Schauspieler und Schauspielerinnen. Ferner eine große Bibliothek, der einige Gelehrte vorstanden. Der Speisesaal war mit Silbergeschirren erfüllt, goldne Lampen hingen von den Decken nieder. Das Bad war den altrömischen ähnlich, welche die Kaiser Trajan oder Tiber anlegten. In der Küche bereitete man sich, wie einst bei Apicius, immer auf eine große Zahl von Gästen, doch viel schmackhafter noch als bei jenem waren die Speisen zugerichtet, was jetzt um so mehr anging, da die Küchenchemie eine eigne weitläuftige Wissenschaft galt, über die Professoren, von Lehrlingen der Tafelkunde gehört, lasen. Noch fand man im Hofe Wagen aller Art, einen Stall trefflicher Pferde, einen andern mit Adlern, und mehrere schöne Gondeln, denn ein kleiner Kanalarm führte von dort nach dem Strome. Auch ein schönes Landhaus mit weitläuftigen Gärten gehörte noch zu diesem Miethpallast. Allerdings gab man aber auch eine Miethe, die den zu findenden Bequemlichkeiten angemessen war.

Guido fragte: Wie ist es möglich, Unternehmungen der Art zu wagen?

Wirkungen des Reichthums, antwortete der Lehrer. Das ewige Zuströmen der Fremden nach dieser Stadt, bringt so viel Geld hinein, und sie sendet es wieder in die Ferne, um das alles herbeizuschaffen, was die Fremden ferner anreitzen kann. Es prangen mehrere Gebäude der Art, und selten stehen sie leer, weil es vermögende Wanderer genug giebt. In den vergangenen Jahrhunderten wären Erscheinungen der Art unmöglich gewesen, weil man da weder Freiheit, noch Thätigkeit, noch Kenntniß genug, über den beweglichen Umlauf der Reichthümer, und ihre Vermehrung der Erzeugnisse während ihrem schnellen Wirbel, hatte. Damals gab es wenige Reiche und unerhört viel Armuth. Jetzt sieht man Jene in großer Zahl und diese ist meistens verschwunden. Große Entwürfe im Handel oder anderer Art, klug und glücklich ausgeführt, bereichern um so leichter, da sie auf den allgemeinen Wohlstand berechnet sind. Damit aber dennoch, nicht wenige Familien zuletzt so viel wuchernd an sich reißen können, daß andere von ihnen abhängig sind, ist die überaus weise Erbschaftsteuer eingeführt worden, die den Zweck vor Augen hat, den Erwerber zwar die Frucht seiner Thätigkeit vollkommen genießen zu lassen, dagegen aber die Unthätigkeit der Erben, die von der Arbeit des Todten müßig schwelgen möchten, nach Möglichkeit abzuschneiden. Je vermögender, je höher die Steuer vom Nachlaß, und sie steigt auch nach Maaßgabe der näheren oder weitläuftigeren Verwandschaft der Erben. Dies hat zur Folge, daß der Reichgewordene auch bei seinem Leben viel wieder in den Umlauf giebt, und ihm wird auch, in Betracht des Gemeinbesten, und insofern sie nicht unmoralisch ist, Verschwendung nachgesehn. Mag er bauen, reisen, Künsten und Wissenschaften lohnen, dadurch empfängt das alles höheres Leben.

Wo bleiben aber die Summen, aus dieser Erbschaftsteuer? fragte Guido?

Der Lehrer gab zur Antwort: Sie werden zum Vortheil des Landes auf mannichfache Weise angelegt, so daß sie den niederen Ständen wieder zuströmen. Man gräbt Kanäle, wo sie noch fehlen, baut, macht Versuche mit nützlichen Erfindungen, wozu, wie du weißt, auch andere Summen vorhanden sind, unternehmende, aber nicht bemittelten Bürger können Anleihen nachsuchen. Kurz auch hier ist wieder der rasche Zirkelgang, des, die Dinge und den Kunstfleiß darstellenden, Metalles, Endzweck. Hätte die Vorzeit die Wunder der Freiheit und Ruhe ahnen können, traun, sie würde um einige Jahrhunderte früher geeilt haben, den Thron der Vernunft zu erhöhn, und in einem Erdtheil, wo die Menschen schon lange sich durch Bildung ähnlich wurden, die unsinnigen Kriege einzustellen. Vielleicht ging das aber auch nicht ehe an, bis der Zeitgeist alles von selbst schönerer Reife entgegen führte. Wie langer, vorbereitender Aufklärung, bedurfte es unter andern zu dem großen Schritte, die Religion an die Stelle der Kirchlichkeit zu bringen. Freilich folgte er erst dem blutig geendeten Kampfe der Politik, und hätte ihm vorausgehen können, wodurch der Christenstaat ohne jene schauderhaften Schlachten, wovon die Geschichte meldet, zu gründen gewesen wäre. Denn in der That, liest man einige alte Schriftsteller aus dem achtzehnten Jahrhundert, in deren Köpfen bereits so viel Licht anbrach, kann man nicht genug über die seltsame Verstocktheit ihrer Zeitgenossen staunen, welche es nicht nützen wollten, das Heil, die Bestimmung der Menschheit erkennen, Wahrheit und Irthum, Gutes und Böses unterscheiden zu lernen. Indessen ist es nun einmal so. Das Genie der Verbesserung hat zu allen Zeiten Widerspruch gefunden, oft mußte der große Mann erst begraben sein, ehe das Recht seiner Aussprüche erkannt wurde. Geht es doch bisweilen noch jetzt nicht anders. Sind wir doch, trotz aller Religion und Erkenntniß zuweilen genöthigt, mit Asien oder Afrika zu kriegen.

O schöner Voranflug seines Zeitalters! rief Guido. O daß ich der Menschheit irgend eine Wohlthat ersinnen könnte, daß die Nachwelt mein Andenken segnete!

Der Friede mit anderen Welttheilen wäre solch eine Wohlthat, antwortete Gelino. Er fehlt der Menschheit. Allein die Leidenschaften werden nicht überall so glücklich bekämpft als in Europa, und auch hier, wir wollen nicht prahlen, gelang es noch nicht so weit damit, als wohl zu wünschen wäre. Im Geheim treiben sie oft ihr Spiel fort; denn wer sieht das Innere der Seele, wenn die Menschen in der Tugendlarve heucheln. Es giebt doch hie und da einen Fürstenrath, einen hohen Priester des Gesetzes von gewichtigem

Ansehn, entscheidenden Einfluß, der sein wahres Spiel birgt, und Zwietracht mit der Fremde, oder Zwietracht im Innern hervorruft. Man muß auf seine Tugend baun, wer vermag sie genau zu erkennen?

Hier fühlte sich Guido von einem Gedanken ergriffen, dem er in der Folge eifrig nachhing. Jetzt antwortete er dem Lehrer: Die richtige Erkenntniß des Menschen scheint mir nicht unmöglich, aber den Frieden aller Völker zu knüpfen, ist schwer. Ich sehe nicht ein, auch wenn ich Kaiser wäre, was ich da thun wollte. Da muß das Schicksal selbst freundlich zutreten.

Nun das wird auch einst geschehn, antwortete Gelino. Auch gebieten ja die Menschen dem Schicksal immer mehr, wie ihre Weisheit steigt. —

Die Reisenden erborgten in Paris vornehme Namen und knüpften Bekanntschaften an. Die angesehensten Einwohner, Künstler, Gelehrte, wurden zu ihrer Tafel, zu ihren Konzerten, nach ihren Gärten geladen, und baten sie dagegen zu sich. Es war noch in Paris wie vormal, das Neue erregte viel Aufsehn, alle Welt sprach davon. Nicht eben die Verschwendung des reichen Jünglings konnte auffallen, doch er selbst, sein Verstand, mehr noch seine Schönheit. Die Damen waren ganz entzückt, sie schwuren, nie eine so vollkommene männliche Gestalt erblickt zu haben. Dies benutzten Maler, Kupferstecher und andere Künstler, bildeten ihn vielfach ab, und wenn er ausging, sah er beschämt überall Gemälde, Gipsabdrücke, Statuen von sich. Auch Denkmünzen wurden auf ihn geschlagen und in den Gassen ausgerufen, viele Damen trugen ihn in Gemmenringen am Finger. Er empfing auch verliebte Zuschriften voller Witz, und übte wieder den eignen Witz, indem er die zärtlichen Anträge so ablehnte, daß sich die Schönen dennoch bezaubert fühlten. Dadurch entstand viel neues Gerede, und eine gelehrte Dame veranstaltete sogleich eine Sammlung dieser tugendhaft witzigen Billets, die man eilig mit Stereotipen druckte, eines ungemeinen, Absatzes gewiß.

Kurze Zeit nach seiner Ankunft hörte Guido von einem sonderbaren Rechtshandel. Er hatte sich schon über die Menge von Diamanten gewundert, welche ihm Ueberall zu Gesichte kam; die Frauen der niederen Klassen waren so damit bedeckt, daß man auf Spatziergängen nicht nach der Seite blicken konnte, wohin die Sonne schien, selbst die Dienstmädchen in seinem Pallaste, trugen Haar, Ohren, Busen und Arme davon voll. Der Glaube, sie möchten unächt sein, fand die Widerlegung der Kenner, allein man benachrichtigte ihn: es sei in Paris ein Juwelenhändler vorhanden, der die edlen Steine um einen tief geringen Preis verkaufe, dabei ein unerhört angefülltes Waarenlager hielt, und so auch den Pöbel in Stand setzte, den gepriesenen Schmuck zu tragen. Deshalb aber, wie man wohl denken kann, verschmähten ihn nun die Damen der feinen Welt, und sich ohne Juwelenschimmer zeigen, hieß glänzen.

Die andern Kleinodienverkäufer sahen sich zu Grunde gerichtet, feindeten ihren Nebenbuhler an, belangten ihn vor Gericht. Hier begriff auch Niemand, wie der Mann das Theure so wohlfeil losschlagen könne. Neue Prüfungen über die Güte seiner Steine folgten, sie schlugen abermal zu seinem Vortheil aus. Man fragte: Aus welchen Indischen Diamantengruben er kaufe? Er antwortete: Dies habe er, zufolge der Handelgesetze, nicht nöthig zu erklären. Man verlangte aber wenigstens, ein fremdes Handelshaus zu nennen, mit dem er Geschäfte pflege, ein Schiff, das seine Waaren herbeiführe.

Dies konnte er nicht, und nun lag am Tage, seine Steine würden nicht von Auswärts gezogen. Er verfertigt sie selbst, riefen die Gegner, folglich sind sie, trotz allen Proben, unächt.

Gut, sprach der Juwelier, ich verfertige sie, doch eine Unwahrheit ist eure andere Behauptung. Untersuchet so lange ihr wollt, ihr werdet keinen andern Gehalt finden, als ob die Steine von Golkonda oder Brasilien kämen. Ich betrog nicht, verkaufte ächte Diamanten, dem Käufer kann es gleich sein, ob die Natur, ob ich sie hervorbringe.

Bei näherer Untersuchung fand sich, daß der Mann, den lange schon in der Chemie genannten Bestandtheil, *reinen* Kohlenstoff, so zu verdichten gewußt hatte, daß der wirkliche Diamant erzeugt wurde.

Das Gericht war im Anfang zweifelhaft. Die große Zerrüttung des Werthes der Edelsteine, welche der glückliche Erfinder veranlaßte, machte ihm Bedenken. Doch zuletzt entschied die Stimmenmehrheit: Dem Manne dürfe keine Strafe anheim fallen, auch die Fortsetzung seiner Kunst ihm nicht untersagt werden. Möchten die Weiber gern schimmern, so wäre ihnen die Gelegenheit aufgethan, um wohlfeilen Preis ihren Wunsch zu erlangen. Gefiele ihnen der wohlfeile Schimmer nicht, zeigten sie noch größere Thorheit als zuvor. Der Mann könne dann zu ihrer Heilung beitragen, und wenn das andere Geschlecht mehr auf Pflege der wahren Schönheit hielt, mehr dem Manne durch weibliche Tugenden, als kindische Glanzfunken zu gefallen strebte, hätte das Gemeinwohl dem Künstler innig zu danken. Verlören übrigens manche Juwelenhändler, sei das zufällig, und das Gesetz könne ihres einzelnen Vortheils halber, keine irrige Grundsätze aufstellen. Dabei blieb es nun.

In der That, rief Guido, als er bald darauf einige mit Edelsteinen überladene Frauenzimmer sah, mir scheinen sie selbst nicht mehr so köstlich, als da ihre Seltenheit mich bestach.

So bist du denn auch von blinden Vorurtheilen nicht frei, fiel der Lehrer ein. Doch möchte nur alles Schöne so gemein werden, daß man keine Auszeichnung darin fände, desto besser stände es um die Menschheit. Zum Glück ist es auch schon mit vielen Tugenden dahin gekommen. Was die

Vorwelt staunend gepriesen hätte, blikten wir oft als gleichgültige Alltäglichkeit an. Wohl uns! —

Sie begaben sich eines Tages nach der großen Oper. Das Haus war ungemein mit Zuschauern gefüllt. Guidos Blicke suchten das Theater. Er sah vor sich ein gefülltes Parterre, Logen, Kronleuchter, so gut als neben und hinter sich. Gelino lächelte. Wisse, sprach er daß der Vorhang ein Spiegel ist, der durch die ganze Mitte des Saales reicht. In diesen siehst du den Platz der Zuschauer wiederholt. Hebt das Stück an, wird ihn eine Maschine empor winden.

Dies erfolgte auch zu Guidos Befremdung, und nun zeigte sich die Bühne. Man sah jetzt kein Licht mehr bei den Zuschauern, zum Vortheil der Theatererhellung, die dem Tage vollkommen glich, waren sie sämmtlich erloschen, wie aber am Ende eines Aktes der Spiegelvorhang niederschwebte, wurden sie alle durch eine elektrische Vorrichtung entzündet.

Die alte Mithe, Orpheus war der heutige Stoff. Im ersten Akt sah man eine Landschaft und einen Meilenweiten Hintergrund, der unmöglich gemalt sein konnte. Guido begriff das nicht. Sein Lehrer erklärte ihm, wie dies Opernhaus mit einem Schraubenwerke versehen sei, wodurch es der Theatermeister, bei den Akten, die eine weite Tiefe darbieten sollten, bis über die Häuser der Stadt höbe, daß, nach weggenommener Hinterwand, man das wirkliche Feld der Gegend erblickte.

Also schweben wir jetzt in solcher Höhe? fragte Guido.

„Allerdings. Die Bewegung vollzog sich so sanft, daß Niemand sie merkte. Hat schon ein altrömischer Baumeister ein Schauspielhaus mit Achzigtausend Zuschauer gedreht, wird die Mechanik unserer Zeiten es doch wohl erheben können.“

Ist das aber nicht mit Gefahren verbunden?

„Fürchte nichts. Die Polizei läßt vor den Darstellungen alles Maschinenwerk durch Sachverständige prüfen.“

Im zweiten Akt zeigte sich die Hölle. Ungeheure, weite, brennende Klüfte und Abgründe, in deren Flammen gepeinigte Verdammte klagten. Die Fernsten erschienen ganz klein, doch waren es lebende Wesen, wovon sich Guido durch ein Sehrohr überzeugte. Wie ist dies möglich? fragte er abermal.

Gelino antwortete: Das Opernhaus hat mit großen Kosten ein tiefes Souterrain aushöhlen lassen, was um so eher anging, da es auf der Höhe des Montmartre liegt. Will man nun weite Gebäude, oder Klüfte und Abgründe darstellen, wird das Haus durch jene Schraubenwerke in die Tiefe gesenkt, wo man sich nun der unterirdischen Entfernungen bedienen kann. Wir befinden uns jetzt unter der Erdfläche, die letzten Gestalten sind einige Tausend Schuh von uns entfernt.

Im dritten Akt sah man den Himmel Fremdartige Farben, ungemein zarte Umrisse aller Gegenstände wirkten mit bezaubernder Schönheit. Ein anderer Mond, andere Sterne mit einer tiefrührenden Idealität gezeichnet, blinkten daher, was aber Guido am meisten in Verwunderung setzte, war, daß ihre Strahlen durch Euridizens und der anderen Schatten Körper leuchteten. Und doch war Euridize die nämliche, welche er im ersten Akte gesehn, doch bewegte sie sich lebend, sang. Er ward nun durch seinen Lehrer unterrichtet: Alle Gestalten, die wir jetzt sehen, sind nur der wirklichen, in einem Nebengemach befindlichen, Wiederscheine, durch ungemein sinnreiche, optische Laternen, hervorgebracht. Daher muß das Licht diese Euridize durchschimmern, denn, treu der Fabel, ist es wirklich nur ihr Schatten. Daß auch die Blumen, Gebüsche, Hügel, so zarte Umrisse, so seltsam fremdartige Farben zeigen, macht eine große Platte von grünem doch klaren Glas, welche davor hängt, wie jener Spiegel, im ganzen Umfang der Bühne, ohne daß wir sie wahrnehmen.

Musik, Gesang, Tänze waren den übrigen Vorwürfen an Vollkommenheit ähnlich, und mit hohem Entzücken verließ Guido dies Schauspiel, sich lange noch Orpheus, und Ini Euridize träumend.

Sie sahen auch das große Trauerspiel. Der Dichter hatte in dem heutigen Stücke eine Thatsache der Vorzeit behandelt, und viel gegen die Empfindung wagend. Eine junge Monarchin, schön, liebenswürdig, geistvoll, ist mit einem Gemahl verbunden, dem alle ihre Vorzüge mangeln. Er kömmt eben zur Regierung, belegt aber durch seine ersten Schritte, dem großen Amte durchaus nicht gewachsen zu sein. Die Gemahlin erkennt die Richtung, welche dem Volke zu seinem Wohl gegeben werden müsse, die Kraft ihres Genius regt sich kühn, von Liebe zu den Unterthanen stammt ihre edelempfindende Brust. Doch vermag sie nichts über den Gemahl, der sie nicht versteht, ihren schönen Sinn anfeindet, und in Roheit waltet. Tirannei und Zerrüttung drohen dem Reich, die Monarchin fühlt, sie könne ihm eine gedeihenvolle Zeit blühen lassen.

Ein weiser Vertrauter ruft ihr zu: Besteige den Thron, herrsche, beglücke! Sie schaudert. Sie kann nur über den Leichnam des Gemahls jenen Stufen nahn. Es ist ein Unwürdiger, doch sie seine Gattin. Ihr Zartgefühl empört der Gedanke an jeden Mord, um wieviel mehr an den des Gemahls! Ihr Herz trägt solche Vorstellung nicht, ihre Einbildungskraft muß ihr entfliehn.

Der Vertraute spricht: Besteige den Thron, durch ein Verbrechen ihn mit deiner Tugend zu schmücken. Wie edel ist dann dies Verbrechen! Es wird die höchste deiner Tugenden, allen übrigen, die Bahnen ebnend. Begehst du es nicht, wie laut der Nation geheimes Flehn, wie laut der Beruf deiner Geistesgröße es verlangen, dann erniedrigt dein Säumen dich zur Frevlerin. Alles Wehleiden der Millionen auf dein Haupt, ihr Fluch beugt dich schwerer, da du ihn in Seegen hättest umwandeln können.

Hier steht sie nun an dem furchtbaren Scheideweg. Eine kühne Missethat — und dann ein schönes Leben, dem Ruhm, gottähnlich über ein geliebtes Volk zu herrschen, geweiht. Eine feige Tugend — und nichts als der Anblick eines elenden geliebten Volkes. Hier steht sie — weint, ruft sich selbst um Kraft an, mahnt ihren Genius, Licht in dies schauderhafte Dunkel zu werfen — und — stört endlich nicht, was der Vertraute vollbringen will.

Nun empfängt sie das Scepter, und hält den Hoffnungen des Ruhmes Wort.

Zum Erstenmale ward heute das Trauerspiel gegeben. Die feinsinnige Versammlung, sonst gewohnt, sich über alles Schöne oder Unedle ganz bestimmt zu äußern, die der Kunstwerke Vorzüge, nach dem richtigsten Takt mit Beifall lohnte, und ihre Mängel eben so durch Tadel strafte, wußte — unerhört in den Annalen dieser Bühne — heute sich nicht zu entscheiden. Kein Lob, kein Mißfallen, allgemeine Stille. So blieb es auch bei den folgenden, immer gedrängt besuchten Vorstellungen.

Gelino wollte aber auch auf dem kleinen Theater des Pallastes etwas sehn. Er sprach mit dem Vorsteher der Gesellschaft, die am liebsten bunte, regellose Sachen aufführte. Dieser trug ihm eine kurzweilige Posse an, genannt:

Die Narrheiten vor Dreihundert Jahren.

Gelino war es zufrieden, und lud so viele Fremde, als der Raum nur fassen konnte.

Als der Vorhang weggenommen war, wollten die Zuschauer fast vor Lachen sticken, über die närrischen Kleidertrachten, der dargestellten Zeit. Wie war es möglich, riefen viele, daß sich die Menschen jemals so unbequem, geschmackwidrig und lächerlich umhüllen konnten! Eine Hauptbedeckung, grade aufstehend, oben platt, einem umgekehrten Becher ähnlich, oder gar ein Dreieck mit abentheuerlichen Stülpen! Wie vielerlei Lappen hängen an den Männern, der natürlichen Form ganz zuwider, mit häßlichen Ecken, und dennoch übel gegen die Witterung schirmend. Wie muß dies vielfache Einschnüren die Körper verunstaltet, ihnen nach und nach Kraft und Gesundheit entzogen haben! Und so unanständig, pfui, so unanständig! Fürwahr diese Urväter mußten grobe Narren sein!

Es wurden nun mancherlei Sittenzeichnungen dargestellt, wo denn aber das Gelächter oft mit Abscheu und Mitleid wechselte. Man sah die Kirchlichkeit, wo unverschämte Priester ganz widersinnige, unnatürliche, die Gottheit herabwürdigende Mithen, einst einem tief rohen Zeitalter kaum anpassend, immer noch als Wahrheiten lehren wollten, und das thörichte Volk gauklerisch betrogen. Man sahe Fürstenhöfe, wo eine widrige Erziehung das Oberhaupt ärmer an Geist dastehen ließ, als die Unterthanen am Fuß der Staatspiramide, wo es, statt mit der Weisheit, mit dem Vorurtheil umgeben war, und blödsichtige engherzige Höflinge ihm eitel Lügen sagten, wo das wahnsinnige Volk endlich durch heuchlerische Schmeicheleien alles verdarb. Man bildete das Faustrecht vor drei Jahrhunderten ab, wo ein europäisches Volk das andere um nichtiger Ursachen willen bekriegte, und dies mußte jetzt grade so viel Widerwillen erregen, als eine Darstellung des kleineren Faustrechtes, zwischen den Gauen des vierzehnten Jahrhunderts, wenn sie das neunzehnte sah. Die Thorheiten, allerhand Sisteme der Philosophie zu wechseln, durch Bücher voll Unsinn Irthümer auszubreiten, durch falsche Finanzoperationen ganze Länder verarmen zu lassen, durch Verschiedenheit der Dingenmaaße und Sprachen, den Ideentausch zu erschweren, überströmte eine witzige Satire mit dem wohlverdienten Spott. Am Ende begegnete sich alles in dem Ausruf: O ihr grobe, grobe Narren der Vorzeit! Gelino erläuterte aber der Versammlung, daß doch auch nicht jeder damals die Schellenkappe getragen habe, nannte ehrwürdige Namen von Männern, die sich ein großes Verdienst in Bezeichnung der besseren Pfade erworben hätten, und schloß: es sei für die Menschheit nothwendig gewesen, durch dies dunkle Labirinth zu gehen, um den Gegensatz erhellter Vernunft wohlthätiger zu begreifen.—

Guido und sein Lehrer sahen noch Tausend Merkwürdigkeiten, welche aufzuzählen der Raum hier nicht gestattet. Unter andern folgende auf der Anatomie, welche sie als eine der vorzüglichsten Anstalten zu Paris besuchten, und wohin sich jetzt eine große Zahl gespannter Neugierigen drängte.

Die Veranlassung war diese:

Vor funfzig Jahren hatte, zu Befremdung von ganz Europa, ein Bürger in Paris mehrere todeswürdige Verbrechen begangen. Das Gesetz zauderte lange mit seinem Spruch, und wollte ihn endlich nach Spitzbergen verweisen, wohin, wie wir schon wissen, solche Unglückliche kamen, deren Vernunft sie nicht von der Schönheit eines gesetzlichen Lebens überzeugen konnte. Die Kolonie in Spitzbergen hörte aber davon, und indem jeder Einzelne dort sich rein gegen jenen Bösewicht halten konnte, schrieb sie an das Gericht und verbat die Verunehrung.

Man wankte von einer Meinung zur anderen. Seit mehr als einem Jahrhundert war in Europa keine Todesstrafe zuerkannt worden, es gab keine Henker und Hochgerichte mehr. Dennoch hatte der Mensch die Todesstrafe vollkommen verwirkt, und hatte er das furchtbare, gräßliche Schauspiel unerhörter Frevel geben können, war das Beispiel einer eben solchen öffentlichen Ahndung gerecht. Zuletzt entschied man denn für seinen Tod, doch über die Art desselben konnte man sich nicht einigen.

Da trat ein Lehrer der Zergliederungskunde auf. Laßt ihn durch seinen Tod nützen, sprach der Mann, er mag uns um eine wichtige Erfahrung bereichern. Wir entdeckten eine geistige Flüssigkeit, viel vervollkommnet gegen die, welcher sich vormals die Anatomen bedienten, um thierische Organe dauernd aufzubewahren. Sie erhält einen Körper genau in dem Zustande, worin er ihr übergeben wird. Ich rathe, wir füllen ein weites Gefäß mit diesem Fluidum. Der Verbrecher werde entkleidet und darin ertränkt. Dann soll aber das Gefäß verschlossen werden und funfzig Jahre lang unberührt bleiben. Nach Verlauf dieser Zeit aber soll man den Körper wieder herausnehmen, und die gewöhnlichen Mittel, welche im Wasser Verunglückte oft ins Leben rufen, anwenden. Meine Theorie weissagt, man werde sich nicht umsonst bemühn, denn die Lebenskraft ist nicht entflohn, alle Theile sind in ihrer Vollkommenheit erhalten worden, weil der Reitz des geistigen Feuers in unsrer Flüssigkeit, der Auflösung Widerstand leistet. Irre ich nicht, so wird es merkwürdig sein, einen Mann zu sehen, der funfzig Jahre lang schlief, er wird manches wissen, das die Alten und Geschichtschreiber vergaßen. Künftig könnte man sogar Jahrhunderte lang Leben aufbewahren, und gewiß mit Nutzen, denn oft geht auch, trotz dem Weiterstreben der Menschheit, manches Gute unter, dessen Rettung aus der Vergessenheit heilsam werden kann.

Der Arzt sah sich häufig bestritten, man lachte sogar über ihn. Endlich aber erklärte ein Geschichtforscher: er habe in einem alten Buche gefunden, daß einst im achtzehnten Jahrhundert, der Mann, welcher die ersten Gewitterableiter erfunden, Franklin genannt, Fliegen von Madera, die im Weinfasse nach Nordamerika gekommen wären, und zehn Jahre lang im Keller gestanden hätten, wieder lebendig gemacht habe.

Was wollt ihr nun? fragte der Arzt.

Fliegen und Menschen! spöttelten seine Gegner.

Nun, es kömmt auf den Versuch an, hieß es endlich, und man beschloß, den Rath zu vollziehn, was auch geschah.

Das Faß mit dem Ertränkten wurde in einem festen Gewölbe bewahrt, vor dessen Thür der Rath sein Siegel legte. Ein Protokoll berichtete der Nachwelt die Thatsache und bat daneben: falls der Verbrecher wirklich wieder zum Dasein gelangen sollte, dann die weitere Strafe, in Betracht der erlittenen Todesangst, aufzuheben. —

Jetzt waren die funfzig Jahre verstrichen. Der Tag des Versuches wurde beraumt. Die Naturkundigen schrieben für und gegen jenes, schon lange gestorbenen, Arztes Meinung. Man stellte Wetten an, ganz Paris sprach von nichts, als dem Manne im Spiritus.

Gelino hatte, durch bedeutende Fürsprache, die Erlaubniß des näheren Zutritts für sich und seinen Zögling empfangen. Man brach die Siegel, fand das Gefäß unversehrt, das nun in den Saal der Anatomie geschafft wurde.

Auf Erhöhungen saßen die eingelassenen Zuschauer, die Naturkundigen hatten sich um den Tisch, in der Mitte des runden Saales, gedrängt.

Der Körper ward aus seinem feuchten Grabe gezogen, auf den Tisch gelegt. Alle Theile waren so frisch, als hätten sie nur eine Stunde darin gelegen, das Gesicht bläulich aufgetrieben wie immer bei Ertrunkenen. Verwundernd blickte alles hin, und harrte ungeduldig auf den Ausgang.

Die gewöhnlichen Rettungsmittel fanden Anwendung, man brachte die Flüssigkeiten aus der Luftröhre, rieb, erwärmte, flößte ein, u. s. w. Doch verging eine Stunde nach der anderen, ohne daß der Zustand des Kadavers sich im mindesten umwandelt hätte. Nicht wahr, wir hatten Recht? sagten die Ungläubigen, wer seine Wette verlohren glaubte, zog ein verdrießlich Gesicht.

Endlich rief ein junger Arzt: Vielleicht hindert der Spiritus, den die Einsaugungsgefäße aufnahmen, durch den zu großen Reitz den Umschwung der Säfte. Suchen wir ihn in einem Schwitzbade auszuführen, das ohnehin durch den hohen Grad von Hitze die Lebenskraft anregen wird.

Es ist nicht mehr die Rede von Lebenskraft, entgegnete der Vorsteher, indessen kann man ein Uebriges thun.

Das Schwitzbad wurde geheitzt, einige kräftige Männer begaben sich mit dem Körper hinein, und ließen die Temperatur höher treiben, als sie wohl einst ein Blagden ausgehalten hat, während sie ihre Bemühungen unermüdet fortsetzten.

Vom Saale schickte man jeden Augenblick nachzufragen. Die Nachricht langte an: der Kadaver schwitze. Ein Lebenzeichen! frohlockte der eine Theil: es sind die Dünste des Bades, die sich anlegen, stritt der Andere.

Nach einer halben Stunde schrie ein Bote athemlos: Athem! — Irrthum, Irrthum! — Seht ihr, seht ihr! — Ich hab' es selbst empfunden.

Ein anderer sprang in den Saal, rief, mit eignem starren Puls: — Puls — Unmöglich! Warum unmöglich? — Meine Hand fühlte ihn.

Man wußte nicht woran man war, doch fing der Unglaube an, kleinlaut zu werden.

Der Körper ward nun in dichte Pelze gehüllt und wieder in den Saal gebracht. Jedermann sah die unzweifelhafte Verändrung des Gesichtes, die

Bläue war geschwunden, ein brennendes Roth überzog es, wenn sonst schon sich keine Bewegung zeigte, es auch unempfindlich gegen Anrühren mit spitzigen Instrumenten war.

Doch eine Feder, vor den Mund gelegt, flog weg, alle, welche an die Pulsader griffen, bezeugten, ein leises Klopfen wahrzunehmen.

Dabei blieb es aber wohl sechs Stunden, so daß der Zweifel wieder die Stimme erhob, und jene Anzeigen Täuschung nannte. Dann schrie aber alles plötzlich auf! Das eine Auge hatte sich geöffnet und wieder geschlossen. Nicht lange, so geschah das Nämliche mit dem zweiten, eine Stunde noch, und das erste Wort floh von den Lippen, die funfzigjährige Erstarrung geschlossen hatte.

Niemand mied den Saal. Man vergaß über die Neugier die gewohnte Nahrung zu nehmen, immer das Auge auf den Körper geheftet. Die ganze Nacht verstrich so, während hin und wieder die Sprache, doch verwirrt, hörbar wurde. Am andern Morgen aber war die Besonnenheit vollkommen da, der wieder Lebende sprach von seinem Verbrechen, seiner Reue, flehte um Erbarmen.

Man sagte es zu, schonte seiner auf alle Weise, pflegte, stärkte. Er besann sich in ein Faß geworfen worden zu sein, meinte aber, man habe ihn nach wenig Minuten wieder herausgenommen, die Todesstrafe in eine andere zu verwandeln. Man sah also, daß ihm damals die eigentliche Absicht nicht vertraut worden war. Er rief um seinen Anwald, nannte die Namen der Richter, welche alle nicht mehr lebten, bis auf einen, der, ein hundertjähriger Greis, sich mit im Saale befand, und über das, den meisten Unverständliche, was der Mann sagte, Aufschlüsse gab.

Er trat auch zu ihm. O Himmel! rief er, wie bleich, wie gerunzelt deine Wangen, Richter, wie weiß dein Haar! Was hat dich seit gestern so verändert? Und all diese Leute, wie seltsam sind sie gekleidet! Wo bin ich? Wohin brachtet ihr mich?

Man half ihm auf, führte ihn an ein Fenster. Er sah viele unbekannte Gebäude, vermißte viele alte. Bin ich trunken? Wahnsinnig? Wo ist der Pallast geblieben, der dort gestern noch stand? Wie kömmt so plötzlich der große Tempel nach jener immer leeren Stelle? Was soll ich denken?

Es war Zeit, ihm die Räthsel zu lösen, sein Verstand hätte durch die unbegreiflichen Erscheinungen in Zerrüttung sinken können.

Wer malt nun aber sein Staunen! „Funfzig Jahre hätte ich geschlafen? Unmöglich!“

Man zeigte ihm Bücher mit der laufenden Jahrzahl, rief einige Personen, deren er sich als Jünglinge oder Kinder entsann, deren jetzige Gestalt keinen Zweifel bestehen ließ. Er konnte es dennoch immer nicht glauben, ihm war, als sei er vor wenigen Minuten versunken, und rühmte wiederholt die Süßigkeit seines tiefen Schlummers.

Endlich mußte er aber die Wahrheit erkennen, und wurde durch ganz Paris geführt, wo Fenster und Dächer, wie sich denken läßt, mit Zuschauern überfüllt waren. Geschichtforscher und Antiquare ließen ihm daheim keinen Augenblick Ruh, und erfuhren auch in der That, manches ihnen Unbekannte, durch seinen Mund.

Er hatte nun gehört, die weitere Strafe sei ihm erlassen. Doch rief er: Mein Gewissen klagt mich zu laut an, ich verdiene es nicht!

Man entgegnete: Möchte vor funfzig Jahren geschehen sein, was da wolle, die Zeit hätte einen Schleier darüber geworfen, auch seitdem Erziehung und Moral wieder so viel an Vollkommenheit gewonnen, das solche Verbrecher wohl nicht mehr aufständen. — So gebührt mir die Strafe jener Zeit. Sendet mich in die Verweisung, entgegnete er.

„Nein, nein, die Vorwelt wollte deine Begnadigung selbst, wenn du die lange Verweisung aus der Gesellschaft überständest."

Gut! Laßt mich ein Jahrlang unter euch leben. Dann will ich, mein Gewissen zu entladen, freiwillig abermal in das Gefäß. Ihr übergebt mich den Enkeln auf Hundert Jahre. Weit nützlicher kann ich einst jener Zeit sein, mir ist es gleich, den Rest meiner Tage nun oder dann zu beschließen, ja es ist wohl im letzten Fall noch weit merkwürdiger. In diesem Jahre will ich mich von den Veränderungen der Welt während meines Schlafes überzeugen, und ohne Zweifel werde ich oft staunen.

Man konnte nicht umhin, den Zustand dieses Menschen von einer Seite zu beneiden, und willfahrtete ihm übrigens.

Guido und sein Lehrer warteten jedoch nichts mehr davon ab, sondern machten sich auf den Weg nach England. Der Luftpostillion fuhr diesmal so schnell, daß Beide, unweit Paris ein wenig entschlummernd, nicht ehe als über London wieder erwachten, und deshalb auch den Damm zwischen Calais und Dover nicht sahn, welchen man eben zur engeren Verbindung Frankreichs mit Brittanien anlegte. Er lief von beiden Küsten ins Meer, von ungeheuren eingesenkten Felsstücken erhöht, und, damit der Seestrom den freien Durchgang behielte, von Hundert Klaftern zu Hundert Klaftern mit Brücken aus Hangewerk unterbrochen, die jedoch sämmtlich höher waren, als das Gewölbe des Rialto zu Venedig. Denn die größten Kriegschiffe fanden mit allen aufgezogenen Segeln kein Hinderniß.

London fanden sie jetzt wahrhaft reich, durch seine glückliche, zum Handel bequeme Lage, und einen edlen Wetteifer im Kunstfleiß, ohne den unsinnigen frevelhaften Vorsatz, alle übrigen Nazionen der Erde zu Grunde richten zu wollen.

Gelino sagte: Vor dem traurigen Ruin, den sich England Ehedem zuzog, sah man hier auch Reichthum, doch, mehr dem Schein als der Wirklichkeit nach. Das Land war seine ganze Habe mehr als dreifach schuldig. Das baare Geld, oder vielmehr seine Darstellung in Papier, war in die Hände von etwa Dreißigtausend Gläubigern der Nation zusammengeflossen. Ihre Zinsforderungen befriedigen zu können, wurden dem übrigen Volke unerhört drückende Gaben aufgelegt, Verarmung, Elend jeder Art, und endlich völlig erschlaffte Staatskraft, mußten die Folgen sein. Freilich retteten sich die Wohlhabenderen nach Bengalen, und späterhin, wie dir bekannt ist, nach Polinesien, wo das jetzt mächtige Reich durch sie gegründet, und mindestens die Kultur nach früherhin fast unbekannten Erdgegenden, verbreitet wurde; doch die zurückbleibenden traf ein Anfangs hartes Loos, bis sie sich auch wieder zum gemessenen Streben ermannten, und im freundlichen, auf ewigen inneren Frieden gegründeten Bund mit Europa, ein festeres Gedeihen als je fanden.

Die alte Paulskirche stand noch, sogar, wiewohl verfallen, die Westminsterabtei. Ueber das, dem Brande von 1660 zum Andenken errichtete, Monument, hatte noch der Zahn der Zeit nichts vermocht.

Der Luxus war dem in Paris ähnlich, die Reisenden bezogen wieder einen Miethpallast der jenem nichts nachgab. Man hatte einen öffentlichen Garten, wo das alte Eden nachgeahmt war und in der That Milch und Honig in Bächen floß. Es gab aber auch Teiche von Portwein, Rum, Punsch, auf denen man in Nachen aus buntfarbigen Konchilienschalen oder edlen Metallen fuhr, Bäume von denen man leckere Konfituren pflückte, gebratene Vögel die in der Luft flogen (sie waren mit brennbarer Luft gefüllt), gespickte Haasen, die umherliefen (eben so in Bewegung gesetzt), Puddings, Roßbeefstücke, Hammern, Austern, Bifsteeks von großem Umfang, die Pilzen gleich aus der Erde wuchsen, (denn die Küche hatte unterirdische Gänge). Bisweilen regnete es Limonade, hagelte Zuckerwerk oder fror süßes Pistazieneis. Der Eintritt in diesen Garten kostete aber, nach altem Münzfuß gerechnet, Hundert Guineen.

Auch hatte ein neuer Graham ein himmlisches Bett aufgeschlagen. Wer nun die Beschreibung davon lesen wollte, mußte so viel zahlen, als für den Eintritt in jenen Lustgarten, daneben einen Eid schwören, nicht auszuplaudern. Guido las, ward von den Vorstellungen unendlich zauberisch ergriffen. Der Lehrer sagte: Wirst du einst im Mariatempel das Band ewiger Liebe knüpfen, dann bediene dich dieser Erfindung. Der Jüngling loderte in Flammen, und verwahrte dieses Wort treu.

Die Bühnen zu Coventgarden und Drurylane waren nicht mehr vorhanden, es gab andere und in größerer Zahl. Das vorzüglichste hieß Shakespears Theater, doch nicht nur der Name, sondern auch die Werke des alten Dichters hatten ihr Andenken erhalten. Auch bestand neben der Vorliebe für ihn, viel Nazionalgeschmack von Ehedem. Die Identifikazionen mit dem übrigen Europa, hatten ihn nicht ganz aufgehoben, was auch in anderen großen Provinzen der Fall, wiewohl im merklichen Abnehmen, war. Man gab Shakespears Trauerspiele noch immer, jedoch übersetzt in die allgemeine Sprache des Erdtheils, deren Vollkommenheit sie indessen nichts verlieren, sondern viel an Kraft, Ausdruck, Bedeutung gewinnen ließ. Die Theaterkunst trieb es so weit als in Paris. Führte man den Sturm auf, sah der Zuschauer ein wirkliches, sturmerregtes Meer auf welchem das Schiff scheiterte. Denn ein großes Wasserbecken gehörte zu dieser Bühne, die man bei solchen Gelegenheiten unmerklich an seine Ufer rollte. Im Hamlet war der Geist ein Riese, dessen Haupt weit über den Pallast emporragte, und den auch der Mond durchschien. Bankos Gespenst in Makbeth und die Zauberinnen zerflossen vor aller Augen in Nichts und dennoch hatten sie gesprochen, gehandelt. Dies war immer die Wirkung kunstreicher Phantasmagorie, mittelst der unglaubliche Illusionen hervorgebracht wurden.

Guido verlangte jedoch von den Ergötzungen weg, deren er schon so vielen beigewohnt hatte, um die große Flotte zu sehen. Wie in der Provinz Moskau das Landheer den Hauptsitz hatte, waren Brittaniens Häfen, und vorzüglich London, der Aufenthalt von Europas Seemacht. Auf der Themse lagen die meisten Orlogschiffe, welche zu ihren Uebungen in die Nordsee ausliefen und gefahrvolle Küsten und Zwischenmeere besuchten, die Piloten und niedern Mannschaften desto vollkommener zu unterrichten. Jetzt nahte das Spätjahr, mit den um die Zeit der Nachtgleiche gewöhnlichen Stürmen, wo die Hauptprüfung Statt hatte. Diesmal sollte die Flotte von London ins Kattegat gehn, eine andere von Portsmuth und Plimouth sich mit der Abtheilung welche bei Kopenhagen zu liegen pflegte, verbinden, und dann wollte man zwischen den Belten Seekämpfe halten.

Kadix, Toulon, Genua, Ankona, Korfu, Konstantinopel waren übrigens auch Kriegshäfen, doch der obern Leitung der Admiralität zu London übergeben worden.

Die Flotte gehörte wie das Landheer dem Föderalismus. Ihre junge Mannschaft zog sie aus allen Küstenlanden. Der Dienst eines Seesoldaten, wie sein Unterricht, seine Entlassung oder Beförderung zu wichtigeren Stellen, wurden nach Grundsätzen verfügt, die jenen beim Landheere ähnlich waren.

Der Staat zahlte keinen Sold, dennoch aber war die Seemacht wohlgerüstet, wohlgenährt, besaß sogar Schätze genug, um einen langen Krieg aus ihren Mitteln führen zu können. Dies machte, weil die Schiffe sechs Monate im Jahre zum Handel gebraucht werden durften, den die Admiralität, für Rechnung der Flotte, nach allen Erdgegenden trieb. Unbedingte Hafenfreiheit durch ganz Europa machte ihn noch weit einträglicher.

Guido meldete sich bei dem Befehlhaber der auszulaufenden Fahrzeuge, sagte ihm, wie er sich zwar dem Kriegdienste zu Lande gewidmet habe, dennoch aber einer Seeübung als Freiwilliger beizuwohnen wünsche. Die Erlaubniß wurde auf seine Bitte zugestanden, nachdem er vorher bedeutende Proben seiner Geschicklichkeit im Schwimmen, Fechten und Schießen nach dem Ziel, abgelegt hatte.

Der Seekrieg wurde auf eine weit furchtbarere Art geführt als Ehedem. Man zählte auch drei Truppengattungen. Eine davon bestieg Luftfahrzeuge, suchte brennende Stoffe auf die feindlichen Galleonen zu werfen und Masten oder Segelwerk zu zerstören. Sie ward im Vollziehen und Abwenden nach Bedarf geübt. Die andere diente in den Schiffen selbst auf mancherlei Weise. Es gab Schützen, welche dicht bepanzert an Strängen hingen. An den Masten wurden sie staffelförmig zur Höhe gezogen, damit ein dichter Rohrhagel zugleich konnte abgesendet werden, und nach dem Feuer hinter die Brustwehr zurückgesenkt, dort laden zu können. Einem feindlichen Schiffe nahe, mußten sie auf einer Fallbrücke hinüber und mit dem Schwert wüthen, blieben demungeachtet aber an das ihrige gebunden, um sie im schlimmen Falle, eilig wieder auf das eigene Verdeck zu ziehn. Es gab Schiffartilleristen, noch kunstfertiger als jene auf dem Lande. Sie bedienten sich immer der glühenden Kugeln, denen zweckmäßig ersonnene Oefen, in einem Augenblick die nöthige Hitze gaben. Auch lange Schwerter wurden in Bögen von oben nach unten, und von einer Seite zur andern, aus dazu geeigneten trogartigen Mörsern geworfen, Tauwerk und Segel zu verwüsten. Es gab Schiffchemiker, welche die Brandmaterien anfertigten, womit man noch wirksamer als selbst durch die glühenden Bälle zu zerstören strebte, und auch wieder Stoffe, welche den verderblichen Lauf derer, welche der Feind sandte, hemmen konnten, alles Resultate von Erfindungen welche die Vorzeit noch nicht ahnte. Es gab Seemechaniker, die bewunderswürdige Maschinen lenkten. Dahin gehörten die schnellen Ruderwerke, welche bei Windstillen dienten; die künstlichen Steuer, geschickt ein Fahrzeug in unglaublich kurzer Zeit zu drehen. Den Krieg unter dem Meere konnte man dennoch als den wichtigeren betrachten. In den schon beschriebenen Taucherhütten galt da der schlaue grimmige Kampf. Unter den Bauch der Schiffe suchte man anzulangen, mittelst fürchterlicher Bohrer Lecke zu bereiten, oder noch fürchterlichere Petarden anzuschrauben, deren Pulver auch im Wasser seine Kraft übte. Wer hätte nicht glauben sollen, bei so vielen Zerstörungsmitteln müßte es in wenigen Minuten um ganze Flotten geschehen sein, dennoch begründeten die Gegenmittel wieder ein Gleichgewicht der Kräfte, und zeigte der Feind dieselbe Kunst, hing die Entscheidung oft an Zufälligkeiten. Die Befehlhaber gestanden auch, wie die Flotten von Afrika oder Amerika, eben so wohlgerüstet und mit kunsterfahrnen Kriegern bemannet wären, daß also hier von keinem überwiegenden Vorzug die Rede sei, und derjenige ein wichtiges Verdienst um den Meerkrieg erwerben könne, der etwas aufzufinden im Stande sei, das, den Fremden unbekannt, in der nächsten Fehde den gewissen Ausschlag gäbe.

Dies Wort warf einen Funken in Guidos Einbildungskraft, und ließ sie aufflammen. Sollte diese Aufgabe nicht zu lösen sein? fragte er sich. Und warum nicht? Strebt doch alles höherer Vollkommenheit entgegen. Er sann weiter über diesen Vorwurf nach.

Die Flotte lichtete die Anker. Guido hatte von dem Lehrer Abschied genommen, der in London zurückblieb. Bei einem wüthenden Orkan stach man um Mitternacht in See, doch die Fertigkeit spielte nur mit den Hindernissen. Gegen den Wind kämpften die Ruderwerke, die Klippen und Sandbänke, nach welchen zu steuern, mit gutem Bedacht geboten wurde, umlenkte Geographie des Meergrundes und der Piloten Besonnenheit. So langten die Schiffe nach wenig Tagen in den gefahrvollen Belten an, trafen bei einem dunkeln Nebel auf jene, welche die feindliche Rolle gaben, und der Kampf begann.

Guido flog erst mit den Luftgondoliren empor, stieg dann wieder in sein Schiff nieder, und senkte sich endlich mit den Tauchern in die Tiefe. Er wollte von Allem genaue Kunde zurückbringen, Jedermann sah sich befremdet durch seinen Eifer, seine Kraft und Ausdauer.

Es trat jedoch ein seltsamer Fall ein. Drei Schiffe von der Gegenparthei, schnitten der diesseitigen Flotte ein Fahrzeug ab. Es fand sich umringt, und von den Masten dort wehte das Signal, sich zu ergeben. Dies wollte es nicht, den Vorwurf, unachtsam gewesen zu sein, abzulehnen. Man wandte alle Mittel an, den Weg durch die Feinde zu nehmen, die wieder alle Vorkehrungen trafen, es zu hindern; denn sie entflammte der Ehrgeitz, eine wohlgelenkte Bewegung ausgeführt zu haben.

Gefahren mangelten diesen, mitten im Sturm, im engen, klippenvollen Meere, gehaltenen Uebungen keineswegs, auch fiel mancher Soldat in die empörten Fluten, wo ihn weder das eigne fertige Schwimmen, noch die Hülfe der Kameraden zu retten vermochte; doch die Röhre lud man nicht.

Allein auf dem bedrängten Schiffe — Guido befand sich eben hier — kam ein Artillerist auf den Gedanken, die Widersacher dadurch abzuhalten, daß er ihre Segel und Ruderwerke zerstörte. Strafwürdig füllte er also sein Geschoß ernsthaft, und erprobte auch seine Fertigkeit so wohl, daß ein Fahrzeug drüben bald außer Stand gesetzt wurde, seine Bewegungen willkührlich zu lenken.

Dies Verfahren machte aber, daß die andern wütheten, und Gleiches mit Gleichem bezahlten. Ohne daß ihren Konstablern durch die Obern Einhalt geschehen konnte, warfen sie glühende Bälle ab. Das bedrängte Schiff hatte ein doppelt überlegenes Feuer zu leiden, und mußte sich nun auch ernst vertheidigen, oder untergehn. Das Erste geschah mit zügelloser Hitze, die jedoch nicht unbeantwortet blieb, und zur Folge hatte, daß viele Soldaten an beiden Theilen todt hinsanken. Nur mehr eiferten die Gemüther, ergrimmt setzte man den Kampf fort. Die Offiziere fielen sämmtlich. Guido, dessen kriegerisches Feuer im rasenden Getümmel hoch aufflammte, lenkte den Streit, ertheilte so guten Rath, daß man sich willig unter seinen Oberbefehl stellte. Er drang geschickt auf das eine Fahrzeug ein, ließ im gültigen Augenblick die Fallbrücke werfen, stürzte sich mit der Hälfte seiner Leute auf das feindliche Verdeck, wo man sich dieser Kühnheit dennoch nicht versah, und sich ergab. Nun wiederholte er dasselbe bei dem andern Schiffe, wo es eben so gelang, und führte die eroberten Schiffe im Triumphe dem Admiral zu. Dieser zürnte, wie billig, verordnete Strenge gegen die frevelhaften Urheber des blutigen Unfugs, wunderte sich aber hoch, daß der neue Freiwillige der Soldaten Vertrauen habe gewinnen, und ihm mit so vieler Sachkunde und Geistesgegenwart habe entsprechen können. Er begriff auch gar wohl, wie ohne die schnell beherzte Entscheidung, noch mehr Leben würde gefallen sein. Guido wurde mit Lob überhäuft, und auf allen Fahrzeugen rühmte das eilig umlaufende Gerücht, den kühnen, weisen Jüngling. Er bewährte sein Genie auch noch höher, indem er in der That die Erfindung machte, welche, so lange sie dem Feinde unbekannt blieb, ein entschieden Uebergewicht im Kampf begründete, und die lange vergeblich gewünscht worden war. Sie bestand in einer einfachen, doch höchst wirksamen und wohlberechneten mechanischen Vorrichtung, mittelst der man, ohne es selbst zu verlieren, einem feindlichen Schiffe das Gleichgewicht rauben, und es rettungslos umwerfen konnte. Als ein Geheimniß vertraute er seine Theorie dem staunenden Admiral. Dieser fand sie so wichtig, daß er sogleich die weiteren Uebungen aufhob, um nach London zurückzusegeln.

Dort angekommen, ward Guido eingeladen, vor einem engeren Ausschuß der oberen Leitung der Seemacht, Versuche mit der anzufertigenden entworfenen Maschine zu halten. Sie betrogen die hohe Erwartung nicht; die Admiralität ertheilte ihm ein Ehrenzeichen und machte ihm bekannt: daß dem Strategion und dem Kaiser eine Nachricht von seinem bedeutenden Verdienst um den Seekrieg würde zugesandt werden. Bescheiden zog sich der Jüngling zurück, und drang in den erfreuten Lehrer, abzureisen. Das Ehrenzeichen trug er nicht, sondern übermachte es Ini, mit der Bitte, es mit jenem aufzubewahren. — Diese hatte sich aber damals schon von Sizilien entfernt.

Man schlug nun den Weg nach Spanien ein. Hier fand Guido viele Monumente mit traurigen Bezeichnungen, und überschrieben: „Denkmal beweinter Irthümer." Gelino gab ihm hierüber folgende Auskunft: Spanien hatte vor mehr als einem halben Jahrtausend einen hohen Gipfel des Wohlstandes eingenommen. Freundlich durch die Natur begünstigt, sah man zahlreiche, kunstfleißige, kluge Bewohner, seiner üppigen, reitzenden Gefilde pflegen, in den weiten blühenden Städten wohnten Thätigkeit und Ueberfluß. Doch ein Sistem frevelhafter Kirchlichkeit, weiter von Religion entfernt als irgend in einem Lande und zu irgend einem Zeitraum der Verfinsterung, trat mit widrigen Maaßregeln seiner Regenten in Bund, und entvölkerte nach und nach den gesegneten Erdstrich bis auf ein Drittheil der alten Menschensumme. Der Zufall ließ Spanien die ersten Vortheile von Amerikas Entdeckung ziehn, weite reiche Landschaften eignete es sich dort zu, Gold- und Silberminen, wie sie zuvor keinem Staate gehörten, wurden sein Eigenthum. Doch dieser Umstand brachte, statt wiedererwachten Flor, nur tiefere Verarmung zuwege; denn Spanien ergab sich dem Müßiggang, das Gold wich in die Fremde, man sank in Schulden. Zuletzt schwelgten nurnoch wenige Großen und die Priester, die Geisteskraft lag in den Banden des wahnsinnigsten Aberglaubens, die Regierung, trotz der meerumflossenen und durch die Mauer der Pirenäenkette gesicherten Lage von Spanien, konnte sich nicht mehr vertheidigen. Die späterhin geistesentwölkten Nachkommen, blickten nun mit Wehmuth in eine Vergangenheit zurück, die so viel Säumniß, das Gute zu erkennen, zu beklagen darbot. Sie meinten, wenn man der Kraft und Weisheit billig Denkmale stelle, gebühre solches auch wohl zerrüttenden Irthümern, damit die schaudernden Enkel laut gemahnt würden, auf edlem Pfad zu wandeln.

Guido seufzte bei dieser Erzählung, freute sich aber desto inniger über das nun paradiesisch angebaute Land, die prangenden Reisgefilde, die duftenden Orangenhaine, die Weingärten, alle übrigen, welche er je gesehn, an Schönheit hinter sich lassend.

Madrit, sagte Gelino, wird dich entzücken. Ehedem soll es eine winklige, ohne Geschmack aufgeführte, und über alle Beschreibung unreinliche Stadt gewesen sein, späterhin ist sie jedoch von Grund auf neu erbaut worden, und das, dem an sich lieblichen, und noch viel veredelten Klima angemessen.

Guido fand die Bestätigung dieser Worte.

Hatten Polen und Teutonien, durch Kultur ihrem Boden Früchte erzogen, die man sonst nur in Spaniens Breite sah, so hatte dies Land, durch glückliches Streben und bei reicherem Segen der Naturkräfte, manche Erzeugnisse von Afrika zu sich verpflanzt. Die Gärten um Madrit sahen die edelsten Feigengattungen reifen, der Pisang blühte lustig, die Dattelpalme, der Kokosbaum breiteten ihre dichten Laubgewölbe in langen Blättern aus, die Brodfrucht gedieh auf kräftigen Stämmen und erhöhte den Reichthum an Lebensnahrung. Gewürzstauden mancher Art, sonst ein Eigenthum indischer Eilande, wurden auch mit Erfolg gezogen und durchhauchten die Lüfte mit den angenehmsten Aromen. Madrit hatte sehr breite Straßen, in welche, zur erfrischenden Kühlung, Kanäle geleitet waren. Man wachte über ihre Sauberkeit mit fleißiger Sorge, spiegelhell wogten sie langsam zwischen den marmornen Bekleidungen hin. Zu beiden Seiten prangten Baumgänge, und die Straßen hatten ihre Benennung davon, je nachdem es Pfirsich, Granatäpfel, die stattliche Benta von Senegal, der nützliche Kapok, die schattige Pflaumenpalme u. s. w. waren, welche dort in gleichförmigen Reihen standen. In Herbst- und Winternächten hüllte sie am Stamm eine Decke ein, und oben waren Frostableiter angebracht. Vor den Häusern sah man auch in graden Abtheilungen Blumenbeete, und von den platten, mit Geländern versehenen, Dächern, winkten allerhand liebliche Stauden in Vasen, wie sie auch, von guten Steinwölbungen unterstützt, eine Erdlage für Lustpflanzen trugen. Die Einwohner brachten schöne Morgen und Abende oben zu, verrichteten hier mancherlei Geschäfte. Oft klang die kastilianische Guitarre, noch, wiewohl sehr veredelt, im Gebrauch, in süßen Melodien herab, begleitet vom Sopran liebeathmender Mädchen, oder der alte Fandango drehte sich auf den Blumenmatten der Höhe.

Von den vielen Plätzen waren diejenigen, welche nicht zu Handelsmärkten dienten, entweder mit Lustwäldchen von Cedern oder üppigen südlichen Fruchtbäumen bepflanzt, oder in anmuthige Wiesenplane umgeschaffen, oder mit weiten klaren Wasserbecken geziert, auf denen bequeme Gondeln zu Freudenfahrten einluden.

So glich Madrit einem großen Garten, und die Wohnungen der Menschen darin, Pavillonen, Nischen u. s. w. Kaum ließ sich ein reitzenderer Aufenthalt erträumen. Es gab auch Tempel aus Baumgewölben von seltner Höhe, unten mit Meisterwerken der Bildhauerei geschmückt, und die Andacht darin hatte einen feierlichen Zauber. Der große Hang, die Lieblichkeit der schönen Natur zu genießen, hatte auch mancher Bühne, aus Hecken erbaut, das Dasein gegeben. Bei guter Witterung sah man hier Schauspiele unter dem freien Himmelsbogen, oft noch ein Werk des Lope de Vega voll seltsamer Liebesabentheuer, die die romantisch empfindenden Einwohner nicht vergessen hatten.

Dem Mansanares war ein Bett von mehr Tiefe und Umfang als Ehedem gehöhlt worden, er stand mit dem Minho, Guadiana, Guadalquivir u. s. w. in Verbindung, welche, jetzt auch geeignet Seeschiffe zu tragen, der Hauptstadt den Vortheil eines ausgebreiteten Handels verschafften.

Nur Buenretiro und Aranjuez entzückten Guido noch mehr, als das liebliche Madrit, und er hätte es beweinen mögen, nicht mit Ini in diesen Elisäen wandeln zu können. Denn Geschmack und Reichthum hatten wetteifernd sich verbunden, die Gärten dort, mit Allem, was Phantasie und Herz glühend füllen kann, verschwenderisch auszustatten. Obgleich der Winter nahte, ließ ihn die noch überall grünende Wonne nicht ahnen.

Der Lehrer sagte aber: Fort von hier, mein Guido! Wenn diese Lust dich, dem die üppigen Vergnügungen von London und Paris langweilten, im Streben nach Unterricht, mehr ankettet, weil die Natur höheren Theil daran hat, freut es mich, doch deinem Zweck darf sie dich auch nicht entführen. In tieferer Wissenschaft kannst du hier nichts Beträchtliches erlernen, dies Volk hat noch manchen Schritt zu thun, die alte Säumniß einzuholen, um neben den Teutonen, Britten und Franken zu stehn. Wir wollen nach Lissabon, doch auch da nur kurze Frist weilen.

Guido folgte sogleich, er hatte Selbstbeherrschung genug, um zu wollen, was er sollte.

Die Luftpost trug die Reisenden bald nach der westlichsten Hauptstadt in Europa. Dort befand sich unter andern eine berühmte Vorkehrung gegen Erdbeben. Weshalb Lissabon so große Summen zu diesem Zweck aufgewendet hatte, sieht man leicht ein. Die Anstalt würde einem Bürger des achtzehnten oder neunzehnten Jahrhunderts so großes Staunen aufgedrungen haben, wenn ihm ein prophetischer Geist davon hätte Meldung thun können, wie Jedermann im zehnten gefühlt hätte, wenn damals die Rede von Feuerröhren und Blitzableitern gewesen wäre.

Doch eine andere Szene fesselte Guidos Aufmerksamkeit, wo möglich, noch mehr. Da er nämlich am Ausfluß des Tago umherging, kam etwas über die See, keinem Schiffe gleichend. Das Herannahen des Phänomens setzte ihn in nur heißere Verwunderung. Er begriff nicht, wie ein Gegenstand von diesem Umfange auf den Wogen schwimmen könne. Endlich sah er klar, daß es eine Insel sei, und halb Lissabon strömte hinaus, sie anzustaunen.

Sie kam noch näher. Fernröhre hatten die Versammlung Neugieriger schon überzeugt, daß sich viele Menschen darauf befänden, welche theils auf dem Rasen und in den kleinen Gebüschen sich ergingen, theils in einem Wohnhause, das man auf dem Eilande erblickte, allerhand Zeitvertreib hielten. Wer konnte aber das alles erklären? War ein Stück Land irgendwo durch ein gewaltsam Naturereigniß losgerissen worden, und schwamm es nun zufällig gerade auf Lissabon her? Niemand wußte, was er denken sollte.

Freundlich grüßten aber von der Insel Kanonenschüsse, und die dankende Antwort wurde vom Kasteel des Hafens nicht vergessen.

Endlich hielt die Insel. Sie hatte eine so geringe Tiefe, daß sie unfern der Küste ihren Lauf enden konnte.

Nun offenbarte sich aber, daß Wallfische von ungeheurer Größe, deren Köpfe und Rücken auch vorher, obwohl nicht deutlich, über der Fluth bemerkt worden waren, das Eiland gezogen hatten. Die Männer, mit ihrer Lenkung bis dahin beschäftigt, spannten sie jetzt von den unerhört dicken Geschirren, warfen Anker von seltener Schwere, und banden die Thiere an ihren Tau.

Wallfische gezähmt, zum Dienst des Menschen angelehrt? rief Alles; in wem erwachte zuerst der kecke Einfall? welche Mittel ersann er, ihm Wirklichkeit zu geben?

Mit einem kleinen Nachen kamen nun einige Männer ans Land, fast erdrückt von Portugiesen. Sie zeigten auf einen hochbejahrten Greis in ihrer Mitte, nannten ihn den Besitzer des unerhörten Seefuhrwerks. Alles ging diesen nun um Auskunft an, er mußte einen Balkon besteigen, zu der immer mehr angewachsenen Menge zu reden.

Ich bin aus Nordamerika, Philadelphia mein Geburtsort, hub er an. Schon mein Vater kam in früher Jugend auf die Vermuthung, es werde möglich sein, sich Fischen mit seinem Willen verständlich zu machen, und ihre geringe Denkkraft, mit der vielumfangenden menschlichen, in Beziehung zu setzen. Denn, dachte er, geht dies bei Thieren vom Lande an, wo ist der Grund, es werde hier nothwendig mißlingen? Ohne Zweifel gab es einst Menschen, die den verlacht haben würden, der behauptet hätte, man könne Roß oder Stier zum dienenden Knecht machen. Genug, mein Vater begann sein Werk mit unsäglicher Mühe. Kleine Flußfische in Becken waren es, womit er den Anfang machte. Die Nachbarn fragten, wozu denn das je nützen solle? Dies mochte mein Vater auch noch nicht recht einsehen, doch machte ihn nichts irre, und nach Jahren konnte er doch einen Hecht, einen Aal zeigen, welche auf seinen Wink allerlei kleine Künste vollzogen. Der Neuheit wegen lief man herzu, sah es an, zuckte hernach aber die Achsel ob der eiteln Mühe. Doch mein Vater fuhr fort. Ein Zitterfisch, ein Kabliau und ein Hai, sehr jung eingefangen, kamen an die Reihe. Er fand bei diesen Thieren größere Gelehrigkeit, mit gebändigterem Muth bei dem folgenden Geschlecht verbunden, das er zog. Mit dem dritten ging es noch weiter. In einem großen Teich, den Meerwasser füllte, hatte der Vater eine Menge Kabliaue und Haie, ruderte sich auf demselben umher, sie abrichtend. Sie kamen auf seinen Ruf, empfingen Speise, entfernten sich wenn er es haben wollte, ließen sich ergreifen, sprangen sogar in den Nachen, und schmeichelten ihrem Herrn, indem sie aber zu bitten schienen, sie wieder in ihr Element zu entlassen.

Mein Vater genoß keinen Vortheil davon, als daß er von denen, welche die seltsamen Künste seiner Thiere zu sehn begehrten, sich ein Zutrittgeld erlegen ließ, wodurch er aber dennoch eine artige Summe gewann.

Eines Tages blieb ein großer Hai ganz zufällig an dem Stricke hangen, womit mein Vater den Nachen am Lande zu befestigen pflegte. Und so zog er diesen, indem er fortschwamm, hinter sich. Das kann ein neues Kunststück geben, dachte mein Vater, und fertigte Sielenzeug für zwei Haie an. Erst thaten die Thiere unbändig, eine Last hinter sich empfindend, und einen Zügel im Mund, sie wollten ihre Bande zerreißen, schossen gegen den Grund, was den Nachen in Gefahr brachte. Doch fortgesetzte Liebkosung, Fütterung, wie sie sie gern empfingen, und nach Jahr und Tag, gab mein Vater seinen Haien ein Zeichen mit einer im Wasser bewegten Glocke, sie kamen, ließen sich Zaum und Geschirr anlegen, und lenken, wohin man wollte. Gegen das Ende seines Lebens fuhr der Alte aus seinem Teich nach dem hohen Meere, holte von einem Küstenorte zum andern allerhand Waaren.

Ich, noch ein Knabe, sann dem Dinge weiter nach. Wie, wenn man Seeschiffe so fortbringen könnte? Man dürfte des entgegenwehenden Windes oft spotten, hätte nicht nöthig zu kreutzen, würde mehr Herr der Zeit, bedürfte der kostspieligen Ruder nicht, und käme vielleicht schneller als mit ihnen davon. Aber da bedürfte es größerer Thiere. Wenn indessen der Hai zum Gehorsam zu bringen ist, warum sollte es nicht auch der Wallfischsein?

Der Vater starb bald, ich nahm mein Erbe, und begab mich nach Kanada, mir dort einen kleinen Meerbusen als Eigenthum zu verschaffen. Seine Enge vorn ließ ich mit einem Damm versehn, der durch eine Schleuse gesperrt werden konnte. Eine Wohnung erbaute ich mir am einsamen Strand, machte Niemand zum Zeugen meines Vorhabens, als einige Knechte, weil ich vor der Zeit nicht davon geredet wissen, und von keinen Neugierigen überlaufen sein wollte.

Nun ruhte ich nicht, bis es mir gelungen war, vieler jungen Wallfische habhaft zu werden, wobei mir Taucherhütten und dazu eingerichtete Fangwerke dienten.

Dies gelang, aber mein weiteres Beginnen war mühevoll. Doch jung, kräftig, ausdauernd und mein Ziel mit festem Willen ins Auge gefaßt, ließ ich mich nicht ermüden. Daß ich kurz bin, sage ich euch, wie ich mein Vorhaben funfzig ganzer Jahre lang treu verfolgte. Dann sahe ich mich aber auch belohnt. Es war mir ein Schertz, eine Brigg oder einen Dreimaster von wohleingefahrenen Wallfischen dahin schleppen lassen, ich sah jedoch auch ein, wie die Kraft dieser Ungeheuer noch mehr leisten könne. Da fertigte ich einen großen Floß, aus aneinander gefügtem Treibholz, bewarf ihn mit durchsiebter fruchtbaren Erde und pflanzte allerhand Gras und Kräuter darauf. Einige erhöhte Hügel konnten Katalpen und Akazien, andere Fruchtbäume tragen. Ein gemächlich Wohnhaus und Speicher zu Waaren folgten. So entstand das künstliche Eiland welches ihr seht. Manches Jahr übte ich erst die Fahrt in meiner Bai, dann ließ ich den Damm mit Pulver wegsprengen, die Insel zum Ozean bringen zu können, und langte damit wohlbehalten auf der Rheede von Philadelphia an. Die Einwohner staunten wie ihr. Man überzeugte sich aber bald von der Festigkeit und Sicherheit meiner Fahrt und gab mir reiche Ladung nach Europa, die ich verlangte. Auch einige Passagiere fanden sich, andere wagten es noch nicht, die Reise zu theilen. Die meisten unter jenen Männern sind meine Knechte. Doch fahrt jetzt zu der Schwimminsel hinüber, erschaut ihre Bequemlichkeiten. Der Reisende merkt kaum, daß es weiter geht. Welch ein angenehmer Aufenthalt. Bei heitrer Witterung lustwandelt man auf den Hügeln, schlummert im Grase, belustigt sich mit Fischfang. Ist der Himmel unfreundlich ladet das Gebäude ein, wo sich mehr angenehme Einrichtungen finden, als auf dem größten

Schiffe, nicht Büchersammlung, Orchesterorgel, Lusttheater, Fechtboden u. s. w. fehlen. Eine Taucherhütte hängt hinten am Eiland, daß man sich auf der Reise beliebig in die Tiefe senken, und dort umsehen kann. Dies alles wurde erst in Philadelphia vollendet. Und prüft auch meine großen Waarenspeicher. Wohl mehr noch als ein Dutzend große Schiffe, vermag ich zu laden, wohlgeordnet, wohlgepackt, keinem Verderbniß blosgestellt, und dennoch geht meine Insel nicht tief, weil ihre Breite und Länge im ausgleichenden Verhältniß zu den aufgebürdeten Lasten steht. Eiliger schießen die Wallfische dahin, als der günstigste Wind ein Fahrzeug zu treiben vermag. Der Sturm kann ihnen nichts anhaben, er trifft sie nicht in ihrer Tiefe. Das Eiland ist zu groß um ein Spiel der Wogen zu sein, zu hoch, zu fest, durch Brandungen zu leiden; stranden kann es nicht leicht, und wenn auch, es ruhet dann sicher auf dem Grunde und es sind Winden vorhanden, die es bald wegschaffen. Seht, ihr Europäer, dies alles kann des Menschen Fleiß ins Werk richten!

Der Greis endete. Man konnte nicht Chaluppen genug finden, die Neugierigen überzusetzen. Daß Gelino und Guido nicht zurückblieben versteht sich. Man fand alles, wie der Mann gesagt hatte, bewunderte am meisten die Sielen und Zugketten der sechs Meerungeheuer, und sahe zu, wie sie gefüttert wurden und die Knechte auf ihren Rücken tanzen ließen.

Das Abladen der Waaren begann und der Mann verlangte an der Börse Rückfracht nach Nordamerika. Sie fand sich, seine Maschinen machten Alles in wenigen Tagen ab.

Während der Zeit erwachte in Guido eine heiße Neigung, die Inselfahrt auch zu theilen. Wir wollten ja ohnehin nach Westindien, sagte er zum Lehrer, laß uns Plätze miethen. Gelino hatte kein Ohr dazu, sein Alter empfahl mehr Vorsicht als der jugendlich ungestüme Muth. Zu wenig ist das noch erprobt, mein Freund, antwortete er, Unfälle, die der Mann selbst nicht erwartet, könnten uns treffen. Erfahrung muß noch deutlicher über den Gegenstand reden, vielleicht litt diese Reise nicht von heftigen Stürmen, er wähnt nun seine Anstalten über alle Gefahr erhoben, und ein Andermal kann sie ihn überwinden. Doch dies alles leuchtete unserm Guido nicht ein, sein Verlangen wuchs nur am Widerstande und er drang so lange mit Bitten in den Lehrer, bis er, obwohl bedenklich genug, einwilligte.

Viertes Büchlein.

Reise außer Europa.

Nun ward der Vertrag geschlossen, und das Eiland bezogen. Niemand fragte um günstigen Wind. Als die Ladung eingenommen war, lichtete man die Anker, legte die Thiere vor, befreite das Eiland vom Grunde, und fuhr unter dem jubelnden Nachruf der Menge ab. In wenigen Stunden sahn unsre Reisenden die hohen blauen Felsenküsten von Portugal nicht mehr. Guido war entzückt.

Freilich raubte die Jahrzeit der Reise manches Angenehme. Im Sommer würde sie viel reitzender ausgefallen sein. Aber so lebte man bereits in der Mitte des Novembers, in Lissabon freilich nicht unbehaglich empfunden, doch desto mehr, als man in den nördlicheren Gewässern anlangte. Da gewährten die entlaubten bereiften Bäume und das falbe, mit dürren Blättern überstreute Gras auf der Insel, eben keinen freudigen Anblick mehr, auch war sie in kurzem ganz mit Schnee bedeckt. Der Inhaber hatte indessen auf das Vergnügen seiner Passagiere gedacht, mehrere lebendige Hasen, Füchse, Kaninchen verborgen, von denen er jetzt welche heraus ließ, damit man sic jagen könne. Einige der Reisenden belustigte das weidlich, doch Guido nicht, wohlthätige Schonung gegen Thiere lag in seiner Sinnesart. Er blieb meistens bei Gelino im Zimmer, mit Wissenschaften die Zeit verkürzend.

Auf der hohen See wütheten einige Stürme, die Balken der Gebäude krachten, die Wellen spülten ihren weißen Schaum über die Ufer. Unbesorgt, rief der Pilot, es hindert unsere Fahrt nicht! In der That war es auch also. Die Wallfische schwammen dann tiefer, als die Wogen vom Sturm bewegt wurden, so wenig ein Boot vom Kräuseln eines Baches leidet, ward auch das Eiland vom hohlen Gewühl des Atlantus verletzt. Haus und Speicher widerstanden.

Mit großen Reusen fingen die Knechte täglich kleinere Seefische in großer Menge, welche sie in einer Art Futterbeuteln, von eines Zeltes Größe, den Wallfischen gaben. Diese zehrten dann, ihren Lauf nicht unterbrechend. Zeigten sie sich einmal widerspenstig, wollten eine andere Richtung nehmen, als der an großen, mit Winden versehenen Pfählen hängende, Zügel vorschrieb, neckten einander beißend, oder wollten, dem Instinkt folgend, der Fischjagd obliegen, strafte man sie durch zackige Mastbäume deren Streiche ein Hebel auf sie fallen ließ. Die bändigenden Eisenstangen in ihren Rachen wogen mehrere Zentner, und ließen ihnen, scharf durch die Maschinen angezogen, die Lust des Ungehorsams bald vergehn.

Nur vierzehn Tage währte die Fahrt, dann lag man auf der Rheede von Philadelphia. Sie war schon mit Eis überdeckt, aber das Eiland brach sich sowohl Bahn, als die Wallfische unter dem Rande hingleitend, ihn leicht wegbröckelten. Dennoch fuhren die Reisenden auf Eisschlitten zur Stadt, frohlockten über das Vollbrachte und wurden mit freudigem Gruß bewillkommt.

Gelino war froh, diese Reise überstanden zu haben. Sie hatte ihn mehr geängstet, als er sich selbst merken ließ.

Philadelphia hatte einen großen Umfang und viele Schönheiten der Baukunst aufzuweisen. An Reichthum und Vergnügungen gab sie keiner Stadt in Europa von ähnlicher Größe etwas nach, übertraf sie sogar. Denn die Kultur in Nordamerika hatte eine Stufe erreicht, welche den Vorrang der europäischen streitig machte. Dies konnte auch nicht anders sein, da diejenigen Mittel, welche einen raschen Gang der Bildung begründen können, den Einwohnern schon in sehr früher Zeit zu Gebote standen. Die ganze Halbinsel von der Honduras-Bai, bis weit hinter der Beringsstraße und Kap Lisburn hinauf, wie an der östlichen Seite hinter der Baffins-Bai, Grönland noch eingeschlossen, war nach einem schon frühen glücklichen Kriege, zu einem glücklichen Staat vereint, dessen viele weitläuftige Lande, jedes seine demokratische Regierungsform hatte, und wieder durch einen, dem europäischen ähnlichen Föderalismus, sich zur vollkommneren Gesammtkraft verbanden. Man war auch durch die Vortheile einer bequemeren Weltverbindung bewogen worden, die neue europäische Sprache einzuführen.

Von der Hauptstadt Wassington sprach alles, wie von einem Theben oder Babilon, die Ufer der Ströme Lorenz, Niagara, Ohio, Susquehannah, Missisippi u. s. w. waren fast mit neuen Wohnplätzen besäet. Mexiko, Luisiana, Florida waren Erdenparadiese, nördlicher konnte man den Zustand der Dinge mit jenem in Spanien, Frankreich oder Brittanien vergleichen. Gegen die Hudsons-Bai erblickte man die Landeinrichtungen von Polen oder Moskau wieder. Im Innern des Landes waren die wichtigsten neuen Entdeckungen gemacht worden, der Unterschied zwischen Nadovessiern, Huronen oder Ueberkömmlingen aus der alten Welt schwand immer mehr, da diese Völker durch Heirathen sich verschmolzen und ihre Sitten ausgeglichen hatten, doch war dies vielleicht auch der Grund, weshalb die Nordamerikaner, in der Mehrzahl, an Schönheit den Europäern nachstanden.

Guido und sein Lehrer schoben es aber bis zum künftigen Frühling auf, das Land zu durchwandern. Es sollte zudem sehr flüchtig geschehen, dann wollten sie nach Südamerika, jetzt ebenfalls ein eignes Reich, dann nach Ulimaroa, den ostindischen Eilanden und China. Auch einen Besuch am

Kaiserhofe zu Calcutta gedachten sie abzustatten, und dann, über Persien die Reise um den Erdball zu vollenden. Afrika sollte ausgeschlossen bleiben, weil die Mißverständnisse, schon einige Zeit zwischen den Höfen von Neu-Carthago und Rom obwaltend, eine bedenklichere Ansicht gewannen.

Für die Gegenwart faßten sie den Entschluß, einer Reise zum Nordpol beizuwohnen, wovon einst schon in Petersburg die Rede gewesen war. Sie fanden mehrere Gefährten, die sich eben in Philadelphia dazu bereiteten. Niemand sparte an den nöthigen Summen, und so trat man den Weg bald an.

Ueber das alte Land der Eskimos flog die Gesellschaft in Luftfahrzeugen dahin, ließ die Hundsonsstraße unter sich liegen. Weiterhin ward die Kälte in der hohen Region zu empfindlich. Man stieg nieder und bediente sich der Schlitten mit Rennthieren. Sie fanden bis über Jones-Sund hinaus noch Anbau, freilich nur in zerstreuten Hütten von Einwohnern, die im Sommer sich vom Fang der Meerfische, und im Winter von jenem der Robben, Seekühe und anderer Amphibien nährten. Einen Beweis, daß der Mensch nach und nach den Willen aller Thiere beherrschen könne, fanden sie hier dadurch abgelegt, daß die Wölfe gezähmt und angelehrt waren, den Dienst der Hunde bei den Wohnungen zu versehn. Auf den Jagden bediente man sich ihrer allerdings mit noch größerem Vortheil. Und die Eisbären, in so furchtbarer Gestalt, und einer Wildheit, von der Niemand sonst sich würde haben träumen lassen, sie sei je zu bändigen, fand man in Ställen, um mit ihnen dort zu reisen, wo selbst das Rennthier oft erfror, nämlich jenseit des achtzigsten Grades nördlicher Breite.

Die Einwohner, die man wegen ihrer unglaublichen Abhärtung ehern hätte nennen mögen, ritten auf diesen wohlgesattelten Eisbären und legten artige Strecken zurück, wer aber aus milderen Himmelstrichen kam, fürchtete, sie nicht lenken zu können, oder auch die zu strenge Kälte im Freien, ließ sie also vor die Schlitten legen.

Fast gegen den zwei und achtzigsten Grad gab es noch ein Dörfchen, bewohnt von Verwiesenen aus Nordamerika. Ihre Häuser waren auf hohe Säulen gebaut, an welche Treppen hinauf gingen, um nicht von der, wohl an funfzig Schuh reichenden, Verschneiung überdeckt zu werden. Man sah bei dem allen hier Wohlstand, durch den Handel mit Kristall vom Pol, der schon bei den Nordländern jener Hemisspähre zur Sprache kam, erzeugt, daneben durch den Gewinn, welchen sie von neugierigen Reisenden, welche alljährlich ankamen, zogen.

Man hielt alles für diese bereit, was ihnen zu Vollbringung ihres Vorhabens nöthig war. Die Schlitten, mit Teppichen aus dichtem Pelzwerke überall versehn, mit Fenstern aus sehr dickem Kristall, mit kleinen Oefen, deren Züge an den Wänden umhergeleitet waren, und die vermöge ihrer guten

Einrichtung nur eines geringen Feuermaterials aus Papier bedurften, ließen die entsetzliche Kälte vergessen. Der Schnee hatte eine gefrorne Decke, über welche sie hingleiteten.

Meer oder Land waren vollkommen gleich. Einem Schlitten, den etwa vier Wanderer einnahmen, folgte ein zweiter mit Lebensnothwendigkeiten für die ganze Dauer der Reise. Sie bestanden aus Suppentafeln, Gallerten, Austern, Fischrogen und anderen Dingen, die viele Nährkraft in kleinem Umfang verschließen. Doch nahm man auch Früchte in Spiritus, sogar einiges lebendige Geflügel mit. Zudem vortreffliche gebrannte Wasser und Weinessenzen. Ein dritter Schlitten enthielt Feuerungstoff, da über diese Linie weg, weder Holz noch Gesträuche sichtbar wurden. Ein vierter Nahrung für die Eisbären.

Zwei Grad legte man bei dem geschwinden Lauf dieser Thiere in vier und zwanzig Stunden zurück, wobei man ihnen achte zur Ruhe gönnte, sie fütterte und ein Pelzzelt über sie aufschlug. Auch vergaß man nicht einen kleinen Ofen hineinzubringen. Sonst hatte die Natur für sie durch die eigne zottige Haut gesorgt.

Aus Hundert Schlitten bestand etwa die Karavane. Es versteht sich, daß die Reisenden schon lange keinen Tag mehr sahen. Doch Schnee, Mondschein, Nordlichte oder Laternen machten, daß man die dauernde Nacht keineswegs hinderlich empfand, ja von diesem fremdartigen Schauspiele vieles Wohlbehagen der Neuheit genoß.

Magnetnadel und Gestirn deuteten den Weg. Unfälle störten nicht. Acht Tage noch, seit jenem Dörfchen der Verwiesenen, und der Polarstern schwebte über Guidos Zenith.

Welche Empfindung, auf dem Achspunkte des Erdballs zu stehen, wo der gleichmäßige Sternentanz uns umkreist, und der Vollmond (der unsern Wanderern eben schien) nicht untergeht! Welche Fülle neu angeregter Ideen! Guido umfing den Lehrer mit flammenden Dank, daß er ihm diese Entzückung bereitet habe. Der Alte aber, wenn gleich vielfach in Kleidung, von sibirischen Mäusen, Eidervögeln und Zobeln gehüllt, auch das Antlitz mit einer guten Larve versehn, konnte sich nicht lange aus dem Schlitten entfernen, wogegen der muntere Guido Stundenlang umherschweifte, bis die Erstarrung ihn mahnte, an den Ofen zu fliehn.

Die Reisegesellschaft fand jedoch noch andere Pilger vor, die aus Grönland und Samojeden dem nämlichen Ziele zugeeilt waren. Wechselseitige Unterstützung linderte die Beschwerden, gab den Untersuchungen mancher Art, welche die Naturkundigen — dies waren sie meistens — anstellten, erhöhtes Leben.

Einer darunter hatte eine erzene Bildsäule Newtons mitgebracht, sie hier aufzustellen. Alle zollten dem Einfall gerechtes Lob. Wohl, riefen sie, gebührt dem Manne gerade hier ein Denkmal, der schon vor vierhundert Jahren der Menschheit die Gestalt dieser Abdachung zu verkündigen wußte.

Doch das Kristallgebirge am Pol ahnte Newton noch nicht. Die zackigen Spitzen erhoben sich aus dem Schnee, wunderbar funkelnd im Strahl des Mondes, oder vom röthlichen Nordlichte erhellt.

Viel Pracht der Menschen, viele hohe Schönheitzauber, der gerne lieblich oder erhaben gestaltenden Natur, war an Guidos Blicken vorübergegangen, allein diese diamantnen Kolossen auf dem unübersehbaren, ebnen, reinen, weißen Teppich, galten ihm dennoch wieder das Niegeschaute, Niebewunderte.

Sie umringten zuletzt einen tiefen Krater in ihrer Mitte. Es schien ein Vulkan, die Lava am Rande ließ es vermuthen. Wichtiger stellte sich ein dichter grauer Nebel dar, aus der Tiefe steigend, und hoch in der Luft nach allen Seiten zerfließend. An diesem Dampf und seiner Vermengung mit dem ganzen Luftkreis der Sphäroide hing die lebendige Simpathie des Magneten, deren Geheimniß aber nicht in diesem Traum der Zukunft aufgedeckt werden kann, um nicht Entdeckern der Wirklichkeit vorzugreifen. Die Neigung der Nadel hatte mit den inneren Bewegungen des magnetischen Vulkans, die auf das größere oder geringere Sinken der Dampfsäule wirkten, Verwandschaft. Die Naturkundigen meinten, ein Herabsteigen in den räthselhaften Krater werde noch einst viel wesentlichere Aufschlüsse geben, endlich wohl gar die Anziehekraft der Erde erklären lehren.

Während die Versammlung mit Instrumenten mancher Art forschte, die Beobachtungen in Schlitten niederschrieb, mit älteren verglich, sich neuer Ausbeute freute, (worüber eine Zeit der halbjährigen Nacht hinfloh, die nach dem gewöhnlichen Maaß, vierzehn Tage enthält) waren die Männer welche die Schlitten führten, beschäftigt, Kristallblöcke zu brechen, und auf die, zum Behuf dieses Handels, noch mitgenommenen unbeladenen Schlitten, zu laden. Sie hatten diesmal vorzüglich geeignete Werkzeuge mitgebracht und bemächtigten sich auch mancher Stücke von schöner Seltenheit. Guido nahm eins darunter, von ansehnlicher Höhe und Klarheit in Beschlag, er wollte es für Ini kaufen und ihr Standbild daraus fertigen lassen. Er meinte, da dieser Kristall das Gold bei weitem an Glanz überträfe, und dem Diamanten, er mögte natürlich oder kunstverfertigt sein, gar wenigen Vorzug ließ, so müßte dies das herrlichste Standbild auf dem ganzen Erdball werden. Und seine Liebe setzte hinzu: Wie sehr verdient die erste Schönheit auch die gediegenste Verewigung! Doch ein furchtbar schauderhaft Mißgeschick brach über Guido herein. Dort so hinaus gewagt aus den Kreisen der Menschen, fand der Pilger auch einen mächtigeren, schwerer zu bekämpfenden Zufall.

Die Reisenden aus anderen Gegenden hatten sich schon entfernt, Guidos Karavane machte sich fertig, den Rückweg zu nehmen. Da will der alte Gelino, dem die Umgebung des Pols ziemlich fremd blieb, weil er sich kaum aus dem erwärmten Schlitten wagte, doch die Glanzkuppen auch noch ein wenig besehn. Sein Zögling schweifte umher; er tritt allein, wohlverwahrt, in das Freie, geht weiter. Durch die Verschiedenheit der Wirkungen ergötzt, will er ohne Zweifel andere Stellungen betrachten, dringt mehr vor, verirrt sich zuletzt in dem Labirinth. Er wählt eine falsche Richtung, wieder zu den Seinen zu gelangen, wo man unglücklicher Weise seine Abwesenheit spät bemerkt.

Nach einigen Stunden kömmt Guido, dessen kräftige Natur sich schon gewöhnt hatte, lange im Freien auszuharren; eben will man abfahren, die Bären sind angespannt. Er findet den Alten nicht, ruft, sucht in der Nähe. Umsonst! Bange um ihn, dringt er weiter und weiter, es koste was es wolle, den Greis auszuspähn.

Darüber entfliehen Stunden. Die Reisegesellschaft sucht nun beide, doch mit Vorsicht, und den Kompaß zur Hand. Gelino wird bald gefunden, doch — starr am kalten Boden. Man bringt ihn zu den Schlitten, erwärmt ihn, wendet Rettungsmittel an. Sie fruchten nicht. Der Greis ist dahin, erlag dem Angriff tödtlicher Kälte.

Die Erschrockenen beben nun für den Jüngling, denn so lange schon ist er von der Wärme fern, hat auf Ruf und Zeichen sich nicht gestellt. Ein hohes Feuer lassen sie empor lodern, Schüsse sollen dem Verirrten seinen Weg deuten, seine Diener schweifen weit umher, Guido wird nicht gefunden. Endlich kann Niemand mehr an sein Leben glauben, die Sorge für eigne Rettung mahnt, abzufahren, denn die Lebensvorräthe sind berechnet. Man läßt jedoch, auf den undenkbaren Fall, einen kleinen Schlitten zurück, den Bären davor, Speise, Getränke und Feuerung. Den mag er nehmen und nacheilen, wenn er ja wiederkehrt; keiner der Knechte entschließt sich, zu weilen.

Guido hat unterdessen auch fruchtlos den Rückweg gesucht, seine Angst um den Alten ihn zu weit in die Entfernung getrieben. Die Schüsse hat er nicht mehr vernommen, kein Feuer erblickt. Endlich, nach vielen bangen Stunden, fast verzweifelt in Gram, das Haar emporgesträubt durch die eigne Noth, da er kaum noch ein Glied zu regen vermag, gelingt es ihm, auf den Polarstern blickend und durch schnellen Lauf sein Blut in Bewegung erhaltend, nach dem Platze zu kommen, wo die Karavane stand. Er sieht einen Schlitten, und athmet wieder Hoffnung. Ohne weiter um sich zu sehn, wirft er sich hinein, die wärmere Luft ist das dringendste. Vielleicht kam Gelino selbst, denkt er, und entschlummert auf die schwere Ermüdung plötzlich.

Beim Erwachen, das vermuthlich spät erfolgt, ist die Betäubung, welche vorhin über ihn kam und seine Sinne abspannte, gewichen. Warm und regsam wieder, peinigt ihn auch die Angst um den Entbehrten desto mehr. Ob er zurückkehrte? Hinaus zu fragen!

Er meidet den Schlitten, wird aber keinen anderen inne. Keine Antwort auf sein Rufen. Was heißt das?

Wer nennt jedoch des Armen grausenden Schrecken, da er, kaum im Mondlicht lesbar, die Worte an den Schlitten geheftet fand:

„Unglücklicher! lebst du noch, so folge eilig. Der Bär ist der schnellste, wird uns einholen. Nothwendigkeiten ließen wir dir. Feuer sollen von Zeit zu Zeit brennen, daß du so weniger vom Pfade irrst.“

Guido wußte nicht, ob er träume. Ihm schauderte in der gräßlichen Einsamkeit. Wo ist mein Lehrer? Nahmen sie ihn mit? Warum davon nichts? O Himmel! nein, der hätte mich nicht zurückgelassen! Und doch was soll ich thun? Ich muß nachfliegen!

Er blickte in die Richtung des Wegs. Eine Flamme winkte in der Ferne. Sein Kompaß, wohlbezeichnet, lag im Schlitten. Wohlan!

Nun dachte er die Zügel des Bären zu ergreifen. Entsetzen! grausames Entsetzen! Der Bär lag erfroren.

Guido glaubte, eine Ohnmacht von vielen Stunden müsse diesem Augenblick gefolgt sein, denn als er wieder klar denken konnte, sah er von jener fernen Flamme nichts mehr.

Fünftes Büchlein.

Guidos Einsamkeit.

So war er denn verlassen, am Eispol verlassen, in tiefer, grimmiger Nacht; um ihn die Oede der kalten Wüstenei, nichts ihm winkend, als Tod. Grausame Gefährten!

Ach! rief er aus, noch hab' ich selten mit dem Schicksal gekämpft. Mein Leben lächelte froh, die Kriegsgefahr nahte blos, mich mit edlem Ruhm zu schmücken, die Liebe erhob mich über das Leben; doch nun, nun schlagen die Gewitter desto zorniger über mich zusammen. Hier retten nicht Muth noch Kraft, hier muß ich enden! o Ini, Ini!

Doch sollte abermal ein Dolch in das gequälte Herz sinken. Indem er seine Klagen laut hinausweinte in die starre Luft, um den Schlitten irrend die Hände blutig rang, sah er in einiger Entfernung einen dunkeln Strich auf dem lichten Schnee, er nahte, es war eine menschliche Gestalt er kam hinan — es war Gelinos Leichnam!

Er sank daran nieder in wildem Ungestüm, über den neuen Schmerz den alten Jammer vergessend, küßte das kalte Antlitz mit heißen Thränen, dann riß er den Körper auf, lud ihn auf die Schulter, trug ihn an den Ofen des Schlittens, hoffte noch Leben in ihm zu wecken.

Wie man denken mag, war dies Streben eitel, auch kein Sturm der Klagen rüttelte den Todten auf. Doch mochte die traurige Auffindung glücklich für Guido sein, die regsame Mühe gab seinem doppelt schreckenerstarrten Blute wieder Umlauf und zerstreute den Blick auf sein Elend, auch sah er zu dem Feuer im Ofen, das er vielleicht sonst hätte erlöschen lassen.

Mit einem Schlummer aus Entkräftung mußte dies Treiben zu Ende gehn. Neben dem Entseelten, den Arm um ihn geschlungen, unter den nämlichen Fellen womit jener bedeckt war, schlief Guido fest ein.

Da ging ein Traumgesicht an seiner inneren Welt vorüber. Ini, noch von höherer Schönheit umstrahlt, als neulich in dem Zaubergarten, trat aus einer Rosenwolke zu ihm, nahm seine Hand und lispelte mit himmelvollem Laut: „Den Starken prüfe schweres Leid. Weise forsche er in der reichen Kraft, sie birgt Hülfe. Wir sehn uns wieder!" Hier trat sie in die Wolke zurück, die sie dicht umhüllte und nach dem fernen Horizont zog, sich weit als eine lichte Morgenröthe verbreitend. Ueber diese Morgenröthe ging dann die Sonne auf, die Schneegefilde wichen ihr plötzlich, und ein lieblicher Frühling blühte.

Von dem duftendsten Baume sang eine Nachtigall in dem Idiom der Melodie: „Wir sehn uns wieder," und Guido erwachte.

Ihm war, als ob er die Berührung der leisen Geisterhand noch fühle, als ob sie neues Leben durch alle seine Adern gegossen hätte. Er sprang auf, eilte hinaus. „Wir sehn uns wieder," umtönte es noch den getäuschten Sinn überall, von den leuchtenden Felsgipfeln schien ein Echo es zu wiederholen. Ja! rief er fröhlich, ich will mich kämpfend ermannen gegen mein Elend, du, heilige Göttin! giebst mir Stärke.

Er sann nach. Nicht unmöglich war es ja, daß andere Reisende noch ankämen, und ihn zu den Wohnungen der Menschen brächten, er mußte sich erhalten, daß in diesem Fall sie ihn lebend fänden.

Der Schlitten ward untersucht, nachdem des Greises Hülle hinausgetragen war. Lebensmittel? Ja, dürftig, auf die Zeit eines Monats etwa. Auch Feuerung. Langte bis dahin ein Retter an, war das Leben zu fristen. Also muthig.

Er ging so sparsam mit seinem Vorrath um, als es nur sein konnte, gab sich wechselnd Bewegung im Freien, und erwärmte die Glieder. Der Gedanke an seinen Traum war ein Balsam. Er kam sich oft vor, wie eine Mumie, die dieser Balsam vor Zerstörung bewahrte.

Es war um Neujahr, als der Eremit verlassen worden, der traurige Monat schwand bald hin, noch mangelte ihm aber nichts, so kärglich hatte er gewaltet. Aber auch kein Wanderer nahte. Wozu jedoch den Trost der Hoffnung aufgeben? „Wir sehn uns wieder," hatte das Traumgesicht verkündet.

Noch ein Monat floh hin, nun war keine Speise mehr vorhanden. Nun glaubte er das Gespenst des Todes schon zu sehn. Wo wir nicht mehr sterben, sagte er sich, dort seh ich Ini wieder. Doch sein Auge fiel auf den Eisbären am Schlitten. Daran hatte er noch nicht gedacht. Die Kälte hatte ihn vollkommen erhalten. Freudige Ueberraschung!

Er hieb mit seinem Schwerte ein Glied davon traf Anstalt es zu braten. Herrliche Kost in der Noth! Das Thier war groß. Wirklich konnte er Monate lang davon zehren.

Aber die Feuerung drohte auszugehn. Nur auf wenige Tage noch, nachdem Maaße von dort, wo Tag und Nacht gewöhnlich wechseln, gab es Stoff die kleine Flamme zu unterhalten. Wohlan, Ergebung!

Da wachte Guido einst von einem starken Getöse auf. Was ist das? Er sieht hinaus. Eine hohe Feuersäule. Der nahe Vulkan speit Schlacken-Hagel um ihn, Lava schlängelt sich in Bächen an den Gletscherkuppen, und versinket im geschmolzenen Schnee.

Fürchterlich erhabenes Schauspiel, doch freudebringend dem, der allein vom Feuer Rettung hoffen kann. Warm ist die ganze Luft von der Flammensäule, glühende Schlacken genug, sie auf den Absatz eines Kristalls zu sammeln, und den ganzen Ueberrest des Bären daran genießbar zu machen, der dann weiter weggetragen wird, wo der Schnee nicht mehr an den Gluten zergeht. Eben dies muß mit dem Schlitten, der schon tief einsank, mühevoll geschehen.

Der Vulkan ruht, speit wieder, hört auf. Die Erfahrung belehrt Guido, daß die Schlacken lange fortglühn, im Krater sieht er ungeheuern Vorrath davon. Er darf nichts mehr für sich vom Frost fürchten, doch ach! die Hoffnung auf Reisende kann er nicht länger nähren, schon ist es im März, wer wird sich noch hieher wagen? Auch noch nie hatte ein Sterblicher im Sommer zum Pol dringen können, durch das Treibeis auf dem Meer und überschwemmten Lande abgehalten Zu einer Luftfahrt war es zu weit von bewohnten Ortschaften, man fürchtete den Mangel an Lebensnothwendigkeit.

Nun ich friste das Leben, so lange ich kann, dachte Guido, die Phantasie immer noch mit seinem Traum gefüllt.

Jetzt umschimmerte ihn ein röthlich Licht, das nicht mehr, wie sonst der Nordschein, wich, sondern fortan blieb. Guidos Uhr, welche ihm allein hier den Gang der Zeit sagte, ließ ihn nicht zweifeln, das röthliche Licht sei die Dämmerung des halbjährigen Tages, der über dem Rande der Sphäroide anbrechen wollte, denn die Tag- und Nachtgleiche des Frühlings war da.

Immer mehr Helle, ein glühenderer Schein, der in vier und zwanzig Stunden um den sichtbaren Horizont lief, und an Herrlichkeit zunahm.

„Gewiß, gewiß die Morgenhelle. Ich werde die Sonne noch einmal sehn, und dann sterben."

Welche Pracht, da endlich die klare Scheibe aus dem fernen Rand emporstieg, wo Aetherblau und Schnee sich schieden, nach jedem Umgang voller, endlich ganz heraus getreten, um nun sechs Monat zu weilen! Guido vergaß in der Trunkenheit des Entzückens, in die Zukunft zu schaun, der Anblick der Gegenwart riß ihn allein hin. Je höher die Sonne stieg, je reitzender wurde auch das bunte Feuerspiel jener bestrahlten Kuppen, die nun ihren Glanz viel heller und in mannichfacheren Farben zurückgaben.

Noch konnte Föbos den Schnee nicht schmelzen, aber die Kälte ließ merklich an Grimm nach. Bald ward aber der Boden feuchter und feuchter, die Gletscher traten mehr hervor. Guido suchte einen breiten Felszacken, den Schlitten und seinen Lebensvorrath hinauf zu retten, denn er befürchtete strömende Flut.

Dies traf auch nach einem Monate ein, wo er denn sehr peinlich auf dem Fels weilen mußte, doch verlief sich das Wasser, und breite Thäler entdeckten sich Guidos Blicken, von brausenden Gießbächen durchwogt.

Er stieg nach und nach am Gletscher nieder, den noch übrigen Vorrath nicht vergessend. Nicht ohne Gefahr, und manche Mühseligkeit duldend, konnte es geschehn. Doch sah er auch, wie die immer scheinende Sonne nun aus der Höhe mit wunderbarer Gewalt die Szenen umwandelte. Kaum waren niedrige erdige Hügel von der Winterdecke befreit, als auch Gras und Kräuter schnell sie deckten, und zu Guidos froher Befremdung Geflügel ohne Zahl sich einfand. Besonders sah er Heere von Eisvögeln, die sich ins hohe Gras bargen, und ihn hoffen ließen, er würde an ihren Eiern neue Nahrung finden, woran es ihm nun entschieden gebrach.

Die Hoffnung betrog den kühnen Ausdaurer nicht. Nest bei Nest ward gefunden, die Eier waren schmackhaft und nährend.

Seines Schlittens freute er nicht mehr. Der stand auf dem Gletscher, der hoch über ihn ragte. Aber es galt auch nicht mehr, sich gegen Kälte zu schirmen, sondern gegen flammende Hitze, die um so drückender war, als der leuchtende Körper, von dem sie niederbrannte, nicht mehr unterging. Guido empfand sogar Krankheitanfälle von dem ungewohnten Wechsel, doch waren auch Klüfte in den Thälern vorhanden, wohin er sich bergen konnte, und er säumte auch nicht, sie dicht mit Gras zu überdachen. Zudem badete er oft in den kalten Gießbächen, oder flüchtete hinter Gletscher, über welche auch der anhaltende Sonnenschein nichts vermochte. Uebrigens hielt die Witterung den gleichmäßigsten Schritt. Stürme gab es an der Achse nicht, weil nur der Umschwung des Erdballs sie erzeugen kann. Auch kein Regen sank nach dem Frühling mehr nieder, klar blieb der Aether.

Nun entwarf Guido einen Plan für die Folge. Ohne Zweifel, sagte er sich, langen im nächsten Winter Reisende an, gelingt es mir, mich bis dahin zu erhalten, bin ich nicht verloren; also, neuen Muth!

Er suchte von den Vogeleiern eine beträchtliche Menge zusammen, und trug sie an jenen Gletscher hinauf, so weit er jetzt gelangen konnte. In Vertiefungen, wohin die Sonne nicht drang, meinte er, würden sie dauern. Späterhin fand er junge Vögel in eben solcher Zahl, tödtete sie und grub sie in den Schnee tiefer Hölen, der nicht zerging. Manche wohlschmeckende Kräuter und Wurzeln wurden dazu gelegt. Gras schnitt er fleißig ab, breitete es auf den Boden. Gedörrt sollte es ihm einst zur Feuerung dienen.

Bald hatte er von dem allen so viel gesammelt, daß er mit Zuversicht in den nächsten Winter blicken konnte. Betrügt mich dann meine Hoffnung nicht, sagte er zu sich, darf ich es nicht bereuen, das wundervolle Schauspiel eines halbjährigen Tags, der Erste von den Sterblichen, gesehn zu haben.

Nach gesammeltem Vorrath, gab er sich naturkundigen Untersuchungen hin, entdeckte viel, wovon die Gelehrsamkeit noch nichts wußte, schrieb das Hauptsächliche seiner Bemerkungen, so gut es gehn wollte, auf der Innenseite eines Fells mit Kohlen von Wurzeln nieder, und erwartete sehnlich das Spätjahr, da die Sonne schon merklich sank.

Nach grade fielen die aufgestiegenen Dünste in Regen, dann in Reifgestalt nieder; die Zugvögel hatten sich entfernt. Schauderhafter wurde die Einsamkeit, da alles Leben schwieg. Die Kälte nahm merklich überhand, indem die rötheren Sonnenstrahlen immer schwächer die Luft durchwärmten, und ehe sie noch ganz untergegangen waren, verhüllte schon der dichte Schneeflor in den Lüften ihren Anblick. Oede war der langen Nacht trauriger Anbruch.

Guido trug seine Vorräthe immer höher; nach jeden Schlummer bemerkte er, wie der weiße Teppich angewachsen war, auch durch den zunehmenden Frost gehärtet. Das Verlangen nach Schlitten und Ofen wurde groß, meistens wärmte er sich nur durch die angestrengte Arbeit, seine Nothwendigkeiten von Zacken zu Zacken des Gletschers tragend, in dem Maaße, als die Schneegebirge die Thäler mehr füllten. Dann zündete er mit seinem Feuerrohr dürres Gras an, und schlummerte.

Endlich nahm die Schneedecke jene alte Höhe wieder ein, Guido war zu seinem Schlitten gekommen, und hatte auch diesen flüchten können, indem er ihn nur immer etwas aus dem letzten Schnee hervorzog. Er war vollgepackt mit Vögeln, Eiern und Wurzeln, anderweitiger Vorrath davon in eine Höhlung des Gletschers, nahe an seiner Spitze, gebracht. Das dürre Gras stand in einer hohen Piramide.

Gelinos Körper fand er nicht mehr. Den Platz auf einer flachen Steppe, wohin ihn der Jüngling neulich schaffte, hatte der Vulkan mit Schlacken und Lava überdeckt, ohne Zweifel ihn so verzehrt. Ein erhaben Grab, in der That! Die Freundschaft konnte ihm daheim es nicht so bereiten.

Nach und nach hörte das Schneien auf, grimmiger bleibender Frost folgte. Mond, Sternenlicht, Meteore, brachten die Erscheinungen des vorigen Jahres abermal hervor. Guido, wohl vertraut mit den feindlichen Umgebungen widerstand ihnen vollkommen. Im Schlitten ging die gute Erwärmung nicht ab, er hatte nicht nur Lebensmittel genug, sondern konnte auch damit wechseln. So harrte seine Sehnsucht der Mitte des Winters entgegen, und wankte die freundliche Hoffnung, richtete ihn die Weissagung des Traumes, an die er schwärmend glaubte, wieder auf.

Sechstes Büchlein.

Schluß.

Nicht umsonst hoffte er. Noch vor der Mitte erging er sich einst zur Bewegung, da vernahm sein Ohr fremde Laute. Er horcht, höher wallt und wogt es in der Brust, er wendet das Auge nach dem Ton hin — ein heller Fleck am Horizont!

Der Mond schien eben nicht, nur vom Schnee Dämmerung. Desto deutlicher die Flamme dort sichtbar, wie sie sich vergrößerte. Der antreibende Zuruf fahrender Männer zu unterscheiden, oft ein Geheul von Bären.

Guido warf sich auf sein Angesicht. Du unbegreiflicher Gott, dem ich hier oft den Geist empfahl, dein Geschick will mich wieder zu den Menschen bringen. Dank, dank, wenn du auf mich siehst!

Der Schlittenzug kam näher, hielt jedoch seitwärts von der Stelle wo Guido sich aufhielt. Dieser lief kaum noch athmend dorthin, blieb aber verwundert stehn, als er seinen Namen vielfach nennen hörte. Wie wissen diese Reisenden von mir? fragte er sich.

Der Zug enthielt mehr Fahrzeuge als im vorigen Jahre. Ein ansehnlicher Mann war ausgestiegen, und rief: Ich muß Guidos Leichnam finden, sonst — ich muß seinen Leichnam finden, sonst kehre ich nicht nach Rom zurück, wiederholte der Mann ängstlich.

Guido trat hinzu. Wer sucht mich? Ich bin Guido.

Unbeweglich in hohem Erstaunen blickte alles auf ihn. Niemand schien zu glauben, zu begreifen. Er ist es, fing endlich einer aus dem Haufen an, im vorigen Jahre die Reise theilend. Wir harrten lange auf dich, suchten, gaben Zeichen. Da wir den Leichnam des Alten fanden, mußte Jedermann auch auf deinen Tod schließen. Die eigne Sicherheit gebot uns Entfernung, doch blieb noch ein Fuhrwerk da —

Gut, gut, fiel der seltsame Einsiedler ein, es gelang, mich zu erhalten, daß ich froh der Rettung entgegen athme, mögt ihr denken.

Ist es kein Wahn? Lebend? Lebend? brach nun jener angesehene Mann aus, dem zeither Befremdung den Mund versiegelt hatte. Und kaum hoffte ich die theuren Reste noch zu entdecken, hielt es unmöglich —

Und wer bist du? fragte Guido, heiße Verwunderung in der Stimme.

„Lelio ist mein Name."

Wie, Lelio, der Vertraute des Kaisers?

„Der nämliche! Um die Zeit, wo du von Lissabon dich nach Amerika gewandt hattest, brachen die Kriegflammen mit Afrika aus. Umsonst waren alle Bemühungen den Frieden zu erhalten. Das Heer, in Eilzügen aus Moskau nach Kalabrien rückend, sollte einen Feldherrn wählen. Die einmüthige Stimme nannte dich!"

Mich, mich! rief Guido mit entzücktem Staunen.

„Dich! Vom Strategion wurde zur hohen Freude des Kaisers die Wahl bekräftigt. Daß sein Wort der Entscheidung nicht fehlte, versteht sich."

O wie viel Milde, wie viel Güte ließ mir dieser Großmonarch schon angedeihn. Ich Unglücklicher, der so selten ihn sah, noch nie ihm danken konnte!

„Eilboten flogen nach Portugall. Da warst du nicht mehr. Ein Schiff konnte die schneller bewegte Insel nicht einholen. Da es zu Philadelphia anlangte, hatte dich edle Neugierde zum Pol geführt. Man säumte nicht, dir nachzusenden. Ueberall kamen die Boten zu spät, und erfuhren von der rückkehrenden Karavane dein Misgeschick. Es ward nach Europa gemeldet. Mit dem höchsten Schmerz vernahm es der Kaiser. Ihm schien unendlich viel an den jungen Helden zu liegen, man begriff kaum, wie der sonst so gleichmüthige Mann beinahe dem Kummer erlag, wiewohl die Folge ihn gerecht nannte. Es blieb am Ende nur der traurige Trost übrig, deinen Leichnam zu suchen, und ihn nach dem Tempel der Unsterblichkeit zu bringen. So wollte es des Kaisers Machtwort. Im Sommer war es unmöglich den Nordpol zu erreichen, kaum aber brach der Winter an, als ich mich aufmachen mußte, um jeden Preis deine Hülle zu erspähn. O welch Glück wurde mir! seine Freude wird so die Schranken überfliegen, als jener Gram, von dem immer noch sein zerstörtes Herz sich nicht ermannenkonnte."

Unbegreiflich! Wie hoch, wie unverdient ehrt mich der Kaiser! Was soll ich thun, dieser Liebe würdig zu sein!

„Der Krieg begann. Die Flotte aus Brittannien nahm das Heer ein. Auf der mittelländischen See traf sie jene gefürchtete aus Neu-Karthago. Eine neue Erfindung, welche der Ruhm dir zuschrieb, machte, daß der Sieg sich zu uns neigte. Das Heer konnte in Afrika ans Land steigen. Doch hier wandte sich das Glück. Die Unsrigen, mit großer Uebermacht im Kampfe, verloren eine Hauptschlacht. Der Feldherr, dem man einige Schuld gab, sank. Nachdemder Tapferen eine große Zahl gefallen war, mußten sie zurück auf die Schiffe. Diese, nicht mehr gehörig bemannt, wurden verfolgt, liefen zu Neapel ein, während die Feinde Sizilien besetzten, wo die rohen Negerhorden der Afrikaner wilde Verheerungen begannen. Noch gelang es nicht, die Insel ihnen wieder zu entreißen."

Sizilien! o mein Sizilien! Ini, wo magst du weilen? Wie trüben diese Nachrichten meine Wonne!

„Ein neues Heer steht jedoch in Italien. Eile, den Feldherrnstab zu nehmen!"

Fort, fort! schrie Guido, keine Minute länger. Noch einen bethränten Blick warf er auf des Lehrers Grab, unter dem Lavahügel.

Die Karavane brach sogleich zum Rückwege auf. Was ihn nur beschleunigen konnte, wandte man an, und nach zwei Wochen befand sich Guido schon wieder in Philadelphia. Dort stand noch sein Kristallblock. Diesen nahm er mit auf das schwimmende Eiland, zur Reise über den Atlantus gedungen, die sogleich angetreten wurde.

Er mied während dieser Zeit das Zimmer nicht, einen Plan zu dem Feldzuge auszuarbeiten, selbst staunend über die vielen genievollen, kühnen, niegekannten Hülfsmittel, die sich ihm aufdrangen, die hellen, gediegenen Resultate von Wissenschaft, Denken, Lebensansichten, in einen Fokus zusammenstrahlend. Nicht hatte er diesen üppigen Reichthum an Einfall in sich geahnt, und schwelgende Gefühle erfinderischer Wollust rötheten sein Antlitz flammender.

In Lissabon blieb jener Kristall. Guido stieg sogleich mit dem Vertrauten des Kaisers in eine Luftgondel, nach Italien zu fliegen. Auf den Posten von Alikante, Palma, Cagliari sah er, so viel es nur sein konnte, zu der Anstalten Eil, und traf in so kurzer Zeit, als noch nimmer Reisende, zu Rom ein.

Noch hatte er die Hauptstadt von Europa nicht gesehn, doch würdigte sein Drang sich dem Kaiser zu zeigen, das hergestellte Kolosseum, den mit Gold gedeckten Tempel der Unsterblichkeit, den Bühnen, Termen, keines Blickes. Kaum legte er ein ander Gewand an in der Herberge.

Der Vertraute eilte voran zum Pallast, dem Kaiser sein Glück zu melden. Dieser breitete die Hände dankend gen Himmel aus, schloß Guido, der gleich folgte, bebend in seine Arme, und führte ihn stumm ins Strategion, das grade eine Versammlung hielt.

Die Räthe bewillkommten ihren Gebieter mit Ehrfurcht, zugleich überrascht bei der seltenen Bewegung die an ihm sichtbar wurde. Nicht gleich konnte er noch zu Worte kommen, dann sammelte er sich, Guido in die Mitte des Saals führend, und sprach:

Ihr Väter, ich stelle euch meinen Sohn vor!

Der Jüngling starrte.

Entzücken loderte auf jeder Wange. Niemand vermogte zu reden.

Endlich fuhr der Kaiser fort: Lange genug ließ ich ihn fern von mir erziehen. Urtheilt, was mein Vaterherz empfand, wenn er mit so frühem Ruhm sein jugendlich Haupt bedeckte. Von meinem Schmerz bei jener bangen Kunde wart ihr Zeugen, und ahntet doch nicht, was meine Brust zerriß, nicht sagte ich es euch, denn immer noch schimmerte mir eine strahlende Hoffnung. Sie hat Wort gehalten!

Guido umfaßte seine Knie, Tausend jubelnde Glückwünsche, nicht von Schmeichelei, sondern von edlem Wahrheitsinn aufgelegt, wurden im Saale laut. Die Nahverwandten brachen in süße Freudenthränen aus.

Nun führe er das Heer, rief der Kaiser. Mit Schmerz entlasse ich ihn wieder, doch des Vaterlandes Noth ruft. Nicht mein Sohn, der Held, durch einmüthige Wahl gerufen.

Er führe es! rief alles.

Ja, mein erhabner Vater, ich eile ins Waffenleben und kehre nicht wieder, als meiner Geburt und deiner Milde werth, stammelte Guido, in heiliger Rührung.

Der Vater umarmte ihn wieder. Nach seinem ersten Siege prüfe ihn der Völkerrath, und erkläre ihn zum Erben des Kaiserthrons, denn ich will fortan des hohen Alters Sorge mit ihm theilen, sprach er.

Neuer freudiger Zuruf! Doch — wenn Guidos Augen das Entzücken so vieler neuerwachten Gefühle verkündeten, so überzog ein Dunkel seine Stirn, das Jedermann wahrnahm, allein Niemand zu erklären wußte.

Auch der Kaiser fand dies plötzliche Versinken in nachdenkenden Ernst räthselhaft. Schnell aber fing er an: Ich errathe ihn. Er ließ den edlen Gelino am Pol, wie mein Vertrauter erfuhr. So lange vertrat mich der Greis beim Sohn. Liebe weint dem zweiten Vater nach. Der Staat verdankt ihm die Bildung seines künftigen Oberhaupts. Mehr als Siege gilt dies Verdienst. Sucht den Leichnam, baut ihm ein Grab, das die Nachwelt ehre!

O, fiel Guido ein, sein Grab bleibe dort. Die Natur baute ihm selbst einen Obelisk. Doch sein Standbild last uns daneben erhöhn, wo Newtons Denkmal steht.

Gewährt, mein Sohn! rief der Kaiser, und was du sonst bitten willst, deine Liebe vertraue mir.

Ha mein Vater! entgegnete Guido feurig und heiter, nach meiner ersten Schlacht, ergreif ich deine Hand, dich an dies Wort mahnend.

Wohlan, sprach der Kaiser.

Man verließ das Strategion. Guido empfing die Feldherrnumgebung, hing noch mit dem schönen Ungestüm neuempfundener Kindesliebe, an der Brust des klagenden Vaters, und riß sich dann männlich weg, der Stimme des Ruhmes zu folgen.

Wehmuth, tiefe Wehmuth im Herzen mußte er bekämpfen, bei allem Glück der Hoheit, das ihn überrascht hatte. Ach, sagte er sich oft unterwegs, den Feind überwinde ich wohl, doch mich, wie mich, wenn es den Streit gilt, den ich unglückselig fürchte.

Das Heer in Kalabrien nahm ihn mit jauchzendem Beifallgetöse auf. O hätte uns Guido in Afrika geführt, rief alles, wir feierten Triumphe wo wir gebeugte Ueberwundene seufzen!

Doch ein neuer Muth beseelt die Krieger. Freudig nahm man die neuen Anordnungen auf, ihre Weisheit bewundernd. Guido ließ keinen Augenblick ohne Thätigkeit entfliehn. Jedem alten Gebrechen ward abgeholfen. Begeisterung strömte in jede Brust.

Dann eilte er zur Flotte, die man ausgebessert hatte und gab Befehl die Truppen einzuschiffen. Nicht weit von Palermos Vorland traf man auf den Feind, der mit neuer Ueberlegenheit heranzog, in Hoffnung, selbst Italiens Gestade zu betreten.

Der große Kampf begann. Reiche Ernten hielt der Tod an beiden Seiten. Mit Götterkraft leitete der jugendliche Feldherr. Seine erfundene Vorrichtung, noch jetzt vervollkommnet, brachte jedesmal Erfolg, wenn man einem feindlichen Schiffe nahen konnte. Und das geschah oft, denn trotz dem Flammenregen von Oben, trotz der Taucher Heimtücke in den Wogen, trotz dem todbringenden Donner der Batterien, gegen welche die Kunst sich mit weiser Besonnenheit vertheidigte, drang man desto kühner an, nachdem Guidos Fahrzeug das erste leuchtende Beispiel gegeben hatte.

Viele Galleonen der Afrikaner lagen im Meere, ihre Linie war durchbrochen, die hartnäckige Abwehr auf den Flügeln überwältigt, der feindliche Feldherr den Heldentod gestorben. Der Nachfolger jedoch gab über das eindringende Entsetzen die Hoffnung auf, wollte den Ueberrest retten und ließ die Signale zum Rückzug wehen.

Einige Schiffe folgten, andere, deren Mannschafft zwischen Tod und Sieg wählen wollte, nicht. Desto mehr Vortheil für die Europäer in jener Uneinigkeit. Viele wurden umschlossen und mußten, da dennoch kein

Ausgang zu finden war, und sie ein Fahrzeug nach dem andern in die Wogen versenkt sahen, sich ergeben.

Guido ließ sie nach Neapel bringen, sandte eine Abtheilung gegen Sizilien, das Eiland vom Feinde zu reinigen und gab ihrem Anführer mit heißklopfendem Herzen auf, von Athania und ihrer Pflegebefohlnen Kunde einzuziehn.

Dann folgte er den Flüchtigen eilig. Manche davon fanden ihr Verderben noch vor der Heimath. Die anderen kamen ans Gestade und stellten sich in festen Verschanzungen auf, eine Landung abzuschlagen.

Guido kannte den Werth der Minute. Jene hatten sich noch nicht entwickeln können, da sprang er schon mit Tausenden von Tapfern an die Küsten und stürmte ihre Wälle. Die Minire wühlten erst Gräber, als die schnelle Kühnheit schon über sie hinaus gedrungen war. Bald waren auch Guidos Reuter auf dem Boden und bahnten sich Wege. Seine Luftkrieger trugen den Preis über ihre Gegner davon, weil sie sich eines von ihrem Feldherrn ersonnenen Geschosses bedienten, das jene noch nicht kannten. Bald war die Verwirrung unter den Afrikanern allgemein, sie mußten eine andere Stellung suchen, und das europäische Heer ward vollend ausgeschifft.

Guido, zweimal, doch nur leicht verwundet, ordnete eine zweite Schlacht, die mit Anbruch des folgenden Tages begann. Die Afrikaner hetzten angelehrte Tiger und Löwen in die Reihen, Guidos Schützen erlegten sie lachend. Tausende von Elephanten, in Harnische gekleidet, auf ihren Rücken kleine Kastelle, donnerten daher über den Boden. Sie waren dem Heere aus Neu-Karthago zu Hülfe gesandt. Guidos Batterien standen so vortheilhaft, seine großen Röhre wurden so gut bedient, daß die Ungeheuer bald den Sand mit ihren Kadavern deckten. Leichte Schützen bedienten sich ihrer als Wälle, und trafen, mittelst der von Guido erfundenen Gläser, ungesehen ihren Feind. Dichte Negerschaaren, wuthtrunken durch Opium und ein mit vorüberfliehender Tollheit füllendes Kraut, drangen gleich schwarzen Hagelwolken daher und überzogen den Boden der hellen Gefilde mit Nacht. Bald schwieg ihr Mordruf und Blutströme rannen zwischen den dunkeln Leichnamen hin.

Guido bestieg eine Luftgondel, aus der Höhe den Streit zu überblicken. Zeichen lenkten den Fortgang. Plan, Technik, Zeitgeist überwogen hier, dort die Zahl, die Tapferkeit drückte mit gleicher Schwere auf die Waage. Doch entschied der Genius endlich, die Afrikaner flohen.

Guido ertheilte seine Befehle, zu kluger, nachdrücklicher Verfolgung, und besah den Graus der Wahlstäte. Nicht, wie vordem einst, durchglühten ihn die Sieggefühle mit Entzücken, schwermüthig sann er über die verderblichen

Leidenschaften, welche Völker anreitzen, sich zu erschlagen. O, wann wird das enden! rief er, wann die Fahne des Friedens wehn, auf allen Hainen und Auen, Brudersinn die Zwietracht ewig verbannen! Das einsame Jahr dort am Pol, ihn abscheidend von Sinnenwahn und Täuschung, hatte sein Gemüth noch mehr in Einklang mit der besseren Weltmoral gebracht, die Inis reine Brust athmete. Ging er auch noch mit frohem Heldenfeuer in den Kampf, sank nun dennoch eine Thräne auf seinen Lorbeer, und alle Triumphjubel, alle Glückwünsche konnten ihn nicht erheitern. Er ordnete übrigens den Krieg wie zuvor, und sandte abermal nach Rom Meldung; denn schon nach dem Siege auf den Fluten war es geschehen.

Er empfing auch Nachrichten aus Sizilien. Das Eiland war genommen, die meisten Truppen der Gegner dort gefangen, doch die Frage, welche sein Herz so nahe anging, blieb ohne Auskunft. Man hatte von Athania seit länger als einem Jahre nichts auf Sizilien vernommen.

O Geliebte! seufzte Guido, so lange Zeit verstrich, ohne daß ein Brief mich gesucht hätte. Solltest du die Feindschaft deines Vaterlandes theilen, und den Jüngling vergessen wollen, der, ein Europäer, Afrika bekriegen muß? Dies wäre grausam, grausam!

Aber wenn auch deine Liebe noch fortglüht, wenn sie höher als das Leben der Phantasie emporflammt, was wird aus dem Kaisersohn werden? Die Schlacht ist gewonnen, aber darf er auch mit diesem Flehn dem Vater nahn? Wird sein frostig Alter die Hoheit meiner Liebe fassen? Wird er nicht zürnen, daß in des Helden Brust eine andere Leidenschaft, als die für den Ruhm glühte? Wird er nicht fordern, daß ich eine Gattin aus den hohen Geschlechtern erkiese? Doch muß ich ihm das Herz offenbaren.

Der Feind zog weiter ins Land; Guido gewann Freiheit, Neu-Karthago, die stolze Wetteifrerin mit jener Stadt im tiefen Alterthum, der sie Namen und Standpunkt abborgte, zu belagern. Der Hof hatte sich jedoch schon fliehend entfernt, den Weg zu einer anderen großen Hauptstadt im Innern von Afrika genommen. Diese lag an den Quellen des Senegal, war aber noch weit von der Vollendung entfernt, welche man ihr zu geben dachte.

Es wird hier nöthig, die Geschichte dieses Erdtheils in den letzten Jahrhunderten nachzuholen.

Gegen das Ende des neunzehnten waren es endlich die Europäer müde, Hohn und Schmach von den Staaten Marokko u. s. w. zu dulden. Ein Heer setzte nach Algier über, nahm diese Stadt ein, zertrümmerte die Regierungen von Tunis, Tripoli, und breitete sich nach und nach von einer Seite bis Egipten, von der anderen bis Zanhaga aus. So wurde der gesammte Norden von Afrika eine europäische Kolonie, wohin große Auswanderungen geschahen. Die Kultur blühte auf, Neu-Karthago wurde gegründet. Man untersuchte das immer noch unbekannt gebliebene Innere. Doch vermochten die neckenden Streifereien der Sultane von Darfur und Borun, die Anfälle der schwarzen Nazionen von Gago, Tombut, Bombakoo, die Unsicherheit der südlichsten Wohnplätze, immerfort Krieg zu führen, und vertheidigend eroberte die bessere Kunst. Nach Hundert Jahren gehorsamte halb Afrika.

Die Schwierigkeit, das große Ganze zu überblicken, machte, daß glückliche Heerführer Königreiche empfingen, wiewohl abhängig vom Mutterstaat. Mancher Zwist unter ihnen selbst, der Stolz auf die Gesammtkraft, die meergetrennte Lage, brachten sie aber zuletzt auf den Entschluß, ihr Verhältniß von dem europäischen zu trennen, und selbst einen Kaiser zu wählen. Vergebens kriegte Europa, sie behaupteten ihre neue und allerdings kluge Verfassung, um so mehr, als die aufgeklärteren Männer unter ihren Gegnern ihr selbst Beifall gaben. In dem folgenden Frieden breitete sich aber die Herrschaft der Christen in Afrika noch weiter aus, und gegen das Ende des ein und zwanzigsten Jahrhunderts, gehörte, bis zum Vorland der guten Hoffnung, alles unter die Obergewalt des Kaisers.

Er fiel in einer Schlacht gegen die Völker von Monomotopa, und seine Gemahlin, reich an Geist und Herz, leitete bei ihrer Tochter Minderjährigkeit die Staatgeschäfte weislich, und suchte die noch wilden Sitten der farbigen Nazionen in Einklang mit jenen der Ankömmlinge zu bringen, was auch, obwohl langsam, gelang.

Doch Europa forderte Entschädigungen, welche man versagte, politische Besorgnisse, das neue Reich könne zu furchtbar werden, traten hinzu, und jener Krieg, von welchem oben die Rede war, entspann sich. Hegte schon diese andere Semiramis milde Gesinnungen, war gleich der Kaiser von Europa moralisch genug, die blutige Fehde zu verdammen, wollte sich einmal nicht alles gütlich ausgleichen lassen, man mußte die Waffen um Entscheidung anrufen. —

Zu Guido zurück. Er belagerte Neu-Karthago mit aller schrecklichen Kunst. Die Vertheidigung stellte sich jedoch eben so gewaltig entgegen, und manche Woche verstrich, ehe ein Theil die Meinung schöpfen konnte, er habe Vortheile über den andern errungen.

Unterdessen fiel der Kaiserin bei, der Krieg ließe sich vielleicht, ohne weitere, die Menschheit entehrende, Gräuel enden. Sie hatte eine Tochter, Ottona genannt, schön, liebenswürdig, und in herrlicher Bildung erzogen, theils durch fremde, kluggeleitete Sorge, theils durch die Natur ihrer holden Eigenthümlichkeit, die sich an den Künsten himmlisch entfaltete. Sie sprach zu Ottona: Titus, des feindlichen Kaisers Sohn — er führte jetzt den Namen Guido nicht mehr — wird gepriesen, wir fühlen die Gewalt seiner Talente.

Die Erziehung fern vom Throne, hat auch bei ihm sich bewährt. Wenn ich ein Eheband mit diesem Thronerben und dir, meine Tochter, knüpfen könnte, wäre der Menschheit vielleicht geholfen.

Ottona sank bleich an ihrer Mutter nieder. Befiel dich plötzlich Krankheit? fragte jene bebend, und rief um Hülfe. Nach einiger Zeit erholte sich die Tochter aber, und hörte ergeben zu, da die Kaiserin fortfuhr:

Einen Sohn besitze ich nicht, der Streit um unsere Kaiserkrone kann einst Unheil bringen. Europa hat Asien zu fürchten, auch Afrika; denn Asien enthält eine Menschenzahl, wie diese beiden Erdtheile, nachdem jüngsthin China und Japan überwältigt wurden.

Doch, wenn Europa und Afrika sich vereinen, wenn *ein* Völkergericht über beide monarchische Republiken waltet, und beider Heere *eine* Obergewalt lenkt, dann stehen wir im Gleichgewicht gegen Asien da, nur Unklugheit könnte dann noch je Krieg führen wollen. Amerika hat lange schon auf jeden Angriff verzichtet, und bündet die beiden Halbeilande nur zum Widerstand. Asien wird dann, durch den ganzen Zustand der Dinge von selbst eingeladen, auch seine Boten zu dem großen Tribunal senden, und ein ewiger Friede, der Weisen alter, heiliger, noch nie erfüllter Wunsch, kann seine Palme erhöhn.

Ottona barg ihre Thränen — wußte nichts zu entgegnen.

Entzückt dich etwa das frohe Bild einer solchen Zukunft, der Stolz deiner erhabenen Bestimmung so, daß Freude auf deine Wangen thaut? fragte die Mutter.

Ini bat stammelnd um Zeit — Ruhe, Fassung zu gewinnen, und ward entlassen. Aus der Schönheit ihres Gemüthes erklärte die Kaiserin ihr Betragen, und eilte, einen Brief an ihren Gegner mit dem genannten Vorschlag zu senden.

Der Kaiser von Europa empfing ihn um die nämliche Zeit, als auch ein Schreiben seines Sohnes angelangt war. Es lautete:

Mein erhabener Vater, du wolltest eine Bitte hören, nach meiner ersten siegenden Schlacht. Dreimal hab' ich deinen Feind überwunden, auch wird bald seine Hauptstadt fallen. Wohl möchte es bereits geschehen sein, wenn ich dem Verlangen der Krieger, einen Sturm zu wagen, nachgegeben hätte. Doch ich erwarte Uebergabe auf Bedingung, damit nicht Kunst und Flor verheert werden, und ich jenes Wüthen der Neger in Sizilien, mit europäischer Großmuth vergelten mag. Aber die Bitte, mir gestattet von hoher Vatermilde, ich nenne sie kühn deinem Herzen. Viel habe ich gerungen mit dem Vorsatz, allein ich bekenne, daß hier meine Kraft am Ende war. Vater, was ich bin, was deine Güte schon an mir lobte, da noch das große Geheimniß mir nicht enthüllt war, ist — Schöpfung der Liebe. Ein Mädchen, von einer unbekannten Herkunft, doch hochgestellt über alle Weiber an Schönheit in Gemüth und Form, erzog mich. Ohne sie würde ich die Tirannei eines siedenden Blutes nicht zu Boden gekämpft haben, ohne sie blieb mein Wissen, mein Empfinden arm, Geist und Herz errangen keine Harmonie, ohne sie schlug ich den stolzen Afrikaner nicht, dem es dann vielleicht in seiner Uebermacht gelang, Italiens heitre Gefilde zu verwüsten. Gestatte mir, Vater, die Göttliche zu suchen, die in Afrika, ach, vielleicht in der Stadt lebt, welche ich jetzt mit Kampf umringe. Menschlich fühlend kannst du dem Geständniß nicht zürnen, wie nur dein Purpur mich freuen kann, wenn ich auch Ini damit schmücke, wie alle meine Kraft, sonst vielleicht geeignet der Völker Zügel sicher zu lenken, am Grabe der Liebe stirbt. Verzeihe — ich mußte flehn!

Der Thronerbe harrte mit banger Sehnsucht den Eilboten entgegen, die jeden Tag, in den Höhen von Rom daher flogen. Als, der Zeit nach, Antwort auf sein Schreiben anlangen konnte, verwunderte ihn seltsam der Befehl, sogleich die Belagerung einzustellen, und in Eile an den Kaiserhof zu kommen. Er sollte das Heer einem andern Feldherrn vertrauen, und dem Feinde überall Waffenruhe gönnen.

Das letzte schien, nach den Umständen, nicht weise, mächtige Verstärkungen konnten aus dem Innern von Afrika nahen, doch, der treue Sohn gehorsamte.

Wunderbare Ahnungen durchbebten seine Brust, da er nun die Luftgondel bestieg, über das Meer nach Rom zu eilen.

Dort angelangt, fand er den Völkerrath versammelt, den der Kaiser beschieden hatte. Er mußte gleich dort erscheinen. Der Vater sprach ihn nicht zuvor, besuchte jedoch mit zahlreichem Gefolge den Tempel der Unsterblichkeit, in welchen jene Männer sich eingefunden hatten. Denn hier sollte, der erhabneren Feierlichkeit willen, der junge Cäsar seine Prüfung bestehn.

Zum Erstenmal betrat er dies Heiligthum. Nicht aus Granit, nicht aus Marmor bestand der Tempel, diese Stoffe schienen seinem Urheber zu wenig dauerhaft. Eherne Quadern, durch Gluten verschmolzen, bildeten die dicke Mauer, die weit gesprengte Wölbung der ungeheuren Rotunde, noch von Erzsäulen aus *einem* Guß getragen. Mosaik von edlen Steingattungen, für die Ewigkeit dargestellt, Thaten meldende Inschriften, Namen, die in flammenden Buchstaben glänzten, prangten da; groß war aber der noch leere Raum. In die gleichfalls ehernen Kellergewölbe hinab, leiteten Stufen. Unten befanden sich die Gräber mit Aschenkrügen.

Der Vorsitzer des hohen Rathes winkte den Kaisersohn zu sich.

Dein Vater will die Herrschaft mit dir theilen. Heldenthum bewährte schon den würdigen Feldherrn; wohnt in dir aber auch Kraft, die Völker zu lenken?

Guido hätte, einen Augenblick früher, in den trüben Besorgnissen um seine Liebe, durch des Vaters Schweigen über ihn gebracht, wanken dürfen an der großen Frage — ach, ohne Ini flog sein Genius keine Sonnenbahnen — doch, ein schauernder Blick, in diesem Tempel umher geworfen, ermannte ihn zur feurigen, selbstvertrauenden Antwort.

Er fand Bewunderung, die weiteren gewöhnlichen Fragen lösend, und übergab auch noch Denkschriften, die mögliche Verbesserung der Jugendpflege, des Bürgervereins, in scharfsinnigen Planen entwickelnd. Sie wurden abgelesen, und ihnen Beifall ohne Ausnahme gezollt.

Noch mehr rühmende Anerkennung fand der Entwurf, das Schauspiel mit dem Kultus zu gatten. Edle That sollte auf diese Weise versinnlicht an den Blicken der Menge vorüber, und jeder Religionsfeier voran, gehn.

Am meisten jedoch ein Sistem der Schönheitmoral, bei deren befremdenden Sätzen und einer ganz neuen Formenlehre, die Väter nicht nur den ganzen Tag hindurch prüfend weilten, sondern auch die ersten Künstler und denkendsten Köpfe in Rom herbeiluden, mit ihnen Rath zu pflegen.

Dies Sistem gab in seiner Darstellung die Zeichen an, nach welchen der Einklang zwischen Geist und Gemüth, die Achtung für die Gesellschaft, die Uebereinstimmung mit den Aufgaben der Tugend, die Fertigkeit im richtigen Empfinden des Guten und Edlen, die Kraft zu Entsagungen; die dem inneren Menschen entweder mangelten, oder ihn adelten, am äußeren erkennbar wären. Dann folgte eine Theorie der Moral. Sie wollte, daß jedem Jüngling, jedem Mädchen in der Republik, gegen die Zeit der blühenden Entwicklung höherer Kräfte, ein Ideal nach seiner Anlage gefertigt würde. Ein Vorbild der Schönheit, vom Maler, die möglichst hohe innere Schönheit des Individuums berechnend, nach den klaren Grundsätzen der Lehre, sichtbar gefertigt. Dies müßte herrlicher wirken, als Gesetz, Beispiel und Religion, wenn die Achtung, die Liebe, die Freundschaft, die Aufnahme in den Bürgerkreis, die Bekleidung mit einem Amt, immer an einen Vergleich des Ideals mit der Wirklichkeit hingen, behauptete Guidos Denkschrift. Denn nun könne die innere Unvollkommenheit sich nicht mehr bergen, die Abwesenheit des Strebens zum Ziel der Schönheit, würde sich in mißgestalteten Zügen strafend verkündigen, und in gelungener Annäherung die Lohnwürdigkeit sich offenbaren. Je bekannter, je verbreiteter das Sistem wäre, je weniger müsse die Gesellschaft, ohnehin schon bedeutend vom Widerstand sinnlichen Unfugs gereinigt, noch davon zu fürchten haben.

Nach langem Berathen hub der Vorsitzer an: Ist dein Sistem richtig, so hast du der Menschheit ein Geschenk ertheilt, wie sie es seit Jahrhunderten nicht empfing, wie kein Religionstifter es zu geben vermochte.

So danke sie es der Liebe! rief Guido flammend.

Der Vorsitzer schien dies Wort nicht gehört zu haben, sondern fuhr fort: Wohl, erhabener Jüngling, gebührt dir, eine Schönheitmoral zu predigen, denn noch keinen Jüngling, von so bezaubernden Formen, erblickten wir.

Wir alle nicht! tönte der einmüthige Ausruf.

Guido senkte die Augen nieder.

Hast du, fing der Kaiser, der bisher nur geringen Antheil genommen hatte, nun an, dich *auch* nach einem Ideal gebildet?

Der Sohn zog es aus dem Busen. Es ging im Kreise umher. Entzückt hingen die Blicke wechselnd an dem schönen Gemälde und an dem schönen Jüngling. Eine Thräne freudiger Bewunderung sank von der Wange des Kaisers nieder, denn wohl dachte er der Gestalt des Sohnes vor drei Jahren, und faßte kaum die so hoch gereifte Liebenswürdigkeit.

Indem aber die Künstler vergleichend fortfuhren, das todte Muster und seine lebende Nachahmung zu prüfen, behaupteten sie: Nicht ganz, nur beinahe ward das Ideal erreicht. Noch irgend ein geringes Etwas, das wir nicht zu nennen vermögen, irgend ein vollendender Zug fehlt noch.

Dieser Meinung traten alle bei, auch der Kaiser. Letzterer fragte: Welcher Maler entwarf dein Urbild?

Guido rief: Kein Maler! Die Liebe! Ein Mädchen, unendlich schöner noch durch eigenen Geistes Streben. O Vater! ihre Hand war der Preis meines Ringens, soll er mir grausam entzogen werden?

Er sank vor ihm nieder. Die flehende Geberde sprach nur noch, sprach zu den Greisen im Rath, Fürworte erbittend, als der Monarch ernst und düster schwieg.

Diese fanden des Jünglings Wunsch gerecht. Lohn der Liebe, meinten sie, müsse das große Geschenk für die Menschheit, ihr eigen Werk, vergelten. Guido hatte auch die Schönheit seiner Geliebten gepriesen. Wer konnte sie auch bezweifeln? Von diesem sich entsprechenden Paar, hoffte man eine edle Nachkommenschaft der Cäsare. Man drang in den Alten.

Er entgegnete strenge: Hier waltet mein Vaterrecht, nicht der Staat! Keineswegs mein Sohn, hast du dein Ideal errungen, alle räumen den fehlenden Zug ein. Der Preis gebührt dir also nicht. Doch entsage, entsage dem Preis, und dieser Sieg innerer Hoheit wird den Mangel füllen.

Guido bebte starr und bleich. Ausdruck von Unwillen ward auf jedem Angesicht kund.

Sanfter nahm der Monarch wieder das Wort. Glaube mein Sohn, auch mir hat es einen schweren Kampf gegolten, dir den Lohn der Liebe zu versagen. Doch ich weiche mit blutendem Herzen der Nothwendigkeit. Ewiger Friede kann durch dich über die Menschheit aufblühn.

Bei den Worten *ewiger Friede* flammten der Väter Wangen. Guido starrte noch zum Boden nieder.

Die Kaiserin von Afrika will dir ihre Tochter vermählen. Lies alles auf diesem Blatte, und juble dem Rufe des Schicksals entgegen. Auch Ottona ist schön, wahrlich nimmer sah ich so verklärte Anmuth, blicke auf dies Bild, von der Mutter dir gesandt.

Die Schmach der Treulosigkeit, in den Donnerworten enthalten, machte, daß Guido sein Auge verächtlich von dem Gemälde lenkte. Es fiel auf die feurige Inschrift am Hochaltar: *Unsterblichkeit.*

Er stand auf, mied stolz die Versammlung, und rief die Worte zurück: Kommt nach drei Tagen wieder, dann sage ich euch, ob ich um der Menschheit willen ohne Ini leben kann.

Kein Freund mehr, an dessen Busen er weinen konnte. Allein schweifte er umher auf den Gassen von Rom, sah bald diese bald jene Denkmale der alten Zeit, herrlich die Erinnerung mahnend. O Curtius, du gabst nur das Leben, nicht die Liebe auf, armer Szävola der der Tugend nur eine Hand darbrachte, strenger Luzius Junius Brutus, eine Ini hättest du nicht hingegeben!

Er kehrt nicht in den Pallast zurück, lief hinaus in die Gefilde, achtete nicht auf das wilde Ungewitter das die Pinien um ihn zersplitterte, aber dennoch nicht tobte, wie die Stürme in seiner Brust. Endlich um Mitternacht langte er vor einer Katakombe an, drang in ihre schaurigen Gänge, ähnlich der Farbe seines Jammers. Abgemattet von innerer Pein fiel er auf den Boden hin, rief den Schlummer, ihn nicht mit kurzem Tod, mit ewigen Tod zu umfangen. Der Schlummer nahte nicht. Guido sprach Verwünschungen gegen ihn, gegen seine unglücklich hohe Geburt, gegen den tirannischen Vater, gegen das Traumbild am Nordpol aus, das ihm lügend Wiedersehn zusagte und zu leben bewog. O warum starb ich dort nicht, wimmerte er.

Zuletzt hatten sich die Kräfte entspannt, ein tiefer Schlaf rettete den Dulder vor längerer Qual der Selbstkämpfe. In diesem Schlaf wähnte die noch thätige Einbildung, Gelino, den verstorbenen Lehrer zu sehn, wie er einen strafenden Blick auf ihn warf, und wieder verschwand. Dieser Blick prägte sich tief in des Jünglings Gemüth, er sah ihn immer, noch am Morgen erwacht, und auf den Gefilden ohne Zweck wandelnd. Eine marternde Angst jagte ihn, in jedem Thale richtete er den Blick empor und glaubte immer das Traumgesicht in den Wolken wieder zu finden, von jedem Hügel sah er Rom und den sich erhebenden Tempel der Unsterblichkeit, dessen Anblick auch ein Strafgericht über ihn verhing. So trieb er es. —

Der Kaiser ließ ihn besorgt suchen, man fand ihn nicht. So ging es am zweiten, am dritten Tag, die Versammlung harrte bereits unruhig, gespannt, Schlimmes fürchtend.

Da trat Guido in den Tempel. Bleich, überwacht, verstört, doch eine unbeschreibliche Hoheit in Blick und Geberde, eine Harmonie, einen Zauber in der Gestalt, die man jüngst nicht an ihn wahrgenommen hatte, und Jeden mit der Ueberzeugung durchdrang — nun sei das Ideal erreicht!

Man errieht schon was er sagen wollte. Beifalljubel von allen Lippen und Händen, von denen des Tempels eherne Mauern und Denkmale tönend wiederhallten, priesen in voraus.

Oft gab der Kaiser das Zeichen zu schweigen, umsonst, nur spät konnte er vernehmlich fragen: Dein Kampf siegte, du wählst Ottona?

Um die Menschheit, antwortete Guido. Neuer Beifall, Beschluß des Rathes, ihn zum Thronerben, zum Mitkaiser würdig zu erklären.

Guido hörte das betäubt, war sehr gleichgültig, als eine Kaiserkrone, mit einem grünen Lorbeer umflochten, auf sein Haupt gesetzt wurde, ein Purpur an seinen Schultern hing, und das alle Straßen überfüllende Volk, da er im Prachtzug nach der Cäsarenwohnung kehrte, dem neuen Monarchen, dem Sieger in Afrika, dem Sieger über sich, dem Friedengeber der Menschheit, Glück zurief! —

Alle Gefangenen, alle Schiffe und Waffen wurden eilig nach Karthago zurück gesandt, die europäischen Truppen nach Italien gerufen.

Guido schickte heimlich einen Eilboten an Ottona, ließ ihr entbieten: den Thränen der flehenden Menschheit gehorsam, bringe er ihr nächstens seine Hand, doch — ein Herz habe er nicht mehr zu vergeben. —

Unterdessen traf man in Rom Anstalten zu seiner Reise nach Karthago. Sie sollte mit der höchsten Pracht vollzogen werden, der Vater wollte den Sohn begleiten.

Kurz zuvor ehe man aufbrach, kam der Eilbote zurück. Er schwärmte in dem Bilde, das er von Ottona entwarf. Guido gebot, darüber hinzugehn. Jener berichtete: Die Kaisertochter habe sich der Kunde erfreut, denn auch sie könne nur Fügung in das Schicksal, doch keine Liebe verheißen. Wohl mir, seufzte Guido.

Man trat den Weg an. Vor Karthago, wohin der afrikanische Hof zurückgekehrt war, standen alle Gefangenen, fand Guido alle eroberten Trophäen, im Hafen wehten die Flaggen der Schiffe, die er jüngst den Afrikanern genommen. Er staunte. Die Männer aus dem Strategion dort, ihm entgegen gekommen, sagten: Dein Vater hat dir in Rom keinen Triumph über Afrika bereitet, so will es die Kaiserin selbst thun.

Umsonst verbat der Held. Alle glorreiche Zeichen seiner Siege gingen voran im glänzendsten Zuge, zum Tempel, dem herrlichsten der Stadt, nun dem *ewigen Frieden* geweiht. Hier am Hochaltar erwartete die Kaiserin den Eidam, neben sich Ottona in einen Schleier gehüllt und sichtbar bebend. Die Vornehmen, durch Guidos Anblick getroffen, sanken vor ihm nieder in Huldigung.

Eben an diesem Tage begann das zwei und zwanzigste Jahrhundert.

Bescheiden nahte Guido dem Altar. Die hohe Mutter trat ihm entgegen, Freudenthränen auf der Wange. Hier, sprach sie, junger Cäsar, Oberherr von Europa und Afrika, empfange meine Tochter. Sie hob den Schleier von Ottonas Antlitz. Guidos tiefgesenkter Blick vermochte nicht aufzusehn. Nur der Ruf einer wohlbekannten himmelvollen Stimme weckte seine Betäubung!

Er sah auf die Braut — — O Himmel!

Ottona war Ini — verklärt gestaltet wie ihr Ideal. — Bei Athania hatte die weise Fürstin sie erziehen lassen.

Ende.

www.ingramcontent.com/pod-product-compliance
Lightning Source LLC
Chambersburg PA
CBHW060802310726
48980CB00002B/202

* 9 7 8 3 7 3 2 6 2 5 2 5 3 *